Il était une fois un gentleman

Du même auteur
aux Éditions J'ai lu

Le rebelle apprivoisé, *J'ai lu* 7648

Candice Hern

Il était une fois un gentleman

Traduit de l'américain
par Michèle Veubret

J'AI LU

Titre original :

ONCE A GENTLEMAN
Avon Books, an imprint of HarperCollins Publisher, New York

Pour Sherrie Holmes, dont certains aspects de la personnalité m'ont inspirée pour créer le personnage de Prudence.
Sherrie seule sait ce dont je veux parler.
Il appartiendra au lecteur de le deviner.

1

Londres, avril 1802

— J'étais certain de vous trouver là !

Prudence Armitage leva les yeux au son de la voix familière. Son cœur se mit à battre plus fort... comme toujours. Elle connaissait Nicolas Parrish depuis plus de quatre ans, et son sourire chaleureux la faisait encore trembler de tous ses membres. Elle enleva prestement ses lunettes et les fourra dans sa poche.

— Vous êtes restée à ce bureau très tard tous les soirs, cette semaine, dit-il. Vous devriez rentrer chez vous, Pru. Sur quoi travaillez-vous ?

Elle s'éclaircit la gorge. D'une timidité maladive, Prudence était encore plus mal à l'aise lorsqu'elle se trouvait seule avec Nicolas, ce qui s'était souvent produit ces derniers mois.

— Je relis le dernier essai de Mary Hays sur les femmes illustres de l'histoire.

L'essai devait être publié dans le prochain numéro de *La Vitrine des élégantes,* le magazine féminin très populaire dont elle avait temporairement la charge.

— Je vous plains ! Toute cette prose fleurie... Vous faites de nombreuses coupures, j'imagine ?

— Oh, non ! Seulement quelques lignes ici et là, répondit-elle en souriant. Edwina m'a prévenue que Mary devenait très susceptible lorsque l'on modifiait sa prose. Je dois pourtant libérer une demi-colonne. Si je ne le fais pas ici, je devrai couper ailleurs.

Nicolas s'approcha du bureau et fourragea dans les divers papiers qui l'encombraient.

— N'hésitez pas à couper mon article, si vous avez besoin de place. Je ne m'en sentirai pas insulté le moins du monde.

Un autre sourire creusa de petites rides autour de ses grands yeux noirs, qui pétillaient de malice.

Nicolas écrivait des articles et de courtes biographies pour la chronique historique du magazine, qu'il signait *Augusta Historica*. Pour Prudence, sa prose était parfaite – comme tout ce qui concernait sa personne – et elle n'aurait jamais osé en changer un seul mot.

— Votre texte est brillant, je n'y toucherai pas.

Elle détourna son regard, embarrassée. N'allait-il pas trouver ses paroles obséquieuses ?

— Vous me faites rougir, ma chère... Je suis certain que vous vous en sortirez très bien cette fois encore. Votre travail est parfait, et c'est bien pour cela qu'Edwina vous a confié son magazine en son absence. Mais vous pouvez compter sur mon aide, si besoin est. N'hésitez pas à me solliciter. Je n'aime pas vous voir travailler si tard.

— Edwina en a toujours fait autant, vous savez.

— Justement ! Ma sœur a consacré sa vie à ce magazine pendant cinq ans, en oubliant tout le reste. Je suis ravi de savoir qu'elle prolonge sa lune de miel en France. C'est un très bon signe, ne pensez-vous pas ?

— Oh, si !

Prudence avait été enchantée de voir son amie sortir enfin de sa carapace et accepter l'amour d'Anthony Morehouse, qu'elle venait d'épouser.

Nicolas s'assit sur une fesse sur le coin du bureau, ce qui fit ressortir les muscles de sa cuisse, tendus sous le pantalon moulant. Prudence ne savait plus où poser son regard. Elle serait morte de honte s'il s'était aperçu du trouble qu'il provoquait en elle.

— J'ai été ravi que Morehouse l'entraîne à Paris. Je suis encore surpris qu'elle ait accepté de s'éloigner si longtemps de *La Vitrine*. Elle avait vraiment besoin d'avoir quelque chose de plus dans sa vie. Tout comme vous, ma chère.

Ce disant, Nicolas lui pinça le menton entre deux doigts. Dieu du ciel ! Pourquoi faisait-il cela ?

— Vous en faites trop, Pru. J'ai vu les bougies brûler tard tous les soirs.

Prudence se demanda si cela l'ennuyait à cause de la dépense. Les bureaux du magazine étaient situés au rez-de-chaussée de la maison des Parrish, et ils n'avaient pas beaucoup d'argent. Elle se promit d'apporter ses propres bougies à l'avenir.

— Je suis désolée de rester si tard encore une fois, mais il le faut. Je veux que tout soit parfaitement en ordre quand Edwina rentrera. Je vais essayer d'en avoir terminé en une heure. Ensuite, vous aurez la maison pour vous seul.

Prudence se dit que sa présence était peut-être une gêne pour lui. Cela lui répugnait de penser à ces choses, surtout en ce qui concernait Nicolas, mais… s'il avait voulu ramener quelqu'un un soir ? Une femme, par exemple…

— Ne vous pressez pas pour moi, je suis en route pour une longue soirée.

Elle aurait pu le deviner à ses vêtements élégants. Nicolas portait un pantalon de satin et une chemise blanche à jabot sous sa redingote. De toute façon, peu importaient ses vêtements. C'était le plus bel homme qu'elle ait jamais rencontré. Il avait des cheveux et des yeux d'un noir profond, et un sourire coquin qui montrait de superbes dents blanches. Grand et mince, il se mouvait avec une grâce féline. Prudence avait eu le coup de foudre pour lui au premier regard, et la vieille fille timide de vingt-sept ans qu'elle était se consumait toujours d'amour pour lui, quatre ans plus tard.

C'était ridicule, parce qu'elle n'était pas le genre de femme qui aurait pu attirer Nicolas Parrish. Elle était petite et terne. On n'aurait pu imaginer un couple plus mal assorti.

Il se pencha vers elle et lui fit un clin d'œil.

— Et je vais vous dire, Pru, j'ai bien l'intention d'en profiter. Un bon dîner, du bon vin, plusieurs parties de cartes et peut-être… qui sait ? une fille pour terminer. Mon Dieu, vous rougissez ! Je sais pourtant que je ne devrais pas dire de telles choses à une dame respectable.

Il se leva et tira les pans de sa redingote.

— Mais vous êtes une amie, et une chic fille, Pru. Je sais que vous ne vous en offusquez pas.

— Pas le moins du monde, mentit-elle.

Elle était habituée à ce qu'il la traite comme une sœur, et qu'il lui parle comme à ses amis masculins. Elle était d'autant plus habituée qu'elle vivait dans un foyer plein d'hommes, qui oubliaient toujours qu'elle était une femme !

— Bien, alors je m'en vais. Je peux vous laisser seule, c'est sûr ?

— Mais oui.

— Je pourrais attendre et vous raccompagner chez vous.

— Non, merci, Nicolas. Je trouverai facilement un fiacre au coin du square.

— Alors je vous laisse. Mais promettez-moi de ne pas travailler trop tard. Vous avez une mine défaite.

Il lui offrit un dernier sourire étincelant, sortit et referma la porte derrière lui.

La jeune femme s'effondra sur le bureau. Il avait évidemment remarqué sa mine défaite ! Certes, même sans ses lunettes, elle ne devait pas être à son avantage. Mais elle était réellement fatiguée. Elle prenait son travail tellement à cœur !

Prudence avait commencé par proposer des articles à *La Vitrine,* parce qu'elle avait été impressionnée par la qualité du magazine, par ses points de vue de sensibilité républicaine et ses prises de position discrètes sur l'émancipation des femmes. Elle avait découvert très tôt les écrits de Mary Wollstonecraft et en avait discuté avec Edwina, la directrice du magazine. Cette dernière n'avait pas tardé à lui proposer une collaboration plus étroite, et Prudence occupait désormais le poste d'assistante. Elle n'avait cependant pas imaginé la somme de travail qu'une édition mensuelle représentait pour une personne seule, même si l'aventure était grisante.

Le seul inconvénient était qu'elle se trouvait dans la maison de Nicolas toute la journée, et le plus souvent seule avec lui. Elle était plus à son aise lorsque Flora Gallagher – une ancienne courtisane de renom chargée de la rubrique mode – était dans les murs. Ou encore quand « ces Dames » – des anciennes prostituées engagées par Flora pour colorer les gravures de mode – égayaient la salle à manger de leurs joyeux et colorés babillages. Toutefois, Nicolas ne semblait pas le moins du monde dérangé par sa présence dans sa maison. À la vérité, il ne remarquait même pas qu'elle était là.

Non, ce n'était pas exact. Il n'était pas comme ses frères, qui la traitaient en domestique. Il se comportait toujours en vrai gentleman, et la considérait comme une bonne camarade… hélas !

Elle était folle ! Un bâillement la ramena à la réalité. Elle avait encore du travail à faire. Ce n'était pas le moment de se laisser aller à ses rêveries.

Elle s'étira, chaussa ses lunettes et se concentra sur l'essai de Mary Hays, en essayant de chasser le beau Nicolas de son esprit.

Nicolas fut réveillé en sursaut par des coups tambourinés à la porte. Il était rentré au petit matin, après une soirée prolongée et agitée en bonne compagnie. Il pensa vaguement que Lucy, la servante, ne viendrait que l'après-midi et se vit dans l'obligation de se lever, en pestant. Il enfila en hâte son pantalon de la veille, attrapa une chemise et dévala l'escalier. L'horloge du hall marquait sept heures. Qui diable pouvait cogner à sa porte à une heure aussi indue ?

Nick ouvrit la porte et se trouva en face d'un homme d'âge mûr, blond grisonnant, qui lui parut d'une grandeur et d'une largeur d'épaules au-delà de la normale ; tout comme les quatre jeunes gens qui l'accompagnaient. Ils paraissaient d'humeur belliqueuse.

— Vous êtes bien Nicolas Parrish ?

— Ou... oui.

Le poing du plus âgé s'abattit sur sa mâchoire, et l'envoya heurter une petite table qu'il manqua d'écraser, au milieu du hall.

— Espèce de voyou ! cria l'individu en s'élançant vers Nick.

Celui-ci reprit son équilibre et se mit automatiquement en position de lutte, poings en avant.

— Mais qui diable êtes-vous ?

— Le père de la fille que vous avez salie cette nuit, voilà qui je suis !

— Quoi ? s'exclama Nicolas, abasourdi.

— Ne jouez pas les idiots avec moi, jeune malotru. Vous savez très bien de quoi je parle.

— Excusez-moi, monsieur, mais je ne comprends rien à ce que vous dites. Et je vous prierais de partir d'ici, ajouta-t-il en avançant vers l'inconnu.

— Je ne bougerai pas avant d'avoir obtenu satisfaction.

Les jeunes gens s'approchèrent et se mirent à parler en même temps, l'air hargneux.

— En effet, il nous faut obtenir satisfaction.

— Je suis prêt à lui flanquer une bonne correction.

— Nous allons lui montrer qui nous sommes.

— Le saligaud !

— Laissez-moi lui faire son affaire.

Nicolas ne comprenait rien à ce qu'on lui voulait, mais son esprit restait en alerte. Il était clair que ces brutes ne plaisantaient pas.

— Vous feriez bien de vous expliquer, sir, avant que le sang ne coule. Et peu m'importe le nombre de sbires que vous avez amenés en renfort.

— Il n'y a rien à expliquer. Ce qui s'est passé ici est évident. Regardez-vous.

Nicolas baissa les yeux sur sa chemise ouverte et ses pieds nus.

— Et comment diable voulez-vous que je sois vêtu à cette heure ? Vous m'avez tiré du lit ! Et je me trouve face à une bande de chiens enragés à ma porte !

L'homme gronda et voulut se jeter sur Nicolas, mais l'un des jeunes gens le retint par le bras.

— Calmez-vous, papa. Peut-être devrions-nous écouter ce qu'il a à dire.

— Il n'a rien à dire, Roddy. Ce mufle a abusé de ta sœur, et je ne vais pas laisser passer cet affront.

— Abusé de *qui* ?

Nicolas secoua la tête comme pour s'éclaircir les idées.

— Écoutez, vous tous. Il doit y avoir erreur sur la personne. Vous avez frappé à la mauvaise porte. Je veux bien vous excuser, messieurs, et je vous souhaite le bonjour.

Nicolas essaya de repousser le groupe – qui lui faisait penser à une horde de Vikings – et de refermer la porte, mais aucun des individus n'était disposé à se retirer.

— Vous avez bien reconnu être Nicolas Parrish ? Le débauché qui a abusé de ma fille cette nuit ? Donc, vous allez payer.

En un éclair, Nicolas se souvint d'une partie de la soirée mouvementée. Il avait passé une heure au lit avec une jeune actrice très consentante... Essayait-elle de lui soutirer de l'argent ou, pire encore, un mariage ? Une colère froide l'envahit.

— Allez au diable ! Et emmenez votre traînée de fille avec vous ! Je ne me laisserai pas prendre dans ce genre de traquenard.

Le visage de l'homme plus âgé s'empourpra. Décidément, il jouait bien la comédie ! Il attrapa Nicolas par le col de sa chemise.

— Comment osez-vous parler ainsi de ma fille ?

Ses prétendus fils s'élancèrent en grondant. Nick faisait des efforts désespérés pour se dégager.

— J'enrage d'imaginer ma fille avec un tel butor. Où est-elle ? Qu'en avez-vous fait ?

Nicolas ricana.

— Je l'ai laissée dans des draps froissés il y a quelques heures. Et si vous croyez que j'étais le premier à la renverser sur un lit, vous êtes encore plus fou que je ne l'avais cru.

Le soi-disant père lança son poing en avant, mais Nicolas lui retint le bras. Les « frères » se mirent à hurler des injures tous en même temps.

— Votre fille a choisi le mauvais pigeon. Je ne me laisserai pas plumer, et vous n'aurez pas un shilling de plus que ceux que j'ai laissés sur la table de nuit.

Cette fois, le hurlement fut unanime et il se retrouva immobilisé par cinq paires de bras et des poignes de fer qui lui brisaient les os des mains.

— Je devrais vous tuer, là, tout de suite, cracha l'un d'eux.

— Et pour quelle raison ? Parce que je ne tombe pas dans le piège ? Parce que je dis la vérité au sujet de votre prétendue sœur ?

Nicolas rassembla toutes ses forces et réussit à se dégager.

— Sortez de chez moi, hurla-t-il. Tout de suite !

Le père ne bougea pas d'un pouce.

— Il n'y a aucun piège, dit-il d'un ton lourd de menaces. Vous nous devez réparation, ou bien il vous faudra accepter les conséquences.

— Quelle réparation ? Si vous voulez parler d'un mariage, il faudra me tuer avant.

— Cela peut se faire ! cria l'un des jeunes gens. Au moins ma sœur sera veuve, et non déshonorée.

— La fille de cette nuit était déshonorée depuis longtemps, et elle l'avait été plus d'une fois, dit Nicolas d'un air méprisant.

— Tue-le, Roddy !

— Non, laisse-moi m'en charger !

L'homme plus âgé les calma d'un geste.

— Pas encore, mes garçons. Nous avons besoin de lui pour le mariage. Vous lui donnerez votre nom, Parrish. Ensuite, mes fils feront ce qu'ils voudront de vous.

Nicolas le repoussa violemment contre la porte d'entrée.

— Vos menaces commencent à me fatiguer, sir. Je n'épouserai jamais votre misérable fille, même avec un canon sur la tempe.

L'homme semblait au bord de l'apoplexie. Soudain, il regarda par-dessus l'épaule de Nicolas, les yeux écarquillés, la bouche ouverte...

Nicolas se retourna. Prudence s'avançait dans le hall !

Le corsage de sa robe était de travers, sa masse de cheveux blond-roux tombait sur ses épaules. Ses yeux gonflés de sommeil s'agrandirent...

— Papa ?

2

Prudence avait l'impression de faire un cauchemar. Elle n'avait pas pu voir réellement son père dans l'entrée, ni entendre la dernière phrase de Nicolas !

— Prudence ?

C'était bien la voix courroucée de son père. Elle n'avait pas rêvé.

— Ma fille ! Qu'as-tu fait ?

Elle ne l'avait jamais vu aussi en colère. Ses yeux bleus étincelaient, son visage était rubicond. Elle s'aperçut ensuite de la présence de quatre de ses frères. Ils la fixaient avec sévérité, à l'exception du plus jeune, William, qui paraissait nerveux et évitait son regard.

Elle se tourna vers Nicolas. Il se tenait raide contre le mur, son visage vidé de toute expression. Elle prit conscience de sa tenue débraillée. La vue de sa poitrine découverte et de ses jambes nues lui fit monter le rouge aux joues.

— Eh bien, ma fille ? Qu'as-tu à dire pour ta défense ?

Pru savait ce qu'il pensait, mais c'était si ridicule qu'elle ne put réprimer un sourire. Comment pouvait-il imaginer qu'elle et Nicolas…

— Je me suis endormie.

— Tu… quoi ?

— J'ai travaillé tard. J'ai dû m'endormir. C'est le bruit dans le hall qui m'a réveillée.

— Tu *travaillais* ?

— Oui.

— Alors, tu n'as pas passé la nuit dans le lit de ce voyou ?

— Papa !

Prudence était écarlate.

— Bien sûr que non !

Elle leva les yeux sur Nicolas, qui regardait son père d'un air éberlué.

— Je vous serais obligé, sir, de m'expliquer pourquoi vous avez parlé de ma fille en termes aussi abjects.

Prudence se sentit défaillir. Il avait parlé d'elle en termes abjects ! Elle n'avait entendu que : « Je n'épouserai jamais votre misérable fille, même avec un canon sur la tempe. » Avait-il pu la calomnier davantage ? Et pourquoi parler de mariage ?

Nicolas s'éclaircit la gorge.

— Je… euh… Je ne parlais pas de Prudence.

— De qui parliez-vous, alors ?

— De quelqu'un d'autre. J'ignorais que Prudence était là, je vous le jure.

— Alors tu es restée ici pour travailler sur ce stupide magazine ?

La voix de son père s'éraillait de colère. Prudence regardait toujours Nicolas, les sourcils froncés, se demandant de qui il avait bien pu parler de façon ignoble…

— Je te parle, ma fille !

— Oui, père. Je me suis endormie sur le bureau. Mais…

— Et tu as aussi oublié que tu étais attendue quelque part, hier soir ?

Prudence étouffa un petit cri.

— Oh, mon Dieu !

— Ah, tu te souviens maintenant ! Il y a ce goûter donné en l'honneur de ta nièce, et ta sœur avait besoin de toi pour tout préparer. Tu sais bien que toute la famille sera là.

Margaret devait en effet être dans tous ses états. Sa fille Arabella faisait son entrée officielle dans le monde aujourd'hui. Prudence devait, comme à son habitude, veiller au bon déroulement des festivités. Comment avait-elle pu oublier ?

— Oh, papa ! Je suis désolée. J'étais si absorbée par mon travail que cela m'est sorti de l'esprit. Je prends mon chapeau et ma pelisse, et je vous suis. Je me changerai rapidement, et nous serons à Daine House avant l'arrivée des invités.

— Pas si vite, ma fille ! Nous avons encore cette affaire à régler.

Il faisait un grand geste en direction de Nicolas.

— Quelle affaire ?

— Tu as passé la nuit sous le même toit que cet homme.

Prudence était mortifiée que Nicolas fût mêlé à cette farce grotesque. Elle se sentait comme une écolière prise en faute.

— Mais il ne savait pas que j'étais là, papa.

— Cela ne change rien. Ta réputation est compromise.

— Cela n'a pas de sens. Personne ne saura que j'étais là, à part vous cinq.

— Je connais bien ta sœur. Toute la famille doit déjà être au courant.

— Que dites-vous ?

— Margaret t'a cherchée partout. Tu peux imaginer le raffut !

Prudence leva les yeux au plafond, exaspérée. Ils auraient bien dû savoir où elle était ! Personne ne lui prêtait jamais la moindre attention, et son travail était ignoré.

— Finalement, quand William est enfin rentré – de Dieu sait où – à l'aube, il a suggéré que tu avais peut-être passé la nuit à Golden Square.

Nicolas émit un grognement. Il était devenu très pâle et se frottait la nuque. Prudence, elle, avait toujours les joues en feu.

— Willy ! s'exclama-t-elle. Pourquoi ?

Le jeune frère paraissait très mal à l'aise.

— Je ne voulais pas dire que... J'ai simplement dit que tu travaillais souvent tard le soir chez les Parrish. J'aurais dû deviner que Margaret allait avoir ses vapeurs. Elle a décrété que tu avais été... Enfin, tu la connais !

— Elle a voulu connaître tous les détails, continua le père. Et comme Willy savait que ton amie Edwina était en voyage de noces, il est donc devenu évident que tu avais passé la nuit sous le toit d'un homme seul. Bref, tu es compromise, ma fille, et il ne reste plus qu'une seule chose à faire...

Il jeta un coup d'œil à Nicolas.

— Non, papa, il n'y a rien à faire du tout. Ce fut une méprise innocente. J'expliquerai tout cela à Margaret.

— Elle ne voudra rien entendre, intervint Roderick, le frère aîné. Elle s'est jetée sur son lit, en pleine crise de nerfs. Elle dit que tu as gâché la première apparition en ville d'Arabella.

— Mais c'est absurde !

Nicolas s'approcha d'elle et se redressa.

— Ce n'est pas absurde, Pru. C'est sérieux. Votre réputation est bel et bien compromise, et tout est ma faute...

Prudence se demanda s'il était possible de mourir de honte, pour de bon.

— Non, Nicolas, ce n'est pas votre faute.

— Oh, mais si, reprit son père. Je suis heureux que ce *gentleman* le reconnaisse. Il n'avait pas le droit de te laisser passer la nuit sous son toit.

— Mais j'étais dans le bureau au rez-de-chaussée, pas...

— Cela n'a pas d'importance, coupa Nicolas. Votre père a raison. J'aurais dû faire attention. Ma seule excuse est que je vous ai toujours considérée comme faisant partie de la famille. Je suis profondément désolé, Pru.

— Vous pouvez l'être ! Mais vous allez épouser ma fille !

Seigneur ! Prudence crut que son cœur allait exploser dans sa poitrine. Elle ne devait pas laisser faire cela !

— Non, papa ! Non !

Son père l'attrapa rudement par le bras.

— Qu'est-ce que cela signifie ?

— Non ! Vous ne pouvez le forcer à m'épouser.

Elle se tourna vers Nicolas, sans toutefois réussir à le regarder en face.

— Je ne laisserai pas faire cela. C'est ridicule.

— Ce n'est pas ridicule, et c'est obligatoire, ma fille.

— Mais papa, j'ai vingt-sept ans. Je ne suis pas quelqu'un d'important, personne ne va parler de moi...

— Ta famille parle déjà, en ce moment. Tu vas épouser Parrish.

Nicolas se planta face à elle et lui prit les deux mains. Prudence était au supplice.

— Écoutez, Pru. Si votre réputation est entachée…

— Mais je n'ai pas de réputation, Nicolas !

Cette simple idée était tellement grotesque qu'elle ne put s'empêcher de rire.

— Je ne suis personne ! Il n'y a aucune raison pour que vous gâchiez votre vie parce que je me suis endormie dans votre bureau. Ne vous inquiétez pas. C'est très aimable de votre part d'accepter la responsabilité de cette mésaventure, mais nous en resterons là.

Prudence vit nettement un éclair de soulagement passer dans les beaux yeux noirs.

— En êtes-vous sûre ?

— Tout à fait sûre.

Il lui pressa les mains en signe de gratitude. Elle ressentit un petit élancement dans la poitrine, mais se força à sourire.

Nicolas la lâcha et se tourna vers le père.

— Monsieur Armitage, je dois…

Une cacophonie de grognements courroucés lui coupa la parole. Prudence sursauta. Grands dieux, il ne *savait* pas ! Elle n'avait jamais rien dit de ses origines, ni à Edwina, ni à Nicolas, connaissant leur sensibilité républicaine, qu'elle partageait d'ailleurs… Elle sentit le sol se dérober sous ses pieds.

— Vous devez l'appeler lord Henry, sir, déclara Roderick en se redressant avec arrogance.

Nicolas pâlit et interrogea Prudence du regard. Elle prit une profonde inspiration.

— Vous n'avez pas été présentés. Papa, voici

M. Nicolas Parrish. Nicolas, voici mon père, lord Henry Armitage.

Nicolas avait repris sa mine sombre. Il salua de la tête.

— Lord Henry.

— Et voici mes frères : Roderick, Daniel, Charles et William.

Nicolas fit un signe de tête à chacun, tout en les regardant avec méfiance.

— Ne vous inquiétez pas, lança joyeusement William. Vous n'avez pas à nous donner du « lord ». Nous ne sommes même pas sur la liste des distinctions honorifiques.

Son frère Daniel lui donna un coup de coude pour le faire taire.

Nicolas pivota vers le père.

— Je vous prie de bien vouloir m'excuser, lord Henry. J'ignorais que Prudence appartenait à une famille noble.

Le père bomba le torse.

— Mon père était duc de Norwich, et mon frère a repris ce titre aujourd'hui.

Nicolas ferma les yeux sous le choc de la nouvelle.

— Prudence est donc la petite-fille du duc de Norwich, et la nièce du duc actuel ?

— En effet. Vous voyez que nous avons un vrai problème à résoudre.

Nicolas hocha la tête.

— Lord Henry, me permettez-vous de vous demander la main de votre fille Prudence ?

Seigneur ! C'était un cauchemar, et elle allait se réveiller ! Prudence ferma les yeux, les rouvrit et agrippa son père par la manche.

— Non, papa ! S'il vous plaît, non !

Son père ignora ses prières.

— J'accepte votre requête, sir. Vous vous marierez aujourd'hui même, discrètement, et nous réglerons les détails plus tard.

Prudence restait éberluée, les bras ballants le long du corps, la chevelure en bataille. Nicolas se tenait à son côté, à demi vêtu, plus beau et plus viril que jamais avec sa barbe naissante qui assombrissait sa mâchoire... Elle l'aimait comme une folle, il venait de la demander en mariage, et pourtant elle vivait un cauchemar.

Nicolas lui prit la main.

— Il n'est pas question que votre nom soit entaché, Pru.

— Mais... je vous ai entendu dire que vous ne m'épouseriez jamais, même avec un canon sur la tempe.

Il lui pressa la main. Elle aurait juré qu'il avait rougi !

— Je ne parlais pas de vous, Pru. Je ne savais pas que ce gentleman était votre père. Maintenant que je sais qui il est, et qui vous êtes, il n'y a pas d'autre choix que le mariage. Je suis désolé.

Bien sûr ! Pas d'autre choix, uniquement parce qu'il était un gentleman et elle, la petite-fille d'un duc ! C'était injuste ! Il *devait* y avoir d'autres choix.

Comment allait-elle pouvoir supporter cette situation ? Elle éclata en sanglots.

— C'est moi qui suis désolée, Nicolas. Tellement désolée !

— Seigneur ! Nick ! Je ne peux pas croire ce que tu me racontes !

Nicolas était assis dans la bibliothèque de son ami Simon Vestower, recroquevillé dans son fauteuil. Il ne savait même pas comment il était arrivé là, ni comment il avait fait pour se vêtir correctement, après cette terrible matinée…

— Tu me croiras lorsque tu seras à mon côté au moment des vœux. J'ai besoin de toi, mon vieux.

— Bien sûr, je serai là. Mais… c'est un choc. Tu as toujours été impulsif, mais à ce point !

— Je t'assure que ce n'est pas moi qui ai été impulsif !

— C'était une situation innocente. Tu aurais pu résister.

— Le père et les frères étaient prêts à m'étriper… Et ils ne ressemblent en rien à Pru, tu peux me croire. J'ai eu affaire à une horde de Vikings !

— Mon Dieu !

— J'aurais dû être plus prudent depuis qu'Edwina a quitté la maison. Il n'y avait même pas une servante. Et… j'avoue que je n'avais jamais pensé à… la réputation de Pru.

— Comment a-t-elle pris la chose ?

— Ce fut horrible. Elle répétait qu'elle était désolée, elle pleurait à chaudes larmes… Elle est aussi malheureuse que moi.

Simon soupira, puis se passa une main dans les cheveux.

— Bah ! Je suppose que cela pourrait être pire.

— Pire ? Comment ?

— Eh bien, au moins, Prudence et toi, vous êtes amis. C'est déjà beaucoup. De nombreux mariages n'ont même pas cela. Une amitié peut se métamorphoser en amour, tu sais…

— Simon, par pitié ! Cette situation n'a rien à voir avec les feuilletons romantiques que tu écris pour *La Vitrine*. C'est une tragédie !

— Seulement si tu le veux. Je sais que tu ne désirais pas cela, mais comme tu ne peux pas y échapper, autant faire tout pour que cela se passe le mieux possible, n'est-ce pas ?

— Je n'étais pas venu demander conseil au spécialiste du courrier du cœur, grogna Nicolas.

Simon Vestower se chargeait également de cette rubrique pour le magazine, sous un pseudonyme.

— J'étais venu chercher du réconfort auprès d'un ami… et me lamenter un peu.

— Il ne reste que quelques heures, répliqua Simon. Tu n'as pas le temps de te lamenter sur ton sort.

— Quelques heures ! Juste assez pour m'enfuir et gagner le continent !

— Mais tu ne le feras pas.

— Bien sûr que non. Je ne ferais jamais cela à la pauvre Prudence.

— Quand aura lieu le mariage, exactement ?

— Je l'ignore. Le père m'enverra un billet. Il doit obtenir une autorisation, mais avec ses relations, cela sera facile. Il est probablement en bons termes avec l'archevêque de Canterbury !

— C'est cela, le plus surprenant. Pru, la petite-fille d'un duc !

— Tu parles ! Je la connais depuis plus de quatre ans, et elle ne l'avait jamais dit.

— Lui avais-tu posé des questions sur sa famille ?

— Euh… non. J'avais seulement supposé…

Nicolas haussa les épaules.

— Quoi ?

— Qu'elle était comme nous.

— Comme nous ? C'est-à-dire ?

— Comment peut-elle soutenir aussi passionnément les idées républicaines, alors qu'elle est la petite-fille d'un duc ?

Simon se hérissa.

— Et alors ? Je suis bien le fils d'un baron !

— Mais un *duc*, Simon ! Tu imagines !

— Bah ! À ta place, je ne remettrais pas en doute ses convictions.

— Tu as raison. Je suis tellement retourné par toute cette histoire que je n'ai plus les idées claires...

Il se mit à se masser les tempes.

— Est-ce que le père t'a parlé de la dot ?

Nicolas sursauta.

— La dot ?

— Tu pourrais épouser une héritière, mon ami.

— Oh, Seigneur ! J'espère que non.

Nicolas se souvint que le père de Prudence lui avait dit quelques mots au sujet de la situation financière. Il avait tout oublié, abasourdi comme il était. Pru, une héritière ? Il ne manquerait plus que cela pour ajouter à son malaise !

— Je doute qu'elle ait beaucoup d'argent. Les descendants semblent être nombreux, et la maison de Brooke Street m'a paru modeste. De plus, je n'accepterais jamais d'argent de sa part.

— Pourtant, il te serait utile. L'entrepôt de Derby est toujours vide...

— Bien sûr qu'il me serait utile ! Surtout après mes derniers investissements infructueux. Dans quelques jours, je ne pourrai plus profiter des opportunités auxquelles j'avais droit pour monter mon usine. Mais, Simon, je n'ai jamais été un coureur de dot ! Je suis déjà assez mortifié de devoir épouser la petite-fille d'un duc !

Il se renversa dans le fauteuil en fermant les yeux.

— Que vais-je devenir, Simon ? Le mariage ne faisait pas partie de mes projets ! J'en avais d'autres. Et même si j'avais pensé à cela… Pru aurait été la dernière…

— Attention à ce que tu vas dire, mon ami.

— Mais, par tous les diables, elle n'est pas du tout mon genre ! Elle est trop timide, trop pâle… pas ce que l'on appelle une beauté !

— Certes ! Mais elle n'est pas non plus un laideron.

Nicolas s'était levé et arpentait la bibliothèque.

— Tu as raison. Mais ne penses-tu pas qu'elle est un peu… terne ?

— Attention, Nick. Tu es en train de parler de ta future femme.

— Je sais, Simon, mais… Bon Dieu, je vais être obligé de… Tu vois ce que je veux dire. Que va-t-il se passer lorsque nous serons… au lit ?

— Cesse de te torturer. Tu te sous-estimes. Et Pru également. Laisse faire le temps.

Nicolas s'arrachait – littéralement – les cheveux à force de se triturer la tête. Il arpentait la pièce comme un lion en cage.

— Pru est une gentille fille, mais… je ne l'imaginais pas dans mes bras la nuit ! J'ai l'impression d'avoir été floué.

— J'espère qu'elle ne saura jamais que tu as eu cette impression, dit son ami d'un air sévère.

— Bien sûr que non. Mais je suis certain qu'elle a la même. Que vais-je faire, Simon ?

— Tu vas te marier, et être heureux.

— Heureux ?

— Oui. Et tu vas cesser de t'apitoyer sur ton sort. Qui sait si ce mariage n'est pas la meilleure chose qui pouvait t'arriver ?

— J'en doute.

— Nous en reparlerons. Disons... dans un an. Maintenant, ne devrais-tu pas rentrer chez toi et t'habiller pour la cérémonie ?

Quelques heures plus tard, Nicolas se tenait au côté de Prudence dans une petite chapelle de l'église St. Paul et prononçait ses vœux.

Il baissa les yeux sur son épouse, après qu'elle eut murmuré le « oui » fatidique, et il vit une larme couler lentement sur sa joue.

3

Dans le fiacre, Prudence entreprit d'arranger le ruban qui retenait la chevalière de Nicolas à son doigt. La bague était deux fois trop grande, mais elle devait faire office d'alliance pour la soirée familiale.

Cela l'occupait pendant le trajet depuis l'église jusqu'à Daine House, la résidence de sa sœur Margaret. Nicolas semblait perdu dans ses pensées, et elle n'avait pas envie de parler non plus. Elle n'aurait pu que bégayer, comme toujours lorsqu'elle était embarrassée…

Et quoi de plus embarrassant que ce mariage ?

Sa nuit de noces !

Mais il ne fallait pas penser à cela. Elle allait devenir folle, sinon !

Nicolas soupira.

— Je suis désolé au sujet de la bague. J'aurais dû me précipiter pour en acheter une. Honnêtement, j'ai oublié.

— Cela n'a pas d'importance, assura-t-elle en haussant les épaules.

Elle fut satisfaite d'avoir pu maîtriser les tremblements qui agitaient son corps, et d'avoir pu répondre d'une voix posée.

— Si, cela a de l'importance.

Sa voix était tendue. Il s'était conduit en parfait gentleman, mais Pru savait qu'il fulminait de s'être laissé prendre dans ce piège. Ce si bel homme, marié contre sa volonté à un petit bout de femme qu'il n'aurait jamais regardée autrement que comme une camarade ! Il s'était comporté dignement. Il avait été prévenant à son égard et avait prononcé le « oui » à haute et intelligible voix – ce dont elle avait été incapable. Elle avait pleuré, parce qu'elle savait qu'elle gâchait sa vie !

— Je vous promets de vous offrir au plus tôt une vraie bague.

— Mais celle-ci me plaît. Vraiment.

Il l'avait portée à son doigt. Elle en ressentait la chaleur !

— Mais, Pru...

— S'il vous plaît, Nicolas ! J'aime cette chevalière, et je veux la porter. Si cela ne vous ennuie pas, bien sûr...

Il soupira.

— Cela ne m'ennuie pas. Tant que votre famille n'y trouve rien à redire...

Seigneur ! Elle avait presque oublié cette épreuve. Cela lui était égal que Nicolas soit pauvre. Son père était noble, mais n'était pas riche pour autant... Cher Nicolas ! Il s'inquiétait pour elle !

— À propos de ma famille, je dois vous prévenir. Ils pourront vous paraître... intimidants.

Il lui adressa un regard contrit.

— Je m'en suis aperçu.

— Je ne vous aurais jamais imposé ce goûter, si papa n'avait pas insisté. Ma sœur est persuadée qu'elle ne pourrait rien faire sans mon assistance, ce qui est ridicule, bien sûr, car elle emploie de nombreux serviteurs, tous très compétents.

— Ne vous inquiétez pas pour moi, Pru. Je peux m'accorder avec n'importe quel public, même avec un rassemblement de l'aristocratique famille Armitage !

Son ton sarcastique n'échappa pas à Prudence. Elle n'avait pas honte des siens, même si elle ne partageait pas leurs conceptions. Elle avait une réelle sensibilité républicaine, comme Nicolas et sa sœur. Mais sa famille représentait exactement ce que Nicolas méprisait, et il allait devoir passer de longs moments en sa compagnie !

— Je vous promets de ne pas me lancer sur le sujet des réformes ouvrières, ni sur la loi contre les associations, ni sur le travail des enfants. Je ne distribuerai pas non plus de pamphlets jacobins. Et je ne dévoilerai rien au sujet du magazine que vous dirigez, ajouta-t-il en souriant.

Prudence rougit, parce qu'il avait deviné ses inquiétudes.

— Je sais que vous vous comporterez très bien.

— De plus, vous avez bien dit qu'il s'agissait d'une petite réunion familiale, n'est-ce pas ?

Elle étouffa un rire.

— En effet. C'est une réunion familiale, mais… il n'y a rien de petit chez nous. Excepté moi-même.

— Je l'ai constaté en voyant votre père et vos frères, dit-il en riant franchement.

Prudence fut encouragée par sa bonne humeur. Elle prit une profonde inspiration.

— Ce n'est pas tant le physique, mais… le nombre !

Nicolas haussa les sourcils.

— Vraiment ? Vous avez d'autres frères et sœurs ?

— Oh, un autre frère seulement, que vous ne connaissez pas encore. Gérald est capitaine dans l'armée. Mais… j'ai de nombreux cousins.

— Eh bien, pourquoi pas ? Vous êtes sept dans la famille Armitage, et vous avez de nombreux cousins. Je devrais m'y faire. Je dois confesser que j'ai eu peur de devoir affronter la moitié de l'aristocratie londonienne aujourd'hui. Mais, puisqu'il ne s'agit que d'une petite réunion familiale... je serai enchanté de faire la connaissance de vos proches.

Prudence pouffa à nouveau.

— C'est pire que cela, Nicolas. Mon père vous a bien dit qu'il était le dernier de la lignée ?

— Oui, je crois.

— Ils étaient douze ! J'ai vingt-six oncles et tantes, en comptant ceux qui le sont par alliance. Et j'ai cinquante-deux cousins germains.

Nicolas la regardait, bouche ouverte.

— Cinquante-deux cousins germains ?

— Oui. Et presque tous sont mariés et ont des enfants. Ce qui nous donne... deux ou trois cents cousins en tout, précisa-t-elle avec une lueur d'amusement dans les yeux.

— Grands dieux !

Et Nicolas éclata de rire. Un rire franc et joyeux, et contagieux pour Prudence, surtout lorsqu'il lui prit la main.

— Ma pauvre Pru, dans quelle misérable famille êtes-vous tombée ! Je n'ai qu'un seul cousin, pour ma part.

— J'en suis heureuse. Les cousins en grand nombre peuvent être fatigants, vous savez !

— Et tous ces cousins seront chez votre sœur aujourd'hui ?

— La plupart, j'en ai peur.

Il soupira et fit claquer sa langue.

— Bon. Cela va être encore pire que je ne l'avais imaginé !

Prudence retint son souffle.

— Oh, Pru, je suis désolé. Je ne voulais pas dire cela…

— Ce n'est rien, Nicolas. C'est moi qui suis désolée. Je pense à tout ce que vous avez dû subir, depuis ce matin…

Il porta sa main à ses lèvres.

— Non, Pru. Vous y avez été contrainte également. Je sais bien qu'être mariée avec moi était le dernier de vos rêves.

Dieu ! S'il avait su la vérité !

— Mais nous devons nous adapter à la situation. Nous sommes amis, après tout. Comme le disait Simon cet après-midi, c'est déjà beaucoup pour un mariage. Et puis, du sang bleu avec un réformateur, c'est… intéressant !

Il lui tapota la main avec un sourire engageant.

— Allez ! Prête à affronter une armée de cousins à mon côté ?

Plusieurs calèches stationnaient déjà devant la grande maison de pierre et de brique, de style néo-classique. La sœur de Pru était mariée à sir Félix Daine, un simple baron, mais apparemment fortuné.

— Oh, mon Dieu !

— Qu'y a-t-il, Pru ?

— Il y a que de nombreux invités sont déjà arrivés. Margaret doit être débordée.

— Vous m'avez dit qu'elle avait des serviteurs.

— Oui, mais elle compte toujours sur moi pour les surveiller lors des grands raouts. Cela ne me dérange pas. Au contraire, cela m'occupe.

— Mais cela vous empêche de profiter de la réunion, et de vous divertir ?

Pru haussa les épaules.

— Je crois que je préfère cela. Je n'aime pas tellement les grandes réunions, ni les mondanités. Margaret est tellement nerveuse qu'elle aime me savoir là, pour pouvoir se consacrer à ses invités.

— Elle devra trouver quelqu'un d'autre pour cela aujourd'hui. C'est votre mariage.

— Mais…

Un valet en livrée ouvrait la porte du fiacre et Pru n'eut pas le temps de protester. Nicolas sauta à terre et tendit la main à son épouse.

Son épouse ! Il n'arrivait pas à y croire. Il avait toujours été attiré par les femmes brunes, voluptueuses, sensuelles… Pru ne ressemblait en rien à ce portrait. Petite et menue, elle avait un visage en forme de cœur, des joues rondes et très pâles… Des taches de rousseur parsemaient son petit nez. Sa chevelure, aujourd'hui à moitié dissimulée par un chapeau de paille avec des rubans roses, était épaisse et indisciplinée. Il s'aperçut pour la première fois que ses sourcils, du même blond-roux que ses cheveux, dessinaient un arc élégant au-dessus des grands yeux bleu pâle.

Il ne l'avait jamais regardée avec attention jusqu'à ce jour. Il pensa qu'elle était plutôt jolie, dans son genre particulier… Mais elle était si effacée qu'elle n'attirait pas les regards.

Nick se demanda s'il allait l'entraîner dans son lit le soir même, ou bien s'il devrait attendre qu'ils se soient habitués l'un à l'autre. Il secoua la tête et soupira. Ce n'était pas le moment de songer à ce genre de choses. Pour l'instant, il devait faire connaissance avec un rassemblement d'aristocrates, et surveiller ses propos. Ne pas aborder les sujets politiques surtout, et sourire, sourire…

Il prit son épouse par le bras pour la conduire à la porte. Le maître d'hôtel était sinistre, mais son regard s'adoucit en accueillant Prudence.

— Lady Daine sera heureuse de vous savoir ici, mademoiselle. Lord Henry vient juste d'arriver.

Lord Henry avait assisté au mariage, accompagné de William et de Charles, les deux plus jeunes frères.

— Merci, Symonds. Je vous présente M. Parrish.

Lord Henry s'avançait vers Nicolas et Prudence.

— Impossible de garder un secret dans cette famille. Tout le monde doit savoir que vous êtes mariés. Cependant, je crains que ce ne soit pas le bon moment pour une célébration, ma fille. Il ne faut pas oublier que c'est le jour d'Arabella.

— Bien sûr, papa.

— Et, de toute façon, étant donné les circonstances… Je suis désolé pour toi, Pru. Enfin, n'y pensons plus. Parrish a fait ce qu'il devait faire. Venez, allons rejoindre les invités… Oh, Seigneur ! Voici Margaret.

Une belle femme blonde s'avançait à pas pressés. Elle était élégamment vêtue de mousseline blanche qui tourbillonnait autour d'elle.

— Enfin, te voilà ! Je ne savais plus où donner de la tête.

Elle accompagna ces paroles d'un grand geste théâtral.

— Bonjour, Margaret, dit Pru, apparemment impassible malgré cet accueil peu chaleureux. Je suis désolée d'être en retard.

— Qu'est-ce qui t'a pris de disparaître hier soir et de nous inquiéter autant, alors que tu savais que j'avais besoin de toi ?

Elle jeta un coup d'œil méprisant à Nicolas.

— Je suppose que c'est *lui* ?

Pru adressa à son mari un regard d'excuse.

— Voici Nicolas Parrish. Mon… époux. Nicolas, voici ma sœur Margaret. Lady Daine.

Cette dernière s'attendait visiblement à une révérence, mais Nick s'était bien juré de ne jamais faire la moindre courbette devant l'aristocratie. Il lui tendit la main.

— Lady Daine. Je suis enchanté de rencontrer la sœur de Prudence.

Elle regarda la main gantée d'un air de profond dégoût, et condescendit finalement à tendre la sienne. Juste pour le plaisir de déconcerter cette femme arrogante, Nicolas porta ses doigts à ses lèvres.

Elle le jaugea d'un œil scrutateur, puis se retourna vers sa sœur.

— Bien. Cela va être un travail de titan, bien sûr, j'en perds la tête. Mais nous allons y arriver. Oh, Prudence, tu n'avais pas quelque chose de plus à la mode à te mettre ? Aucune importance, personne ne remarquera. Viens avec moi, je n'aime pas du tout la façon dont les servantes ont arrangé le…

— Je vous demande pardon, lady Daine, interrompit Nick en retenant Prudence par le coude. Je suis certain que vos serviteurs savent ce qu'ils ont à faire. N'oubliez pas que je suis un jeune marié. J'aimerais garder mon épouse à mon côté aujourd'hui.

Il n'arrivait pas à croire qu'il ait pu dire cela ! Un « jeune marié » ! Mais cette femme était vraiment trop arrogante, et elle traitait Prudence comme une domestique.

Les yeux de Margaret lancèrent des éclairs. Elle resta médusée un court instant.

— Très bien, Pru. Si quelque chose se passe mal, ce sera ta faute. Et je ne te pardonnerai jamais d'avoir gâché la journée d'Arabella.

Elle tourna les talons et s'éloigna d'un pas rapide.

— Bravo, Parrish ! Vous n'y êtes pas allé de main morte. Cela me plaît.

Le plus jeune frère, William, donna une claque sur l'épaule de Nicolas. Il arborait un large sourire.

— Allons affronter la foule. Je vais aider Pru à vous présenter tout ce beau monde.

Ils traversèrent un salon de belles dimensions, dont les portes-fenêtres étaient ouvertes sur le jardin à la française – au moins dix fois plus grand que celui de Golden Square – qui fourmillait déjà d'invités. Des bribes de conversations parvenaient aux oreilles de Nick. Il détestait ce genre de réunion mondaine.

Il prit une profonde inspiration et regarda Pru. Il ne voulait pourtant pas douter d'elle, ni de la sincérité de ses idées républicaines. Ils avaient passé tellement d'heures, en compagnie de sa sœur Edwina, à discuter des réformes sociales et à relire les pamphlets qu'il publiait régulièrement... Pouvait-elle faire partie de ces privilégiées – qu'il détestait par-dessus tout – qui s'intéressaient aux problèmes sociaux uniquement pour se donner bonne conscience, et parce que c'était de bon ton ? Non, elle n'aurait pu les tromper à ce point, Edwina et lui. Cependant, comment pouvait-elle être du même sang que ces aristocrates, pour la plupart intimidants et arrogants ?

— Je suis terriblement désolée de vous imposer tout ceci, murmura-t-elle.

Brave Prudence. Elle avait dû remarquer son regard. Il se força à afficher une expression plus amène.

— Vous m'aviez prévenu qu'ils allaient être en grand nombre.

— Ce n'est pas ce que je voulais dire. Je suis désolée qu'ils soient si...

— Aristocrates ? Privilégiés ? Fortunés ? Et conservateurs jusqu'à la moelle, je présume.

— Oui, tout cela. Je sais combien vous méprisez la classe à laquelle ils appartiennent.

Il plongea son regard dans les grands yeux bleus, et n'y vit aucune duplicité. Elle n'avait rien en commun avec cette famille. Ce satané mariage imposé lui faisait perdre la raison.

— Ceci n'est pas une réunion politique, Pru. C'est votre famille. Ils ont certainement des idées bien différentes des miennes, mais cela ne fait rien. Je vous promets d'être charmant autant que possible.

Elle sourit faiblement.

— Cela ne vous sera pas difficile, dit-elle dans un murmure.

Ils sortirent sur la terrasse. Nick surprit quelques regards furtifs et intrigués dirigés vers lui.

— Prenez d'abord quelque chose à manger, dit William joyeusement. J'espère que Margaret a bien fait les choses pour ce qu'elle appelle un « goûter », et qu'il y a plus que du thé et des toasts !

En effet, les tables débordaient de mets délicats, de petits sandwichs et de pâtisseries variées.

Nicolas regarda autour de lui. Il vit une majorité de personnes des deux sexes grandes, blondes et bien bâties. Il se faisait l'effet d'être une tache d'encre – avec ses cheveux et ses yeux noirs hérités d'une grand-mère italienne – sur une feuille de papier immaculée. Ce n'était pas étonnant qu'il attire les regards, pensa-t-il.

Mais il devait avoir l'attitude que l'on attendait de lui en pareille occasion. Il prit deux coupes de champagne sur un plateau tendu par l'un des nombreux valets. Prudence en accepta une, et ils portèrent un toast silencieux en entrechoquant leurs verres. Nick lui trouva un drôle de regard, mais il n'eut pas le temps de s'y attarder car William revenait avec un plateau chargé de nourriture, qu'il posa devant eux.

— Oh, Parrish, je dois vous présenter à ma tante Jane, lady Gordon.

— Qui est ce gentleman, Willy ? demandait une belle femme dans la soixantaine, élégamment vêtue de mousseline à pois.

— Nicolas Parrish, milady.

— Je croyais qu'il n'y aurait que la famille, Willy. Mais je suis ravie que tu aies amené un aussi beau diable ! Un ami, je présume ?

Elle scrutait Nicolas à travers son lorgnon, d'un œil appréciateur.

— Il est de la famille, tante Jane. C'est le mari de Prudence.

— De qui ?

William pointa un doigt sur Pru qui se tenait au côté de Nick, silencieuse et attentive.

— De Prudence, ma tante.

Le regard de la dame passa de l'un à l'autre, le lorgnon changea de main…

— Prudence et… ce jeune homme ?

— Oui, tante Jane, risqua enfin l'intéressée.

— Ça par exemple ! Qui aurait pu penser une chose pareille ? Soyez le bienvenu dans la famille, jeune homme. Je donne une petite soirée jeudi prochain, juste après le premier bal d'Arabella. Vous devez me promettre d'y assister. Vous pouvez amener Prudence, bien sûr.

— J'en serai enchanté, mentit Nicolas.

Et le défilé familial continua. Nick fut présenté à lord et lady Phillip, comte et comtesse de Totterige, à sir Thomas et lady Vaughn, puis à lady Randolph Armitage et à quelques autres grands personnages. Les réactions furent à peu près les mêmes que celle de lady Gordon. Ils semblaient tous voir Pru pour la première fois, parce qu'elle l'avait épousé !

Nick se sentait de plus en plus mal à l'aise. Qu'est-ce qui n'allait pas dans cette famille ? Pru était du même sang que ces gens ; elle était intelligente, éduquée, aimable... Certes, elle était un peu effacée, mais elle se tenait droite, parlait clairement en regardant son interlocuteur dans les yeux, elle était prévenante... Sa seule particularité, dans cette réunion de bon ton, était qu'elle semblait être la seule à ne pas crier ! Le bruit des conversations était assourdissant.

Il commençait à comprendre pourquoi elle avait cherché à fuir cette horde ! Elle leur ressemblait si peu, à l'exception peut-être de son nez légèrement aquilin... qu'il remarquait pour la première fois.

William avait été appelé vers un autre groupe, et Pru continuait courageusement à s'acquitter de son devoir de présentation. Que de cousins, d'oncles et de tantes ! Nick se comportait en parfait gentleman, mais la tête lui tournait.

— N'essayez surtout pas de retenir le nom de tout le monde, s'exclama une voix joyeuse à son oreille. Vous n'y arriveriez pas.

Nick était pourtant certain qu'il s'agissait de Lionel Armitage, un des fils de l'oncle Arthur.

— J'ai toujours pensé qu'il nous faudrait porter

nos noms brodés sur nos redingotes, dans ce genre de rassemblement. Ou bien des brassards de différentes couleurs !

Pru fut entraînée par une nouvelle cousine qui lui parla à l'oreille. Nick se demanda ce qu'elle trouvait à répondre au sujet de son mariage à toutes ces commères et ces pestes, sans mentir de façon éhontée !

Il fut entraîné à son tour par le cousin Lionel, et se trouva bientôt entouré d'une horde de jeunes Vikings qui lui donnaient des claques dans le dos en s'esclaffant.

— Tombé dans un piège, hein, mon vieux ?

— J'ai entendu parlé du vilain traquenard !

— Quel dommage que vous n'ayez pas compromis une beauté par accident !

— C'était une satanée malchance de tomber sur Prudence !

— Elle n'est pas vraiment de l'espèce qui nourrit les rêves d'un homme.

— Une petite souris bien terne !

— Sale coup ! On vous plaint !

Soudain, Nick perçut de légers raclements de gorge. Pru se tenait tout près. Elle avait certainement tout entendu !

Il n'hésita qu'une seconde. Il prit son épouse par les épaules et se redressa fièrement de toute sa belle stature en la serrant contre lui.

— J'ai peur que vous n'ayez été mal renseignés, gentlemen. Il se trouve que Prudence est précisément la femme dont je rêvais. Le moment est venu de l'avouer : nous sommes amoureux l'un de l'autre depuis longtemps. N'est-ce pas, chérie ?

4

Prudence resta muette de stupéfaction. Elle comprenait bien sûr la raison de ce rebondissement, car elle avait surpris les moqueries de ses cousins. Certes, il ne lui était pas agréable de s'entendre traiter de « petite souris bien terne », mais c'était tellement vrai, et elle était tellement désolée que Nicolas soit enchaîné à elle contre son gré. Cher Nicolas ! Il essayait de la protéger et de la sauver de l'humiliation. Elle réussit à lever les yeux et à sourire, mais ne put proférer aucune parole de confirmation.

Il la serra plus fort.

— Nous avions prévu d'attendre, mais les circonstances en ont décidé autrement. Gentlemen, votre cousine est un joyau inestimable, vous devriez vous en souvenir.

Sur ces mots, il l'entraîna loin des jeunes gens, pas assez vite cependant pour ne pas entendre le cousin Rupert s'exclamer dans leur dos :

— Eh bien, c'est ce que l'on peut appeler un coup de théâtre !

Prudence émit un petit rire nerveux.

— Oh, Nicolas ! Comment avez-vous pu dire tout cela avec autant de conviction ?

— Je ne pouvais les supporter une seconde de plus. Ils sont odieux !

— Certes, mais ce mensonge est ridicule. Personne ne le croira.

— C'est à nous de faire qu'ils le croient. Je n'ai pas envie que votre centaine de cousins fassent des gorges chaudes de notre couple.

Prudence sentit les larmes lui monter aux yeux.

— C'est très gentil de votre part, Nicolas, mais cela n'en vaut pas la peine. Il y a beaucoup de personnes plus intéressantes que moi dans la famille. Je serai vite oubliée.

— Et vos cousines ? Elles sont certainement friandes de détails. Que leur avez-vous dit ?

— Oh, peu de chose. Elles veulent savoir qui vous êtes, et elles ne semblent pas comprendre non plus comment quelqu'un comme moi a pu… inciter quelqu'un comme vous à l'épouser.

— Quelqu'un comme moi ?

— Oui. Quelqu'un qui est… si beau.

Prudence rougit de confusion. Sa cousine Béatrice lui avait même jeté au visage qu'ils formaient un couple particulièrement mal assorti. Elle n'avait rien rétorqué, c'était tellement vrai ! Il irradiait, il était brillant et s'exprimait avec aisance… et elle était si ordinaire et si terne !

Nicolas grogna.

— Comment avez-vous fait pour vivre avec tous ces gens jusqu'à présent ? En restant invisible ?

Prudence haussa les épaules et sourit.

— Je suppose que oui. Je m'y suis habituée. Je ne me suis jamais sentie en accord avec la plupart d'entre eux.

— Je peux comprendre pourquoi. Personne ne semble vous remarquer, alors, nous allons forcer leur attention. Regardez-moi comme si vous m'aimiez, Pru.

Il lui prit la main et la porta à ses lèvres en l'enveloppant d'un regard brûlant de passion. Pru aurait voulu que cet instant dure toujours. Elle avait si souvent rêvé d'obtenir un regard comme celui-ci de sa part. Mais c'était ô combien cruel en même temps !

— Voilà. C'est bien. Continuez à me regarder ainsi. Faites tout ce que vous pouvez pour qu'ils vous croient amoureuse de moi… Oh, mais vous m'avez presque convaincu, ma chère. Quelle excellente actrice vous feriez !

— Alors, voici le beau jeune marié !

Prudence tressaillit. Sa cousine Eunice venait de la ramener à la réalité et la sauver d'un grand embarras. Cette dernière était fort belle, et terriblement vaniteuse. Elle posait sur Nicolas un regard de franche admiration et ignorait totalement sa cousine.

— Eunice, je te présente Nicolas Parrish, mon mari.

Seigneur ! Elle n'avait pas trébuché sur les mots, cette fois. Elle y avait même mis une pointe de fierté et de possession. Que lui arrivait-il ?

— Nicolas, voici ma cousine, lady Shelbourne.

Il prit la main tendue mais ne la porta pas à ses lèvres, comme il venait de le faire à plusieurs reprises avec d'autres dames.

— Votre serviteur, madame.

Eunice lui offrit un sourire provocant.

— Mon Dieu, Prudence, quel beau mari tu as pris dans tes filets !

Nicolas serra son épouse contre lui.

— S'il y avait eu des filets, madame, j'aurais été ravi d'y entrer de mon plein gré.

— Vraiment ? fit Eunice avec une moquerie non dissimulée. Après tout, ne dit-on pas qu'il faut se méfier de l'eau qui dort ? J'espère que l'on vous verra souvent cette saison, monsieur Parrish. Assisterez-vous au premier bal d'Arabella ? Puis-je espérer que vous m'accorderez une danse ?

— Nous aimerions passer le plus de temps possible seuls tous les deux, n'est-ce pas, chérie ? Mais nous ferons une apparition de temps à autre. Je laisse mon épouse décider des invitations que nous accepterons.

— Puis-je vous interrompre ?

Lord Henry les avait rejoints.

— Bien sûr, papa.

— Je t'enlève Parrish un instant. Je te promets que ce ne sera pas long.

Nicolas baisa encore une fois la main de Prudence et l'enveloppa d'un regard plein de désir, destiné à tromper la vaniteuse Eunice. Mais celle-ci n'avait pas dit son dernier mot.

— Je dois admettre que tu me surprends, ma cousine. Tu nous as d'ailleurs *toutes* surprises. S'il y avait quelqu'un à compromettre, c'était bien celui-là.

Prudence se contenta d'un sourire énigmatique. Elle aurait dû se sentir humiliée. Elle avait clairement entendu sa cousine Susan, un instant plus tôt, clamer que Nicolas avait été délibérément attiré dans un piège… Pourtant, au plus profond de son cœur, elle se sentait fière d'avoir le mari le plus beau et le plus charmant de toute l'assemblée.

— J'espère que tu ne t'attends pas à le garder pour toi seule, continuait la perfide cousine. Et surtout que tu ne vas pas sottement tomber amoureuse de lui. De toute façon, ce n'est pas le genre d'homme qui restera fidèle et se contentera d'un feu de cheminée tous les soirs… Ah, j'aperçois Roland, j'ai un mot à lui dire.

Prudence resta plantée seule dans l'allée du jardin. Elle s'aperçut qu'elle n'avait pas eu le temps de considérer ce qu'allait être ce mariage. En effet, il n'y avait aucune raison pour que Nicolas lui demeure fidèle, puisqu'il ne l'avait pas choisie pour épouse. Elle espéra qu'il ne lui parlerait jamais de ses maîtresses, qu'il serait discret, et surtout qu'il ne choisirait aucune de ses jolies cousines. Toutes les femmes de moins de quatre-vingt-dix ans le dévoraient des yeux !

Voilà ce qui l'attendait, bien évidemment. Il l'avait épousée contre son gré, et, dès qu'ils se montreraient ensemble en public, il attirerait la convoitise de toutes les femmes. Des femmes plus désirables qu'elle. Un jour ou l'autre, il se laisserait forcément tenter…

Comment allait-elle pouvoir supporter cette situation ? Et… Son cœur se mit soudain à battre la chamade. Elle n'avait pas encore évoqué le pire ! Nicolas pouvait être *déjà* amoureux de quelqu'un… Au fond, elle ne savait rien de sa vie personnelle.

— Tante Prudence ?

Elle inspira profondément et s'efforça de reprendre ses esprits.

— Arabella ! Je ne t'ai pas encore dit combien tu étais belle. Ce bleu est un excellent choix. C'est très seyant…

Arabella interrompit sa tante d'un geste et la prit par le bras.

— Je suis contente de te trouver seule. Je voulais te dire combien j'étais heureuse pour toi. M. Parrish est extrêmement séduisant, n'est-ce pas ?

— En effet.

La jeune fille soupira et son regard se teinta de mélancolie.

— J'espère que je trouverai un mari aussi beau. Et que je n'attendrai pas aussi longtemps que toi.

Elle poussa un petit cri et se couvrit la bouche de sa main.

— Oh, excuse-moi, tante Pru. Je me suis mal exprimée. Je voulais seulement dire que je n'aurais pas ta patience. Toutes tes cousines meurent de jalousie, tu sais. Est-il vrai que vous êtes amoureux l'un de l'autre depuis longtemps ? C'est le cousin Hugh qui nous l'a dit. Et il le tenait de M. Parrish lui-même. Pourquoi ne nous en as-tu jamais parlé ?

Prudence haussa les épaules. Elle se sentait fatiguée de jouer la comédie, mais ne pouvait se permettre de désavouer Nicolas en public.

— C'était une affaire privée, Arabella.

— Et tu as toujours été une personne secrète, tante Pru. Quoi qu'il en soit, je suis sincèrement heureuse pour toi. Quel dommage que tu n'aies pas de véritable cérémonie à cause de moi ! Ce n'est pas juste.

Soudain, ses yeux s'allumèrent.

— Mais j'ai une idée ! Si tu partageais mon premier bal, pour célébrer ton mariage ? J'en serais très honorée.

Prudence se mit à trembler de tous ses membres.

— Oh non ! Surtout pas, ma chérie. Le bal est pour toi seule, et tu auras été présentée à la reine l'après-midi. De plus, je ne veux pas faire beaucoup de bruit autour de ce mariage, je suis trop âgée pour cela... Et ta mère m'en voudrait pour le reste de ma vie, ajouta-t-elle avec un pauvre sourire.

Arabella s'esclaffa.

— Tu as raison. Mais au moins, tu peux venir et danser avec M. Parrish. Tu pourras faire comme si c'était *ton* bal !

Faire comme si... Feindre ! Combien de temps allait-elle supporter cette comédie ? Et combien de temps allait-elle pouvoir prétendre qu'elle n'était pas malheureuse à en mourir ?

Nicolas suivit lord Henry à l'intérieur de la maison, de mauvaise grâce. Il se doutait bien qu'il fallait en passer par là, et avoir une conversation d'homme à homme. Ils n'en avaient pas encore eu le temps, puisque lord Armitage avait passé la matinée à obtenir une autorisation spéciale pour le contrat de mariage.

Ils pénétrèrent dans une bibliothèque, et le père fit signe à Nicolas de s'asseoir.

— Daine m'a promis que nous ne serions pas dérangés. Mettez-vous à l'aise.

Il posa ses coudes sur la table, joignit les doigts sous son menton, et scruta Nicolas un long moment.

— Ainsi, j'ai cru comprendre que vous prétendiez avoir fait un mariage d'amour...

Grands dieux ! C'était donc cela. Nick se demanda comment il allait pouvoir expliquer à lord Henry qu'il jouait la comédie parce que ses neveux, nièces et consorts se comportaient en grossiers personnages envers Prudence. Il avait réagi spontanément, comme il l'aurait fait si Edwina avait été insultée...

— Je dois dire que je n'ai pas aimé la manière dont certains membres de votre famille traitent Prudence. À les en croire, elle serait un être disgracieux, à enfermer dans un placard, ou bien tout juste bon à leur servir de domestique. Cela m'a mis en colère, et j'ai voulu couper court à leurs railleries.

Lord Henry plissa ses yeux bleus et le dévisagea encore un instant.

— Vous me surprenez, Parrish. Étant donné ce qui s'est passé ce matin, je ne m'attendais pas à autant de... prévenance. De même que je ne m'attendais pas à ce comportement... charmant. Il n'est pas facile d'entrer dans une famille comme la nôtre, j'en suis conscient. J'apprécie vos efforts.

— Prudence est mon amie, lord Henry. Je la considérais même un peu comme ma sœur, et je ne laisserais jamais quiconque parler de ma sœur de façon aussi ignoble. Il est vrai que je suis furieux de cette situation. Pour Prudence autant que pour moi. Mais ce qui est fait est fait. Pardonnez-moi, mais je ne permettrai à aucun membre de votre famille de rendre cette situation encore plus difficile et plus embarrassante.

Lord Henry resta silencieux un moment.

— Eh bien, vous êtes un vrai gentleman, et j'en suis heureux pour ma fille. Peut-être qu'après tout, elle a fait un bon mariage.

De cela, Nicolas n'était pas certain. La pauvre Pru avait certainement d'autres rêves !

— Nous ferons de notre mieux, lord Henry.

— J'en suis certain. Maintenant, nous devons aborder un sujet plus pratique : la dot.

Nicolas étouffa un grognement de contrariété. C'était bien ce qu'il craignait.

— Vous avez pu constater que nous sommes une famille très nombreuse. Mon père était bien duc, mais, étant le dernier d'une fratrie de douze, je suis loin d'être riche.

Nicolas poussa un soupir de soulagement. Au moins, il n'avait pas épousé une héritière !

— Et j'ai sept enfants. J'ai assuré une petite rente à Prudence, qui lui rapporte une centaine de livres par an. Mais je suis incapable de lui fournir une dot. Pour dire la vérité, je pensais qu'elle n'en aurait jamais besoin !

Bon sang ! Même son propre père l'avait mise au ban de la société.

— Elle n'en aura pas besoin, rétorqua Nick. Si vous aviez encore un doute, sachez que je ne me suis pas conduit en gentleman pour obtenir de l'argent. Je ne toucherai pas à sa rente non plus.

— Diantre, Parrish ! Je ne crois pas que vous soyez très fortuné, alors, prenez au moins ce que l'on vous propose.

— Non, lord Henry. Prudence n'est pas une marchandise. Je n'ai pas beaucoup d'argent, en effet, mais je possède une maison confortable, quelques économies et... j'ai fait des investissements dont j'attends du profit.

— Comme quoi, par exemple ?

— Des expéditions maritimes. Il s'agit d'importation de cotonnades et de sucre en provenance des Antilles. J'ai pris également quelques parts dans des transactions avec la France, dans des mines de cuivre et dans un projet de canal.

Lord Henry fronça les sourcils.

— Cela me semble comporter beaucoup de risques. J'appellerais cela de la spéculation, plutôt que des investissements.

— Peut-être, mais j'ai de bons espoirs de profit.

Il attendait même impatiemment des nouvelles dans les prochaines semaines, et il avait des projets pour réinvestir ses gains... du moins il en avait eu, jusqu'à ce matin !

— Et la maison de Golden Square vous appartient ?

— Euh... pas exactement. Elle appartient à mon père, mais il vient rarement en ville. Maintenant que ma sœur et mariée, il ne verra pas d'inconvénient à ce que je l'occupe avec Prudence. J'ai aussi quelques revenus grâce à mes écrits. Je vous promets que nous y arriverons très bien, et Pru sera libre de dépenser sa rente à sa guise.

— Mais elle possède plus que sa rente.

— Je vous demande pardon ? J'avais cru comprendre qu'elle n'avait pas de dot.

— Il ne s'agit pas d'une dot. Elle possède un petit héritage.

Nicolas sentit son estomac se nouer.

— Quel héritage ?

— Elle ne vous en a pas parlé ? Ma sœur Elizabeth, notre aînée, avait épousé le marquis de Worthing alors qu'elle était encore toute jeune. Nous n'avons donc jamais été très proches. Elle est morte l'an passé, et, à notre grande surprise, nous avons découvert une clause dans son testament. Elle avait voulu laisser une somme à la dernière-née du dernier fils du duc. Une sorte de plaisanterie, je suppose.

Nicolas avait la gorge sèche.

— Et à combien s'élève cet héritage ?

— Quelques milliers de guinées, si je me souviens bien.

Mon Dieu !

— Mais ce n'est pas une petite somme !

— Et je pense qu'elle a un peu grossi aujourd'hui.

Je crois savoir que Prudence a également fait quelques investissements – beaucoup moins risqués que les vôtres, telle que je connais ma fille. Légalement, son argent vous appartient, désormais.

— Je n'y toucherai jamais !

Nicolas avait crié. Lord Henry poussa un soupir exaspéré.

— Vous verrez cela avec elle. Mais laissez-moi vous dire ceci : ma fille a la chance de pouvoir vivre confortablement, du moins aussi confortablement qu'elle a vécu sous mon toit jusqu'à présent. Je ne la laisserai pas vivre comme une pauvresse si vos investissements échouent, uniquement parce que vous êtes trop fier pour utiliser son argent.

— Elle fera ce qu'elle voudra de son argent. Je ne l'empêcherai pas de le dépenser à sa guise.

— Même pour le train de vie quotidien et les dépenses ménagères ?

Nicolas blêmit.

— C'est ma maison, lord Henry. J'ai de quoi la faire tourner.

— Pouvez-vous offrir des servantes à ma fille ? C'est vous qui avez ouvert votre porte ce matin, et il n'y avait personne dans la maison. N'avez-vous aucun domestique ?

Nicolas se tortilla sur sa chaise.

— Une jeune fille vient l'après-midi, et une cuisinière le matin.

— Et si Prudence voulait une femme de chambre ?

— J'ai assez d'argent pour en engager une.

— Et en ce qui concerne ses toilettes ? Il va y avoir de nombreux bals et autant de raouts cette saison, en raison de l'entrée d'Arabella dans le monde. Prudence sera obligée d'y assister.

Cet homme lui portait sur les nerfs ! Nick serra les poings.

— Je vous l'ai déjà dit. Elle dépensera *son* argent comme elle le voudra. Et je m'occuperai des dépenses quotidiennes. Mais je tiens à vous rappeler, sauf votre respect, que ce mariage n'était pas mon idée, et que je ne suis pas sur le pavé.

— Non, mais vous êtes orgueilleux. Je vous laisse régler vos affaires avec Prudence, mais pensez, s'il vous plaît, à ce que je vous ai dit.

Arabella et plusieurs de ses cousins avaient obtenu la permission d'occuper la loge du duc au théâtre le soir même, et la nièce avait insisté pour que Prudence et Nicolas se joignent à eux. L'invitation était bienvenue. Elle repoussait le moment, inévitable, où ils seraient seuls, mari et femme.

Pru regarda Nick et son père descendre les marches de la terrasse, et remarqua immédiatement leur air contrarié. Seigneur ! Elle en avait suffisamment enduré pour la journée, et elle était morte d'anxiété à propos de la nuit... Cela suffisait !

Nicolas s'était recomposé un visage souriant, mais elle sentait qu'il fulminait. Avait-il eu des mots avec son père ? Elle lui transmit l'invitation, qu'il accepta d'un signe de tête, sans piper mot.

Arabella et ses jeunes cousins gloussaient et faisaient grand bruit au sujet du carnet de bal de la semaine suivante.

— J'espère que vous accorderez la première danse à tante Prudence, monsieur Parrish.

Il tressaillit, ses pensées étant visiblement ailleurs, puis arbora un large sourire.

— Bien sûr, Arabella.

Il baissa les yeux sur Prudence, et sembla se rappeler qu'il devait jouer les jeunes mariés amoureux. Il prit sa main et la caressa.

— J'attends ce moment avec impatience.

Les invités partaient les uns après les autres. Le jardin était redevenu presque calme. Lord Henry vint recommander à sa fille de ne pas s'attarder, si elle voulait avoir le temps d'empaqueter les effets qu'elle désirait transporter à Golden Square.

Prudence resta figée sur place. Ainsi, les dés étaient jetés. Elle en avait fini avec sa vie de vieille fille dans la maison paternelle. Elle devait commencer une autre vie dans une autre maison, avec Nicolas. Sur-le-champ, avant d'avoir eu le temps de s'habituer à cette idée. Elle ne put s'empêcher de songer à des détails sans importance : sa garde-robe – même si elle était modeste – tiendrait-elle dans son armoire ? Oserait-elle suspendre sa robe de chambre à la patère à côté de la sienne ? La cuisinière savait-elle faire les cakes comme elle les aimait ? Et la musique ? Comment allait-elle pouvoir vivre sans un piano ?

— C'est un peu effrayant, n'est-ce pas ?

Elle leva les yeux sur Nicolas. Il avait donc deviné ses pensées, et son inquiétude ?

— Je comprends que cela puisse être un choc, ajouta-t-il. Changer complètement de vie si brusquement, en un seul jour, quitter tout ce qui vous est familier... Mais nous ferons au mieux, ma chère. Tout ira bien, je vous le promets.

— Oui, merci.

— Votre famille va vous manquer ?

Pru eut un sourire penaud.

— En réalité, je pensais à la paix que j'allais enfin connaître. Mes frères peuvent être bruyants, vous savez. Cela va me changer. Seulement vous, et...

— Seulement vous et moi. Je comprends.

Oh non ! Il ne comprenait pas. Rien ne pouvait être moins paisible que leur tête-à-tête ! Une maison silencieuse allait certainement augmenter son malaise. Elle disait des sottises. Nicolas avait raison : le brouhaha continuel, et souvent exaspérant, de Brooke Street allait lui manquer.

— Bien. Vous n'avez nul besoin de vous précipiter. Prenez le strict nécessaire, et nous viendrons chercher le reste demain, ou les jours suivants. Votre père n'a pas tort, toutefois. Si vous voulez vous changer pour le théâtre, mieux vaut que vous partiez maintenant pour avoir le temps de faire vos premiers paquets. Je passerai vous prendre avant la représentation.

— Voulez-vous venir plus tôt et dîner avec nous ?

Elle avait dit cela impulsivement. Elle s'apercevait qu'il était également au-dessus de ses forces d'affronter seule les railleries de ses frères et la bienveillance tolérante de son père.

— Un dernier repas avec vous comme hôtesse ? J'en serai honoré. Allez, venez, je vous raccompagne, Pru. Vous avez beaucoup à faire.

Lorsque Nicolas la déposa devant la maison de son père, Prudence ne s'était encore jamais sentie si seule et abandonnée !

5

Nicolas avait mal à la tête. Il avait bu trop de vin, croyant ainsi émousser la colère qui l'avait habité toute la journée. En réalité, il était complètement gris, et le vin n'avait fait qu'intensifier sa mauvaise humeur.

Prudence était sagement assise à son côté, sur le trajet de retour vers sa modeste maison, dans un quartier tout aussi modeste, qu'il ne pouvait s'empêcher de comparer à la luxueuse demeure où il avait passé l'après-midi. La maison familiale de Brooke Street était très élégante également... Les Armitage semblaient entourés d'une foule de serviteurs. Comment Prudence allait-elle pouvoir s'habituer à cette nouvelle vie ? Elle avait toujours vécu dans l'élégance et le confort, même s'il n'aurait jamais pu le deviner, tout en la connaissant depuis plus de quatre ans ! Certes, ce mariage était forcé et toute l'affaire était un brin ridicule, mais il pestait de ne pouvoir lui offrir plus.

En fait, Nicolas n'avait pas décoléré depuis son entrevue avec lord Henry. Il se détestait. Il avait passé l'après-midi à baiser les mains de ladys qui lui avaient lancé des œillades provocatrices devant son épouse. S'il n'avait pas voulu cette épouse, qui appartenait à une aristocratie qu'il exécrait, il avait été néanmoins furieux de voir comment sa famille la traitait. Et par-dessus le marché, son beau-père avait nettement montré qu'il ne le croyait pas capable de subvenir aux besoins du ménage !

En réalité, il n'y avait que Pru qu'il ne détestait pas ce soir. Rien de tout cela n'était sa faute. Il ne pouvait même pas lui en vouloir de ne pas lui avoir dit qu'elle était de noble souche, puisqu'il ne lui avait jamais rien demandé. Il devait reconnaître qu'il ressassait de vieilles rancœurs contre l'aristocratie en général. Il se détestait d'autant plus qu'il ne pouvait s'empêcher d'envier cette famille à laquelle il était lié désormais. Ils vivaient dans des maisons luxueuses et buvaient de grands vins, ils parlaient haut et fort, ils étaient sûrs de leurs privilèges... mais ils ne valaient pas mieux que lui pour autant ! Lui au moins se préoccupait des déshérités, il avait de grands projets de réformes sociales, il était bien éduqué. Et pourtant... il ne pouvait s'empêcher de se sentir inférieur à ce beau monde arrogant. Qu'ils aillent tous au diable !

Lord Henry n'était pas un mauvais bougre, mais Nick avait eu l'impression de passer un examen en sa présence, comme un écolier devant expliquer ses fautes d'inattention !

Il était pourtant arrivé à la maison de Brooke Street, très convenablement vêtu, à sept heures précises, et il devait reconnaître qu'il avait été chaleureusement accueilli... par les cinq hommes qui, le matin même, étaient prêts à le tuer sur le seuil de sa propre maison ! Il avait reçu bon nombre de grandes claques amicales dans le dos. Assis à la droite de Pru, il avait pu vérifier combien elle était invisible à leurs yeux. Ils avaient tous beaucoup bu, plaisanté, et le plus souvent grossièrement, sans lui prêter la moindre attention.

Pru ne semblait pas mal à l'aise, cependant. Elle devait être habituée à cette attitude. Il avait été sur le point de faire une remarque désobligeante, lorsque lord Henry s'était dressé sur ses pieds et avait levé son verre.

— Je propose un toast en l'honneur de votre sœur.

Un valet avait rempli les verres.

— Pru va nous quitter ce soir, pour commencer une nouvelle existence avec Nicolas Parrish. Les circonstances ont fait que ce mariage n'a pas été aussi romantique qu'elle l'aurait sans doute souhaité.

Les frères avaient gloussé bruyamment.

— Quoi qu'il en soit, elle est mariée en bonne et due forme, et j'espère qu'elle aura une belle vie avec Parrish, qui s'est conduit en parfait gentleman. Buvons aux jeunes mariés. Puissent-ils avoir une longue et heureuse vie ensemble.

Nicolas avait vu les yeux de Pru s'emplir de larmes au moment où ils avaient entrechoqué leurs verres.

— La maison va nous sembler bien calme sans toi, avait dit William, ce qui avait déclenché un éclat de rire général.

La timidité et le manque d'assurance de Pru semblaient être un sujet de plaisanterie habituel dans la maisonnée. Mais, au moins, William lui parlait. Les autres ne lui avaient pas adressé un seul mot directement. Et le vin avait continué à couler à flots.

En route pour le théâtre, Nicolas avait lancé franchement :

— Me pardonnerez-vous, Pru, si je vous dis que j'ai assez vu vos frères... pour plusieurs jours !

— Je sais, ils sont envahissants, et souvent grossiers, mais ce sont de braves garçons. Je crois qu'ils vont me manquer.

— Et vous, est-ce que vous leur manquerez ? S'apercevront-ils seulement de votre absence ?

Elle avait haussé les épaules.

— Ils sont tous très occupés, ils n'auront sans doute pas le temps de penser à moi... Sauf peut-être au moment des repas, s'ils n'ont pas leur plat favori au menu.

Elle avait eu un petit rire à cette remarque. Nick enrageait. Ainsi, puisqu'elle était la sœur restée célibataire, elle leur avait servi de domestique, sans jamais se plaindre, pendant toutes ces années ! Et ces butors n'avaient jamais vu qu'elle était une femme, douce et intelligente. Spontanément, il avait pris sa main pour la serrer.

La loge du duc de Norwich était comble, et encore plus bruyante que la maison de Brooke Street. Tout le monde semblait beaucoup s'amuser et personne ne prêtait attention à la pièce qui se jouait sur la scène. Arabella, qui paraissait être la seule personne à apprécier vraiment Prudence, avait insisté pour fêter le mariage, malgré la mine dégoûtée de sa mère. Elle avait demandé du champagne, et Nicolas en avait bu de nombreuses coupes.

Toutes les autres femmes avaient flirté outrageusement avec lui. Ignorant leurs avances, Nick les avait observées. Elles étaient belles, couvertes de bijoux et élégamment vêtues, mais il ne pouvait en admirer aucune, tant elles étaient hautaines et sûres de leurs privilèges. Il avait pensé toute la soirée à la Révolution française, à laquelle il avait participé quelques années auparavant. Pouvait-il encore espérer un jour un soulèvement populaire contre cette élite arrogante... avec un dénouement plus heureux ?

Pru n'avait semblé nullement affectée que personne ne lui accorde la moindre attention. En ce moment même, elle contemplait ses mains posées sur ses genoux, silencieuse comme une tombe. Il devait bien reconnaître que lui aussi l'avait ignorée jusqu'à présent. Il ne l'avait jamais regardée comme une vraie femme, et il avait honte de lui.

Au moins, Pru ne se plaindrait jamais de n'être pas entrée dans une famille sans lignée. Et, après tout, même si sa maison était modeste, elle la connaissait bien. Elle y passait ses journées depuis quatre ans. Cela l'aiderait sans doute à s'y sentir chez elle.

Il l'observa à la dérobée. Il faisait sombre dans le fiacre, mais il devinait les boucles aux reflets cuivrés échappées de la coiffure, la ligne élégante du cou et des épaules... Il la découvrait presque belle, dans son genre effacé.

Cependant, le problème de la consommation du mariage demeurait entier. Elle restait la Pru qu'il connaissait, sa collègue de travail, presque sa sœur... Il la regarda plus attentivement. Comment pourrait-il faire l'amour à une femme aussi timide, qui tremblait chaque fois qu'il lui touchait la main ?

Elle leva sur lui des yeux pleins d'appréhension. Pauvre Pru ! Elle devait être terrifiée à l'idée de la nuit de noces. Elle n'était pas prête à partager l'intimité d'un mari qu'elle n'avait pas désiré. De toute façon, il n'était pas prêt lui non plus. Il avait trop bu et était encore trop en colère pour cela, après cette journée éprouvante !

Il devait attendre, c'était plus sage. Il devrait l'amener petit à petit à se sentir à l'aise en sa compagnie. Il ne savait pas encore comment, mais il trouverait un moyen de l'apprivoiser, au jour le jour… Pour ce soir, Pru serait soulagée de dormir seule, cela ne faisait aucun doute. Elle en avait assez enduré !

Ses genoux s'entrechoquaient pendant que Nick ouvrait la porte d'entrée. Elle pénétrait dans cette maison pour la première fois en tant que femme mariée, et elle allait découvrir ce que voulait dire faire l'amour avec un homme. Un homme qu'elle aimait désespérément depuis plusieurs années !

Dieu sait si elle en avait rêvé ! Mais, dans ses rêves, Nicolas partageait son amour, et elle était une femme irrésistible ! Ce soir, ce n'était pas un rêve. L'homme qui allait lui faire l'amour ne l'aimait pas. Il avait été forcé de l'épouser, elle avait gâché sa vie et anéanti ses propres rêves…

Elle se demanda comment il était possible de désirer si fortement une chose et de la redouter autant.

— Je suis désolé qu'il n'y ait pas de servante ni de maître d'hôtel pour nous accueillir, dit-il. Peut-être voudrez-vous engager quelqu'un à demeure ?

— Oh…

Pru était en train de se demander si sa chemise de nuit était assez fine et assez jolie ! Et aussi s'il allait éteindre les bougies, pour qu'elle bénéficie de l'obscurité.

— Nous discuterons de ces détails pratiques demain matin, ajouta-t-il. La journée a été longue et fatigante, n'est-ce pas ?

— En effet, murmura-t-elle.

Il commença à grimper l'escalier et elle le suivit, s'accrochant désespérément à la rampe. Alors, c'était enfin arrivé ? Ils montaient ensemble à sa chambre ! Ils atteignirent le palier…

— J'ai fait déposer votre bagage dans l'ancienne chambre d'Edwina.

Il entra dans la pièce et alluma les bougies. Pru connaissait bien cette chambre mais, depuis qu'Edwina l'avait quittée en emportant ses objets personnels, elle ressemblait à une banale chambre d'amis. On l'avait préparée pour elle – probablement Lucy, la jeune servante qui venait tous les après-midi. Ses vêtements étaient accrochés dans la garde-robe, une cuvette et un broc rempli d'eau étaient posés sur la table de toilette, ainsi que des serviettes et un pain de savon. Un vase de fleurs printanières trônait sur un guéridon.

— J'ai pensé que vous seriez plus à votre aise dans cette pièce, dit Nicolas, qui se tenait à la porte.

— Oui. Je vous remercie.

Soudain, Pru aperçut sa chemise de nuit étalée sur le lit et ses joues s'enflammèrent. C'était sa plus belle, avec des broderies ton sur ton et des dentelles… Est-ce que Nicolas l'avait remarquée ?

— Bon, eh bien… hum…

Il semblait très mal à l'aise, et ne savait plus que faire. Pru se demandait comment répondre aux questions qu'il n'osait poser. Oui, elle désirait être seule quelques instants. Oui, elle serait prête à son retour. Oui, il pouvait la rejoindre dans son lit. Oui…

Mais elle était incapable de prononcer de telles paroles ! Pourquoi ne parlait-il pas pour elle ? Il restait là, dans l'encadrement de la porte, à se balancer d'un pied sur l'autre…

— Bien. Alors, je vais vous souhaiter une bonne nuit.

Bonne nuit ?

— Mme Gibb sert habituellement le petit déjeuner dans le parloir. Je… hum… je ne savais pas si vous preniez du thé ou du café.

Il lui parlait du petit déjeuner ! Elle sentit qu'elle ne pouvait même plus respirer.

— Du thé, m… merci.

Il n'allait pas la rejoindre, il n'allait pas lui faire l'amour !

— Du thé, bien. Donc, nous nous verrons au petit déjeuner. Bonne nuit, Pru.

Et il tourna les talons.

Pru demeura figée au milieu de la pièce. Elle entendit la porte de sa chambre se refermer. Puis elle l'entendit aller et venir. Les chambres étaient contiguës.

Elle ferma la porte de la chambre d'Edwina et entreprit de se déshabiller, en s'efforçant de ne plus penser à rien. Sans une femme de chambre pour l'aider, elle eut du mal à défaire son corset. Mais il valait mieux qu'elle soit seule en cet instant, l'humiliation était trop forte !

Quelques minutes plus tard, elle était étendue dans son lit. Elle continua cependant à tendre l'oreille et à fixer la porte. Après tout, il était aussi gêné qu'elle, mais il pouvait revenir…

Non, il ne reviendrait pas.

Nicolas était un gentleman, et elle une oie blanche ! Il avait fait son devoir en l'épousant, mais ne pouvait faire plus. Même dans sa belle chemise de nuit de dentelle, de toute façon, elle n'aurait pu le tenter.

Était-elle en train de vivre la première de nombreuses nuits solitaires, dans l'obscurité, à fixer une porte qui ne s'ouvrirait jamais ?

Elle enfonça sa tête dans l'oreiller et s'autorisa enfin à pleurer tout son saoul.

Nick ne parut pas surpris de la voir déjà attablée devant son petit déjeuner lorsqu'il descendit le lendemain matin. Il l'avait entendue se lever et se préparer depuis longtemps, mais il était resté au lit délibérément, pour ne pas risquer de la croiser dans le couloir.

Depuis que « ces Dames », engagées par Flora, avaient investi la salle à manger pour colorier les planches de mode, les repas étaient servis dans un petit parloir qui donnait sur le jardin, sur une table pliante. Pru était assise et buvait son thé, tout en relisant quelques épreuves pour le magazine. Elle leva les yeux à son entrée, rougit et enleva prestement ses lunettes.

— Bonjour, dit-il en s'asseyant en face d'elle.

— Bonjour, Nicolas. Je viens de terminer mon thé. J'ai beaucoup de travail aujourd'hui. Je dois rattraper mon retard. Je vous laisse à votre petit déjeuner, et à votre journal...

Elle avait parlé précipitamment et s'était levée d'un bond.

— S'il vous plaît, restez un instant, Pru. Nous devons parler.

Elle était profondément troublée, et il vit que ses mains tremblaient. Pauvre Prudence ! Ils avaient partagé une franche amitié jusqu'à ce satané mariage, et maintenant elle n'osait même plus le regarder en face !

Elle avait l'air fatiguée. Elle n'avait pas dû dormir plus que lui. Il remarqua des cernes violets et... elle avait les yeux rouges. Elle avait pleuré ! Bon sang ! Cette situation était intolérable.

— Il est important que nous parlions... de tout ceci, ajouta-t-il avec un grand geste.

Prudence s'assit sur le bord de la chaise, droite comme un i.

— Puis-je vous servir du thé, ou du café ?

Nick hésita une seconde, mais pourquoi pas ? Elle pensait sans doute qu'il s'agissait de son premier devoir d'épouse.

— Du café, s'il vous plaît. Avec un soupçon de crème.

Ses mains ne tremblaient plus. Il s'aperçut qu'elle avait de très belles mains, avec de longs doigts fins et des ongles parfaits. Des mains d'artiste, comme sa propre mère. Est-ce qu'elle peignait ?

Ils savaient finalement si peu de chose l'un de l'autre.

Tout en se servant de petites brioches sur une assiette, Nick réfléchissait à ce qu'il allait dire. Il avait tourné et retourné les phrases dans son esprit toute la nuit. Il était passé par tous les sentiments. La honte, la colère, l'apitoiement sur son sort, le blâme... Il avait de grands projets, et ce mariage les contrecarrait.

Tout était sa faute, bien sûr. Si seulement il avait insisté pour raccompagner Prudence chez elle ! Si seulement il avait regardé dans la bibliothèque avant d'aller au lit cette nuit-là...

Si seulement...

Au petit jour, il avait pris une décision. Il ne laisserait pas ce coup du sort briser sa vie, ni celle de Prudence. Même si aucun des deux n'avait désiré cette union, ils devaient faire tout ce qui était en leur pouvoir pour qu'elle se passât au mieux.

— Nous devons discuter de la façon dont nous allons nous accommoder de cette situation, Pru. Nous sommes mariés. Je sais que vous ne le désiriez pas plus que moi, mais ce qui est fait est fait. Nous n'y pouvons rien changer, alors nous devons l'accepter.

— Je le sais.

— Nous avons toujours été amis, cela devrait compter.

— Oui, bien sûr.

Elle gardait la tête baissée. Il lui prit le menton pour l'obliger à lever les yeux… dans lesquels il lut toute la misère du monde.

— Je suis affreusement désolé, mais je ne veux plus vous voir aussi malheureuse, Pru. Cela ne sert à rien de nous lamenter, ni d'avoir des ressentiments, puisque nous ne pouvons rien changer à notre situation… Êtes-vous d'accord avec moi ?

Elle inspira profondément et acquiesça de la tête. Il lui caressa la joue – Dieu, que sa peau était douce ! – et sourit.

— Merci.

— Puis-je vous p… poser une question, Nicolas ?

— Bien sûr.

— Y avait-il… y avait-il quelqu'un d'autre ? Une femme que vous courtisiez ?

— Non.

Encore heureux ! songea-t-il. La situation était déjà bien assez embarrassante ! Pas d'autres cœurs brisés. Mais… et si Pru… ? Seigneur ! Pourvu qu'il n'en soit rien !

— Mais de votre côté ? Aviez-vous un prétendant ? Quelqu'un dans votre cœur ?

Elle eut un drôle de petit sourire.

— Il n'y avait personne en vue pour un mariage, je vous assure.

— Bien, je suis soulagé. Voilà qui nous facilitera les choses. Je crois que nous devons procéder lentement. Tout ceci fut trop soudain. Nous devons nous habituer à l'idée même du mariage, et apprendre à mieux nous connaître. Nous ignorons beaucoup de choses l'un de l'autre. De petits détails, par exemple si nous prenons du thé ou du café le matin, et aussi des choses plus importantes : nos rêves, nos aspirations... nos familles respectives. Je connais un peu la vôtre maintenant, mais ce fut une surprise, et je dois m'y habituer. Nous progresserons au jour le jour. Cela vous semble-t-il possible ?

— Oui, répondit-elle d'une voix plus assurée.

— Bien. Nous devons aussi discuter de choses plus pratiques. Hier, votre père m'a parlé... d'argent.

Prudence écarquilla les yeux.

— Oh ! Il ne faut pas vous inquiéter, je ne serai pas une charge pour vous. Je dispose d'un peu d'argent personnel. En fait, j'ai...

— Oui, je sais. Vous avez un héritage. Mais, Pru, je n'y toucherai jamais. Vous l'utiliserez à votre guise, pour vous seule.

— Mais je serais heureuse que vous en profitiez. Vous avez des projets et...

— Non.

— Et l'usine ?

— Non, Pru. Je ne reviendrai pas là-dessus. Vous garderez votre argent.

Cet argent aurait pourtant été le bienvenu. Les entrepôts de Derby ne pourraient pas rester vides longtemps, mais il avait bon espoir en ses investissements. Les bateaux seraient prochainement à

Amsterdam… Son usine serait créée avec ses propres efforts, pas avec la fortune de son épouse.

— Je ferai tout ce qui est en mon pouvoir pour vous rendre la vie confortable ici. Dites-moi si vous désirez quelque chose de spécial, au sujet du service, par exemple. Je vais demander à Lucy de venir toute la journée, mais, si vous voulez engager également une femme de chambre, je le ferai volontiers.

— Je ne suis pas habituée au luxe, Nicolas. Mon père n'est pas riche. Je n'ai jamais eu de femme de chambre personnelle, Lucy fera parfaitement l'affaire. Je lui en parlerai, si vous voulez bien.

— Merci. D'autre part, Mme Gibb ne venait que le matin pour préparer les repas, et exceptionnellement le soir, lorsque nous avions des invités. Nous pourrions lui demander de s'installer à demeure comme cuisinière. Il y a des chambres de service là-haut.

— Vous êtes certain de le souhaiter, Nicolas ? Je ne veux pas être la cause de trop grands bouleversements dans la maison.

— Il n'y aura pas de bouleversements. Seulement un peu plus de confort, ce qui est bien agréable. J'ai laissé aller les choses depuis qu'Edwina est partie. Je ne suis pas doué pour les questions ménagères, conclut-il en souriant.

— Alors, laissez-moi m'en occuper, s'il vous plaît. Je parlerai à Lucy et à Mme Gibb. Et je ferai préparer les chambres du deuxième étage.

— Je vois que vous prenez déjà à cœur vos devoirs d'épouse, commenta-t-il gaiement.

Prudence rougit comme une pivoine.

Elle pensait bien évidemment à un autre devoir conjugal, et il allait sans doute aborder cette question épineuse…

Il respira profondément.

— Il y a autre chose, Pru. J'entends bien honorer ma promesse. Ce sera un *véritable* mariage, à tous les égards.

Sa rougeur s'accentua, et se propagea jusqu'aux oreilles et à la naissance du cou. Elle se trémoussa sur son siège.

— Je sais combien cela vous coûte, très chère. Mais pour que ce mariage fonctionne bien, il faut qu'il soit réalisé complètement. Toutefois, je pense que nous devrions attendre avant de… franchir cette étape.

Il vit sa poitrine se soulever sous ses nombreux fichus. Était-elle soulagée ?

— Tout cela est trop nouveau, continua-t-il. Nous avons tous les deux besoin de temps. Je ne m'imposerai pas. J'attendrai que vous soyez prête pour… un accomplissement. Cela vous agrée-t-il ?

Elle hocha la tête, sans oser le regarder en face. Pauvre fille ! Elle devait être mortifiée.

— Ne vous inquiétez pas. Nous réussirons à nous accorder. Vous verrez.

Elle se leva brusquement et attrapa ses feuilles de papier.

— Je dois aller travailler, bredouilla-t-elle. Ces épreuves… Veuillez m'excuser.

Elle sortit presque en courant. Nicolas se sentait honteux de lui infliger autant d'humiliation. Elle devait être encore plus malheureuse que lui. Les femmes perdaient tellement plus que les hommes, dans le mariage ! Elles devaient abandonner leur nom, leur famille, leur argent… Même leur corps appartenait à leur mari.

Pru savait qu'il ne lui prendrait pas sa fortune. Quant à son corps… il attendrait, car il ne voulait pas la forcer.

Nicolas ne pouvait s'imaginer Prudence dans son lit. Il ne pouvait même pas imaginer son corps, qu'elle dissimulait sous plusieurs couches de mousselines, de fichus et de châles. En outre, elle était si timide, si peu expansive ! Réussirait-il à la faire participer aux ébats, ou se contenterait-elle de les subir ? Il n'avait jamais connu de femme comme elle. Il ne savait pas comment il fallait se comporter.

Il se souvint de la remarque narquoise d'une de ses cousines : « Il faut se méfier de l'eau qui dort ! » Il n'avait aucune raison de se méfier de Prudence, mais... elle pouvait peut-être le surprendre ?

Il l'espérait de toutes ses forces.

6

Pru s'effondra sur son bureau et enfouit la tête dans ses bras, comme si elle ne pouvait plus supporter de montrer son visage écarlate, même aux murs de la pièce. Elle n'avait jamais été aussi embarrassée de toute sa vie.

Nicolas avait dû la prendre pour une parfaite idiote lorsqu'elle avait fui en courant. Mais comment pouvait-il la croire capable de discuter de tels sujets ? Elle était mortifiée jusqu'à la moelle. La veille, elle était parfaitement consentante, il aurait pu faire en sorte que leur union fût « véritable » ! Elle s'attendait à ce qu'il vienne la rejoindre dans son lit, mais certainement pas à discuter froidement de cela avec lui au petit déjeuner !

Elle aurait sans doute dû lui en être reconnaissante. Après tout, elle savait maintenant qu'il avait *l'intention* de lui faire l'amour, plus tard, quand elle serait « prête » !

Or elle était prête ! Et depuis longtemps. Mais elle était bien incapable de le lui dire. Alors, comment le saurait-il ? Il n'espérait tout de même pas qu'elle vienne se planter un jour devant lui en annonçant : « Je suis prête ! » Si tel était le cas, ce mariage n'était pas près d'être consommé !

Elle émit un grognement d'exaspération. Elle avait vingt-sept ans, il était grand temps qu'elle prenne un peu d'assurance, et que cessent ses pudibonderies. Mais elle ne pouvait s'empêcher de rougir à la seule idée de faire l'amour avec Nicolas. Ou plutôt non. Elle était accoutumée à cette pensée, car elle en rêvait depuis quatre ans. Dans ses rêves, Nicolas la prenait tendrement dans ses bras, l'embrassait et lui murmurait des mots d'amour à l'oreille. Ensuite... il lui faisait ce qu'il devait faire, mais elle n'avait jamais visualisé cet acte, qu'elle n'imaginait d'ailleurs que dans l'obscurité la plus totale.

Peut-être était-elle encore plus ingénue qu'elle ne le pensait ? Peut-être un homme savait-il toujours quand la femme était « prête » ? Il y avait sans doute des signes... qu'elle ne connaissait pas.

Même mariée, elle était condamnée à rester vieille fille !

Pru releva la tête et soupira. Elle jeta un coup d'œil circulaire sur le bureau. Une montagne de travail l'attendait. Même si sa vie avait été mise sens dessus dessous, elle devait mener à bien la publication du magazine.

Pendant l'heure qui suivit, elle s'efforça de ne plus penser à autre chose qu'à *La Vitrine des élégantes*.

Ensuite, elle eut une discussion avec Lucy et Mme Gibb. Les deux femmes étaient extrêmement désireuses de séjourner à demeure et de travailler davantage. Nicolas ne lui avait rien dit sur leur salaire, elle proposa donc une somme qu'elle estimait correcte, en espérant qu'il n'y trouverait rien à redire.

Prudence monta à l'étage avec elles pour examiner les chambres de service. Elles étaient poussiéreuses, mais tout à fait convenables. Elle jugea qu'il faudrait changer les couvre-lits, et décida de s'en occuper elle-même, sans en parler à Nicolas. Il ne voulait pas toucher à son héritage, soit. Mais, puisqu'elle tiendrait les comptes des dépenses ménagères, il ne s'apercevrait de rien lorsqu'elle piocherait dans son propre argent, à l'occasion, pour améliorer l'ordinaire.

Pru avait repris sa place habituelle derrière son bureau, quand la porte s'ouvrit sur Flora Gallagher, la responsable de la chronique de mode.

— Petite cachottière !

L'ancienne demi-mondaine, engagée par Edwina l'année précédente, avait quelque peu bouleversé le magazine et toute la maisonnée. Ses chroniques de mode, écrites d'une plume alerte, étaient très prisées dans la haute société londonienne. Pru lui vouait une vive admiration. Elle avait son franc-parler, et partageait les idées républicaines du groupe de Golden Square, tout en étant moins idéaliste. C'était une grande belle femme aux cheveux roux, à la poitrine généreuse. Pour une raison inexpliquée, elle s'était prise d'amitié pour Prudence, et elle avait été la première à deviner l'amour qu'elle portait à Nicolas.

Elle marcha vers le bureau avec un large sourire.

— Ainsi, c'est vrai ? Vous avez épousé Nicolas ?

— Oui, hélas.

— Hélas ? Mais vous devriez danser de joie ! Vous avez cet homme délicieux pour vous. Votre rêve s'est enfin réalisé.

— Cela ne ressemble pas à un rêve, Flora. Plutôt à un cauchemar.

Flora la regarda en fronçant les sourcils.

— Allez, racontez-moi tout.

Et Prudence raconta. Les mots trop longtemps contenus fusèrent avec frénésie. En l'absence d'Edwina et de sa cousine Joanna, qui était sa grande amie, elle n'avait eu personne à qui se confier.

— Alors il n'a pas couché avec vous ?

— Oh, Flora !

Les joues de Prudence s'enflammèrent encore une fois.

— S'il l'avait fait, vous ne seriez pas dans cet état lamentable ce matin. Vous danseriez sur un nuage, car je suis persuadée que cet homme connaît deux ou trois petites choses qui peuvent combler une femme. Il y a une certaine lueur qui ne trompe pas, dans ces beaux yeux noirs.

— Et je suis justement la dernière femme au monde sur laquelle il aurait posé les yeux. Il est si beau, et il se retrouve lié à un laideron comme moi. C'est monstrueux !

— Vous, un laideron ?

Prudence haussa les épaules.

— Je sais utiliser un miroir.

— Peut-être, mais beaucoup moins votre cerveau, apparemment. Grands dieux ! Pensez-vous que j'ai pu attirer les hommes avec mon physique uniquement ? Je n'ai jamais été une beauté, mais j'ai su utiliser mes meilleurs atouts.

Prudence ne put s'empêcher de poser son regard sur la poitrine généreuse de Flora.

— Certes, cela fait partie de mes atouts, admit-elle en souriant, mais ce n'est pas le seul, je vous assure. Vous êtes folle de penser que vous n'êtes pas assez belle pour lui. Vous êtes jolie, Pru. Et vous pourriez être belle, si vous faisiez un petit effort. De plus, vous êtes intelligente, vous êtes bonne, et talentueuse. C'est lui qui a de la chance de vous avoir comme épouse. Mais vous devez l'entraîner au lit, et le plus tôt sera le mieux.

Pru connaissait le franc-parler de son amie, et également son expérience dans ce domaine ! Elle ne pouvait trouver meilleure confidente, malgré sa timidité.

— Il... il m'a proposé d'attendre.

Flora haussa les sourcils.

— Il pense que tout cela a été trop soudain, que nous devons nous habituer l'un à l'autre d'abord.

— Hum. Et combien de temps a-t-il l'intention d'attendre ?

— Je... je ne sais pas.

Elle n'osait pas avouer à Flora qu'il attendrait qu'elle soit « prête » !

— Bien. Espérons que ce ne sera pas trop long. Vous devez vous transformer en femme irrésistible.

Prudence émit un petit rire.

— Moi ? Irrésistible ?

— Ne faites pas l'idiote, ma fille. Toute femme peut attirer l'attention d'un homme si elle le désire. Il suffit qu'elle ait un peu confiance en elle.

Flora se renversa sur sa chaise et plissa les yeux.

— Vous n'avez guère confiance en vous, n'est-ce pas ?

— Je n'en ai aucune.

Le ton était pathétique. Ses yeux se remplissaient de larmes. Pru souffla dans un murmure :

— Aidez-moi, s'il vous plaît, Flora.

Elle baissa le menton et pinça les lèvres. Elle avait tellement honte ! Honte d'elle-même, honte de s'apitoyer sur son sort...

Flora lui pressa la main et l'obligea à lever les yeux.

— Je suis affreusement désolée, Flora, de me montrer si pitoyable.

— Mais pour quelle raison, grands dieux ? Toutes les femmes vont vous envier. Vous avez ce dont elles rêvent toutes, et en plus vous êtes folle amoureuse de cet homme !

Prudence suffoqua.

— Je l'avais deviné au premier regard, mais ne vous inquiétez pas, précisa Flora. Même Edwina ne voulait pas me croire, et personne d'autre ne le sait.

— Oh, Flora ! J'en mourrais si Nicolas devinait mes sentiments.

— Vous n'allez pas mourir. Vous allez faire en sorte qu'il tombe amoureux de vous à son tour.

Pru émit un grognement.

— Vous devriez écrire un roman, au lieu d'articles de mode. Vous pourriez remplacer Simon pour le feuilleton du magazine.

— Bah ! Ce sont des sornettes. Ce n'est pas difficile de rendre un homme amoureux. Il faut simplement être persuadée que l'on est digne de lui. Nicolas ne veut pas d'une petite souris effarouchée pour épouse. Il faut lui montrer que vous êtes d'une autre trempe.

— Mais comment le pourrais-je ? Je suis loin d'être belle. Je suis trop petite, trop effacée... Et il déteste ma famille.

— Vous ne voyez que les impossibilités, et vous oubliez de considérer vos atouts. Toutes les femmes en ont. Par exemple, vous avez de beaux yeux bleus, et une splendide peau de pêche.

— J'ai des taches de rousseur.

— Ce qui ajoute au charme de votre joli petit nez, et vous fait paraître plus jeune. Voilà un atout imparable. Vos cheveux...

— Je sais. C'est un désastre.

— Pas du tout. Un peu indisciplinés, mais la couleur est magnifique. Une sorte de blond vénitien, peu commun. C'est un autre atout, avec l'aide d'une bonne coiffeuse. Maintenant levez-vous, que je vous examine.

Docile, Prudence vint se poster devant l'élégante et voluptueuse Mme Gallagher.

— Je suis trop petite, je sais.

— Cela peut développer les instincts protecteurs des hommes. De plus, ils se sentent plus grands au côté d'une femme petite. Et ils aiment cela, vous savez. C'est encore un avantage. En revanche, votre garde-robe ne va pas du tout.

Flora se leva et tourna autour de son amie, toucha la mousseline et examina les finitions d'un regard expert.

— Ces vêtements ne vous mettent pas en valeur. Il est temps que je m'occupe de vous.

Prudence tressaillit sous l'insulte. Elle aimait coudre et confectionnait la plupart de ses robes.

— Vous devriez porter plus de couleurs. Votre teint de pêche a besoin d'être rehaussé. Le blanc vous fait paraître trop pâle.

— La plupart de mes robes sont blanches.

— Je l'ai remarqué. Nous allons donc ajouter une touche de couleur. Une meilleure coupe et les bons accessoires peuvent faire la différence. Vous devriez lire mes chroniques plus attentivement. Voyons… Vous êtes très mince, très gracile, il faut en faire votre style.

Flora tira sur le corsage de la robe pour l'ajuster. Pru poussa un petit cri d'affolement.

— Mais vous avez de la poitrine ! Qui aurait pu le deviner sous cet amas de fichus et de châles dont vous vous couvrez ?

Flora entreprit aussitôt de défaire les foulards, soigneusement agrafés sur le tissu de la robe. Pru tenta de se dégager.

— Je vous en prie, Flora !

— Ma fille, si vous ne voulez même pas enlever un simple fichu devant moi, comment allez-vous faire pour tout enlever devant Nicolas ?

Prudence tressaillit à cette idée, et déglutit.

— Allez. Vous m'avez demandé de vous aider. Laissez-moi vous débarrasser de tout ce superflu.

Le décolleté du corsage était profond et atteignait le bord du corset. Pru frissonna et voulut couvrir sa gorge dénudée de ses mains. Flora l'en empêcha.

— Eh bien, madame Parrish, votre mari ne se doute certainement pas de la surprise que vous lui réservez ! Pourquoi nous avoir caché tout cela ?

— Mais je me sens presque nue...

— Il faut vous y habituer. Il voudra en voir encore plus. Il faut que nous trouvions une occasion pour qu'il vous voie dans une robe de soirée appropriée.

— Cela n'est pas difficile. Ma nièce fait son entrée dans le monde, et ma sœur a prévu de nombreuses soirées mondaines. Le premier bal d'Arabella sera donné la semaine prochaine.

— C'est parfait. Et ne me dites pas que vous avez déjà une robe. Nous allons rendre visite à Mme Lanchester sur-le-champ. C'est une excellente couturière.

— Ses tarifs doivent être très élevés.

— Oui, en effet. Mais nous pouvons discuter avec elle, puisque nous mentionnons ses créations dans *La Vitrine*. En outre, vous avez dit que vous possédiez un petit héritage.

— En effet, mais je ne voulais pas le gaspiller en toilettes. J'avais... d'autres projets.

— En ce cas, nous essayerons de ne pas trop dépenser. Mais vous devez vous montrer dans une robe du soir seyante et au goût du jour. Pensez à toutes vos perfides cousines dont vous m'avez parlé. Lorsqu'elles vous verront dans une belle robe, au bras d'un mari superbe... elles seront vertes de jalousie.

Prudence ne put retenir un petit rire à cette idée.

— C'est bon. Je m'en remets entièrement à vous, Flora. Mais, s'il vous plaît, rien qui soit trop provocant, ni trop suggestif. Je me sentirais mal à l'aise.

— C'est promis. Maintenant, voyons quels pourraient être vos autres atouts...

Prudence recula d'un pas, effrayée.

— Je n'enlèverai rien de plus.

Flora éclata de rire.

— Je ne parlais pas de ce que vous cachez encore sous vos mousselines. Ces appas sont pour Nicolas uniquement. Je parlais d'autre chose. Je jurerais qu'il n'aime pas les femmes trop timides.

— Vous avez raison. C'est aussi pourquoi je suis si inquiète. Je ne peux pas me transformer à ce point. Je *suis* timide.

— Cela n'est pas entièrement à votre désavantage. Il faut utiliser cette timidité à bon escient. Conservez votre modestie naturelle en société, il trouvera cela charmant. En revanche, il faut vous entraîner à être plus confiante lorsque vous serez en tête à tête. Pour cela, vous devez vous persuader que vous êtes digne de lui.

Prudence paraissait sceptique.

— Oui, vous l'êtes, insista son amie. Vous êtes éduquée, et vous avez des talents littéraires. Nicolas apprécie cela. Vous êtes de bonne famille. Même s'il n'en est pas content aujourd'hui, il découvrira vite les avantages qu'apportent les relations, surtout s'il décide de faire une carrière politique.

Prudence n'avait jamais envisagé la situation sous cet angle. Flora avait sans doute raison.

— Ne l'oubliez jamais, Pru. Vous êtes une femme admirable. Vous avez bien plus de qualités que la plupart des hommes. Vous êtes capable d'amour, donc vous en êtes digne.

Pru ravala ses larmes.

— Merci, Flora. Je n'oublierai pas. J'étais plus sûre de moi lorsque j'étais jeune. Puis je me suis aperçue que je ne serais jamais aussi brillante que le reste de ma famille. J'ai pris l'habitude de m'effacer. Aujourd'hui, aux côtés de Nicolas, je ne vois plus que mes défauts. Merci de me rappeler que j'ai aussi des qualités.

— Je ne cesserai de vous le rappeler. Et vous allez cesser de vous effacer. Je vous surveille.

— Il y a autre chose, Flora. Comment vais-je lui montrer que je suis… prête ? Je voudrais savoir… flirter.

Elle était à nouveau rouge comme une pivoine. Flora s'esclaffa.

— Flirter ?

— Ou… oui. Pensez-vous que j'en sois totalement incapable ?

Flora l'examina attentivement, les sourcils froncés.

— Non, mais je pense que cela ne va pas être une tâche facile, ma chère. Voulez-vous que je vous montre quelques astuces, dès maintenant ?

— S'il vous plaît.

Une heure plus tard, la leçon fut interrompue par des éclats de voix venant du hall.

— Ah, « ces Dames » sont arrivées, dit Flora.

En devenant une courtisane notoire, Flora n'avait pas oublié la triste condition des filles de la rue. Elle en avait fait engager quelques-unes par Edwina, pour colorier les gravures de mode publiées dans le magazine. Elles étaient illettrées pour la plupart et s'exprimaient grossièrement, mais elles s'étaient révélées de véritables artistes, même si elles prenaient quelques libertés avec les couleurs imposées.

— Il y a un jupon et une veste de mousseline à pois sur l'une des planches. Je ferais mieux de m'assurer qu'elles ne confondent pas cela avec une peau de léopard.

Elle s'arrêta à la porte et se retourna vers Pru.

— N'oubliez pas que nous allons ensemble chez Mme Lanchester demain après-midi. Et répétez-vous que vous êtes digne de lui. Faites-en une litanie.

Je suis digne de lui. Prudence essaya, sans conviction. Pourtant, Flora avait raison. Si elle continuait à se croire un crapaud amoureux d'une étoile, il n'y aurait pas d'issue.

Je suis digne de lui.

Elle soupira et se dirigea vers une table où l'attendaient de nombreuses épreuves à corriger. Elle s'exerça à prendre la démarche sensuelle que Flora venait de lui montrer, en ondulant des hanches. Flora y arrivait si bien et si facilement... Mais Pru ne se sentait pas du tout naturelle.

Comme elle n'avait pas du tout l'esprit au travail, elle décida de s'entraîner et arpenta la pièce, de long en large. Elle essaya d'accorder le balancement des bras à celui des hanches... Rien n'y faisait, elle se sentait ridicule. Pourtant, elle dansait bien, et elle adorait danser. Elle reprit consciencieusement l'exercice en fredonnant un air à la mode...

— Pru ?

Elle se figea sur place. Oh, non !

Elle se retourna très lentement. Nicolas se tenait à la porte, les sourcils froncés et l'air perplexe.

— Vous allez bien ? Je vous ai vue marcher d'une si étrange façon que j'ai cru que vous vous étiez blessée. Est-ce que vous vous êtes foulé une cheville ?

Ses joues s'enflammèrent. Elle croyait avoir eu son lot d'humiliations pour le premier jour de cet absurde mariage.

— Je vais très bien. J'étais juste en train…

Non, elle n'allait pas lui dire qu'elle s'exerçait à marcher d'une manière sensuelle. Il aurait évidemment éclaté de rire.

Elle fit un geste vague et regagna son bureau.

— Ah. Bien, je suis rassuré. J'arrive de chez Simon, et il m'a chargé de vous remettre le courrier du cœur pour le prochain numéro de *La Vitrine*.

Il sortit les papiers de sa poche et les posa sur le bureau.

— Et ce n'est pas tout. Il est en train de relire sa dernière histoire romantique – j'ai oublié le titre – qui sera prête demain.

— Merci.

Nicolas prit un siège et s'installa.

— Avez-vous pu parler à Lucy et à Mme Gibb ?

Prudence lui rapporta les arrangements convenus avec les deux femmes, et il en fut heureux, tout comme il parut satisfait du salaire proposé par son épouse. Elle en fut soulagée. Il faisait de gros efforts pour la mettre à l'aise. Cher Nicolas !

— J'ai rendez-vous avec Thurgood en fin d'après-midi, pour discuter du projet de loi sur le travail en usine. Mais je serai revenu pour dîner. Nous ne sommes attendus nulle part, n'est-ce pas ?

— Non, pas ce soir.

— Bien. Je vous verrai donc au souper.

Après son départ, Pru fut incapable de se concentrer sur son travail. Elle ne pensait qu'au ridicule dont elle s'était couverte devant lui. Il avait cru qu'elle boitait ! Ses tentatives de séduction échoueraient de toute façon, puisqu'elle était incapable de regarder un homme dans les yeux sans rougir. À chaque fois qu'il la dévisagerait en se demandant « est-elle prête ? », elle rougirait et tremblerait de tous ses membres. Il se méprendrait et ne saurait jamais à quel point elle désirait partager son lit !

La situation était inextricable.

Nicolas était stupéfait de s'apercevoir à quel point la présence d'une petite femme si timide et effacée pouvait tout changer dans sa maison. Il était perturbé.

Elle avait pris le contrôle du ménage. Lucy et Mme Gibb s'étaient installées dans les chambres de service. Pru avait suggéré à la cuisinière d'engager une aide dans l'arrière-cuisine, et il y avait maintenant trois servantes chez lui. À quand un majordome ?

Il ne pouvait s'empêcher d'être irrité par ces dépenses supplémentaires. Il avait espéré acheter un peu plus de la cargaison de sucre du *Poséidon,* qui voguait vers Amsterdam. Les gros orages survenus en février lui avaient occasionné de grosses pertes, avec le naufrage de deux navires aux cales pleines. Il ne pouvait plus faire ce qu'il voulait de son argent, puisqu'il avait une épouse à prendre en compte désormais. En outre, il avait promis à lord Henry de ne jamais toucher à la fortune de sa fille !

Il aurait de bons repas chauds et une maison bien en ordre, ce qui était appréciable… mais parfois, le marché lui paraissait inégal.

Il y avait encore plus perturbant. Ces dernières années, Pru avait toujours été là, dans sa maison, et il s'était à peine aperçu de sa présence, tant elle était discrète. Maintenant, sa présence dans les murs était obsédante, il remarquait le moindre de ses mouvements… tout spécialement lorsqu'elle s'affairait dans la chambre contiguë à la sienne. Il ne pouvait ôter de son esprit la conversation du premier matin, au petit déjeuner, et sa nervosité quand il lui avait promis de consommer leur union. Il resterait fidèle à sa parole. Il attendrait, mais… combien de temps ?

Il ne cessait de se demander quelle sorte de partenaire elle serait au lit. Il l'observait à la dérobée. Il avait remarqué sa démarche gracieuse, la longueur de son cou, la mâchoire ciselée… Sa chevelure, surtout, le fascinait. Abondante, lumineuse et presque impossible à discipliner, car des mèches soyeuses et ondulées s'échappaient toujours des peignes et des bandeaux. Il se disait qu'il serait très agréable d'y passer les doigts.

De telles pensées le troublaient toujours. Pru était loin d'être le genre de femme qu'il désirait. Pourtant, depuis qu'il lui avait promis de ne jamais la brusquer, il la trouvait de plus en plus attirante. La situation était-elle en train de le rendre fou ?

Quelles sornettes que tout cela ! C'était Pru. Elle était douce et gentille, et timide. Elle était son amie et sa collègue de travail. Il était difficile de lui imaginer une autre place dans son cœur…

Et encore moins dans son lit !

Elle rougissait dès qu'il posait les yeux sur elle. Toute la semaine écoulée, leurs tête-à-tête avaient été polis et empruntés. Au petit déjeuner, elle lui avait servi son café, avec la dose exacte de crème, et s'était plongée dans la lecture d'un magazine ou de nouvelles épreuves à corriger. Après un premier dîner morne et lourd de gêne réciproque, il avait trouvé des excuses pour passer ses soirées avec ses amis dans un club.

L'entrée de Lucy interrompit ses pensées moroses. Prudence le faisait appeler dans la bibliothèque qui lui servait de bureau. En passant devant la salle à manger, il entendit « ces Dames » glousser ; elles étaient déjà à leur travail de coloriage. Il les évita – alors que quelques jours auparavant il prenait grand plaisir à leur bruyante compagnie, et s'amusait à flirter avec elles !

Il trouva Pru derrière le bureau, en conversation avec Robbie, l'apprenti imprimeur.

— Je sais que je demande une presse supplémentaire, et au dernier moment, mais, s'il te plaît, Robbie, dis à Imber que c'est indispensable. Il ne s'agit que d'une demi-page, cependant. J'espère qu'il n'osera pas nous la facturer au prix total.

— Bien, mademoiselle. Je le lui dirai.

— Merci, Robbie, tu peux partir.

Nick s'assit dans son fauteuil habituel en face du bureau et observa son épouse. Il était stupéfait de voir à quel point sa timidité maladive s'évanouissait dans les relations de travail. Elle semblait parfaitement à l'aise dans les négociations avec les imprimeurs, les annonceurs, et tous les autres. Avec tout ce qui concernait le magazine en général.

— Il vous appelle toujours « mademoiselle », releva-t-il en souriant.

— Oui. C'est une habitude. Madge fait de même.

Madge était le chef de groupe des « Dames » de la rue. Elle avait appris à lire et avait été chargée de nouvelles responsabilités. Étant la plus âgée des filles, elle avait une longue expérience des hommes, et Nick se demanda si elle n'avait pas tout deviné au sujet de leur mariage non consommé.

— Je vous remercie de m'accorder un peu de votre temps, dit Pru. J'ai besoin de votre avis sur ces critiques de livres. Je n'en suis pas satisfaite.

Nick prit les feuillets qu'elle lui tendait et se mit à lire. Ils passèrent une heure à discuter du style et des corrections à apporter, et à commenter le sujet. C'était la première discussion agréable et intéressante qu'ils partageaient depuis leur mariage.

— Je suis soulagée d'en avoir terminé avec cela. J'avais tellement de travail en retard que j'avais négligé le plus urgent. Merci pour votre aide, Nicolas.

— Je suis toujours à votre disposition, ma chère, même si j'ai entière confiance en votre jugement éditorial. Vous faites un travail magnifique.

Pour une fois, elle ne rougit pas. Elle sourit.

— Faites attention, cependant, précisa-t-il. Edwina pourrait ne plus revenir, si elle découvrait que vous pouvez vous passer d'elle. À propos, lui avez-vous écrit ?

— Oui. J'ai posté une lettre il y a deux jours. Auriez-vous désiré y ajouter un mot ?

— Peut-être une autre fois. J'imagine sa surprise, lorsqu'elle lira les nouvelles.

Il souriait de toutes ses dents.

— Oui, je suppose. Et vous ? Avez-vous prévenu votre père ?

— Oui, je l'ai fait. Lui aussi va être étonné. Ses deux enfants mariés dans la même année ! Je sais qu'il se souviendra de vous avoir été présenté pour le mariage d'Edwina.

Prudence avait une lueur de réel amusement dans les yeux.

— On peut dire qu'il va être doublement étonné.

— Je suis certain qu'il pense que j'ai beaucoup de chance.

Pru lui adressa un grand sourire, et il sentit le mur qui les séparait se fissurer légèrement.

— J'espère que vous n'avez pas oublié que le bal en l'honneur d'Arabella a lieu demain soir. Je suis désolée de devoir vous imposer cela, mais vous ne pouvez l'éviter, j'en ai peur.

— Il n'est pas question de l'éviter. Arabella est votre nièce, et je crois qu'elle vous aime beaucoup. De plus, j'adore danser.

— Vraiment ? C'est heureux, alors, car je crois que mes cousines vont se battre pour vous réclamer une danse.

— Je ne pensais pas à vos cousines. Je meurs d'envie de danser avec vous.

Elle haussa les sourcils.

— Vraiment ? Comment savez-vous que je ne vais pas vous écraser les orteils ?

— Je le sais. Je suis certain que vous êtes une bonne danseuse. Je vous ai observée vous mouvoir. Vous avez une grâce particulière.

Pru était éberluée. Elle lui lança un regard interrogateur.

— Vraiment ?

— Mais oui. Nous les ferons toutes verdir de jalousie quand nous évoluerons sur la piste.

Ainsi, il avait envie de danser avec elle ! Pouvait-elle le croire ?

Nick était sincère. Il trouvait qu'elle se mouvait avec grâce – excepté le jour où il l'avait surprise clopinant dans le bureau, Dieu sait pourquoi ! Et il avait envie de danser avec elle... Il pourrait profiter de la situation pour la toucher, et l'amener ainsi à l'idée d'une plus grande intimité...

Une chose était certaine. Il jouerait encore le jeune marié fou d'amour devant toute la famille. Une autre chose restait incertaine : iraient-ils dormir seuls ensuite, chacun dans leur chambre ? Probablement. Il était encore trop tôt.

Que ce mariage était absurde !

7

— Vous êtes très jolie comme cela, madame.

— Merci, Lucy.

Pru s'examinait dans le miroir.

— Tu as merveilleusement réussi à discipliner cette masse de boucles. J'espère seulement qu'elles ne vont pas s'échapper – comme d'habitude – dans toutes les directions avant la fin de la soirée.

— Le bandeau est bien serré. Mme Gallagher m'a montré comment il fallait faire. Mais, même si une ou deux boucles s'échappent, ce sera joli.

— Tu es sûre qu'il ne faudrait pas ajouter des plumes, pour me faire paraître plus grande ?

— Mme Gallagher a dit que cette aigrette était bien plus à la mode.

Mme Gallagher a dit ! Lucy ne voulait plus écouter qu'elle, depuis que Flora l'avait promue coiffeuse personnelle de « madame » ! La jeune fille avait mémorisé tous ses conseils, et il fallait reconnaître qu'elle avait fait un excellent travail. Pru se trouvait… tout à fait présentable, couronnée de ce bandeau de mousseline brodé de fils d'or.

Je suis digne de lui, je suis…

Elle se leva et défroissa ses jupes. Mme Lanchester avait protesté qu'elle n'aurait pas le temps de faire quelque chose de convenable, mais elle y était arrivée. Pru n'avait pas été une cliente modèle, car elle avait longuement discuté sur la profondeur du décolleté, et elle avait finalement obtenu une rangée de dentelle supplémentaire. Flora avait eu raison sur la couleur. Le vert pâle était beaucoup plus seyant que le blanc. L'ourlet de la robe de mousseline s'ornait d'une guirlande de fleurs brodées du plus bel effet. La coupe de la toilette était savamment étudiée, pour faire oublier la petite taille de celle qui la portait.

— Voici vos gants, madame, et votre châle.

Prudence jeta un dernier coup d'œil dans le miroir. Elle ne se voyait toujours pas comme une beauté, mais…

Je suis digne de lui, se répéta-t-elle comme une incantation, en fermant les yeux et en serrant les poings.

Nicolas l'attendait dans le salon. Il lui parut plus beau que jamais, avec son pantalon moulant de satin gris, son gilet broché d'or sur une chemise à jabot immaculée et sa redingote bleu marine. Un foulard blanc savamment attaché faisait ressortir la noirceur des cheveux et des yeux.

Son cœur battit la chamade, et la litanie que Flora lui avait suggéré de répéter lui parut soudain bien vaine et ridicule.

— Ah, Pru !

Il la détaillait de la tête aux pieds.

— Je ne vous avais jamais vue en robe du soir. Vous êtes ravissante.

Elle rougit encore, mais cette fois de pur plaisir.

— J'étais en train de me donner du courage avec un verre de brandy. Voudriez-vous m'accompagner ?

— Avec plaisir. Mais un petit verre, s'il vous plaît.

— Vous portez une très jolie robe, Pru.

Il lui tendit un verre.

— Et j'aime votre coiffure.

— Merci.

Ses compliments étaient-ils sincères ? Pru décida d'adopter l'attitude positive conseillée par Flora, et de le croire.

— J'ai découvert que Lucy avait des talents de coiffeuse.

Elle crut déceler une lueur d'inquiétude dans ses yeux noirs.

— Peut-être voudriez-vous que Lucy vous serve de femme de chambre personnelle ? En ce cas, nous engagerions une autre personne pour le ménage.

— Non, je vous assure, je n'en ai pas besoin. Lucy peut m'aider de temps à autre pour... me coiffer ou autre chose, cela suffira.

Elle rougit, car elle avait failli mentionner le laçage de son corset !

— Vous en êtes sûre ?

— Tout à fait sûre.

Il but une gorgée de brandy tout en continuant à la regarder. À quoi pensait-il ? Que, même parée et coiffée, elle était loin d'être désirable ? Elle rejeta encore une fois ces mauvaises pensées. Mais elle n'aurait peut-être pas dû exiger un rang supplémentaire de dentelle à son décolleté. Elle se remémora les conseils de Flora. Elle ne ferait aucune tentative de flirt – elle aurait trop peur de se couvrir de ridicule. Elle se contenterait de marcher la tête bien haute, pour paraître plus grande, et de songer à la jalousie de toutes ses cousines qui la verraient au bras du plus bel homme de la soirée.

— À quoi pensez-vous ? s'enquit-il. Vous avez une drôle d'étincelle dans les yeux.

— Oh, simplement au bal. J'ai très envie de danser, si vous êtes toujours désireux de m'entraîner sur la piste, bien sûr.

— Aussi souvent qu'il sera permis de le faire à un jeune marié épris de son épouse. J'ai moi aussi envie de danser.

Ah ! Évidemment ! Elle avait oublié qu'il fallait jouer l'amour fou. Au moins, c'était un rôle qu'elle n'aurait aucun mal à tenir.

— Je crois que nous devrions partir. Mais avant, portons un toast. À notre premier bal, madame Parrish.

Ils entrechoquèrent leurs verres. « Notre premier bal. » Pru avala le brandy d'un trait, comptant sur la chaleur de l'alcool pour calmer ses nerfs à fleur de peau.

— Alors, madame Parrish, êtes-vous prête ?

— Oui.

Elle était *prête* depuis une semaine, bon sang !

Nicolas entraîna enfin Pru sur la piste de danse pour le premier quadrille. Il avait été présenté à de nouveaux membres de la famille, dont certains étaient des pairs du royaume qui siégeaient au Parlement, et il fulminait de devoir rester charmant et de répéter inlassablement les mêmes banalités. Il aurait tant aimé pouvoir dire son fait à cet arrogant lord Gordon – encore un oncle ! – pour avoir harangué la Chambre à propos du traité de paix. Ou encore discuter franchement avec le cousin lord Caldecott sur sa position au sujet du projet de loi sur les usines. La danse était donc un soulagement.

Il prit place en face de Pru et riva son regard au sien. Il leur aurait été difficile de ne pas jouer le jeu de l'amour fou, puisque Arabella le clamait à tout moment, à qui voulait l'entendre. Il devait admettre que Pru jouait à la perfection son rôle de jeune mariée très éprise. Personne n'aurait pu deviner qu'elle donnait le change, tant ses regards étaient convaincants.

Sa petite épouse tranquille était décidément pleine de surprises.

Il eut tout le loisir de l'observer pendant que les couples se mettaient en place. Il l'avait complimentée en partie pour lui donner confiance en elle, mais il devait reconnaître qu'elle était vraiment jolie ce soir. Il devinait pour la première fois la silhouette gracile que la robe de bal, simple et ajustée, dissimulait à peine. En outre, la robe était décolletée, enfin ! Pas aussi profondément que celles des dames de l'assemblée, certes. Plusieurs rangées de dentelle cachaient le moindre aperçu de la naissance des seins, mais cela était suffisant pour l'intriguer.

Son regard glissa sur la voisine de Pru. Lady Bidwell ? Elle le dévisageait effrontément, et lui adressa un sourire provocant. Elle haussa les sourcils. Nick connaissait ce regard. C'était une invitation non déguisée, et ce n'était pas la première qui lui était adressée ce soir.

Seigneur ! Que ces femmes étaient impudentes ! Comment osaient-elles se comporter ainsi, en pleine réunion familiale ? Comment pouvaient-elles espérer qu'il abandonne déjà son épouse, et pour l'une de ses cousines de surcroît ?

Pru le fixait avec un petit sourire malicieux. Elle était certainement consciente des agissements de ses parentes. Quelle étrange femme ! Cela lui était-il vraiment indifférent d'être traitée avec autant d'irrespect ?

L'orchestre entama l'ouverture du quadrille. Nick ne quitta plus Prudence des yeux. Elle rayonnait de bonheur. C'était une excellente danseuse. Elle glissait sur la piste avec grâce, et semblait totalement habitée par la musique. Nicolas était sous le charme.

Il pressa ses doigts et sentit la chevalière sous le gant. La honte le submergea. Il aurait dû penser à lui offrir une véritable bague cette semaine, malgré ses protestations. Toute la famille allait remarquer la chevalière au souper, lorsqu'elle retirerait son gant !

La danse avait été plutôt endiablée. Toutes les dames s'éventaient. Il prit le bras de son épouse, qui était rose d'excitation.

— Vous avez apprécié, n'est-ce pas ?

— Oh oui. Merci de m'avoir invitée. J'ai eu si peu l'occasion de danser jusqu'alors... Oh, voici l'oncle Randolph. C'est un drôle de personnage, mais je l'aime beaucoup. Je voudrais vous le présenter.

Pru conduisit Nick vers un homme grisonnant, aux sourcils broussailleux, qui lui parut encore plus grand et massif que les autres Armitage. Son sourire s'élargit en reconnaissant la jeune femme.

— Prudence, ma chère fille !

Sa voix était un véritable mugissement, et il semblait avoir du mal à articuler.

— Viens embrasser ton vieil oncle.

— Comment allez-vous, mon oncle ?

— Je n'ai pas à me plaindre. Mais j'ai entendu des nouvelles étonnantes à ton sujet. Qu'est-ce que c'était, déjà ? Bon sang, j'ai oublié...

— Oncle Randolph, je crois que vous avez bu trop de champagne, encore une fois.

— Bah ! Un homme ne peut pas réellement s'enivrer avec ce breuvage pétillant.

— Oncle Randolph, je voudrais vous présenter mon... mari, Nicolas Parrish.

— Ton mari ? Ah, cela me revient maintenant.

— Nicolas, je vous présente mon oncle, lord Randolph.

— Très honoré, lord Randolph.

Le vieil homme serra la main tendue et la retint dans la sienne. Nick eut l'impression qu'il allait lui briser les os et réprima une grimace de douleur.

— Ça par exemple ! Alors, c'est vous ? Mon épouse m'a tout raconté. Quelle surprise !

Nicolas se demandait quand il relâcherait sa main.

— Vous vous souvenez de tante Julia, Nicolas ? Lady Randolph ?

Ce disant, elle plaça sa main sur celle de son oncle, pour libérer Nicolas.

Il n'avait pas oublié la tante Julia. Celle-ci était trop âgée pour flirter avec lui, mais elle n'avait cessé de le toiser derrière son lorgnon, en fronçant son nez aristocratique.

— Ce fut plutôt scabreux, m'a-t-on dit. Henry vous aurait planté le canon de son fusil dans les côtes ? J'aurais voulu voir cela !

Randolph s'esclaffa bruyamment.

— Mais ne vous inquiétez pas. Je suis certain que Pru ne vous fera aucun souci. C'est une vraie petite souris, celle-là.

Il s'approcha de Nick pour lui parler à l'oreille. Son haleine empestait l'alcool.

— Elle sera si heureuse d'avoir trouvé un mari qu'elle fermera les yeux sur un flirt par-ci par-là.

Il accompagna ces paroles d'une bourrade et d'un gros clin d'œil.

Nick était offusqué, car si l'homme avait cru murmurer, il n'en était rien, et Pru avait forcément entendu. Il s'apprêtait à réciter son couplet sur le mariage d'amour, mais il n'en eut pas le temps.

— Attendez. Parrish ? Parrish ? Où ai-je déjà entendu ce nom ? Je n'oublie jamais un nom. Nous serions-nous déjà rencontrés, mon garçon ?

— Je ne crois pas, lord Randolph.

Nicolas se demanda avec inquiétude si l'homme avait pu lire l'un de ses articles dans le *Morning Chronicle*.

— Cela va me revenir. Quoi qu'il en soit, tu t'es trouvé un beau jeune mari, Pru. Tu seras une bonne petite épouse, n'est-ce pas, ma fille ?

— Oui, mon oncle, répondit-elle en rougissant.

— Ah, j'aperçois Walsham. Je dois lui dire un mot. Ravi de vous avoir connu, mon garçon.

— C'est un sacré personnage, commenta Pru en souriant. Mais c'est un brave homme, même s'il boit beaucoup trop et parle trop fort.

— Ma chère *petite épouse,* vous semblez être la seule à pouvoir parler bas parmi tous les Armitage.

Prudence gloussa derrière son éventail. Mme Shelbourne s'approchait d'eux.

— Monsieur Parrish, je crois que vous m'avez promis une danse.

Nick ne vit aucune échappatoire, et il la suivit sur la piste. Pendant que la figure se formait, il garda les yeux sur Pru, espérant que quelqu'un viendrait l'inviter.

— Ne vous inquiétez pas pour la jeune mariée, dit la cousine d'un ton sarcastique. Prudence est habituée à faire tapisserie. Je crois qu'elle préfère cela.

— Vous vous méprenez, madame. Mon épouse danse admirablement, et elle y prend un grand plaisir.

— Dieu ! Quel preux chevalier vous faites ! Je suppose que l'héritage de la tante Elizabeth y est pour quelque chose ?

Il aurait dû s'y attendre. La satanée famille le prenait pour un coureur de dot. Qu'ils aillent tous au diable !

La musique l'empêcha de répondre. Il s'engagea dans la figure de mauvaise grâce, tout en remarquant que Pru entrait dans la danse avec son père, ce qui le soulagea.

À la fin du quadrille, il se hâta de rejoindre Pru et lord Henry, suivi par Mme Shelbourne. Lord Randolph se précipita sur eux.

— J'ai trouvé ! Cela m'est revenu, cria-t-il tout excité. Je sais où j'ai déjà entendu le nom de Parrish. Ah, Henry ! Je ne suis plus aussi vif que je l'étais ! C'était un peintre.

— Un peintre ?

— Oui. J'avais visité une exposition, il y a des années de cela, et j'avais aimé les tableaux. De la bonne peinture classique. J'en ai acheté un. L'artiste était une femme : Helena Parrish.

Nicolas eut un grand sourire.

— C'était ma mère.

— Non, ça alors !

Lord Randolph lui assena une grande claque dans le dos.

— Votre mère ! Je n'en reviens pas !

— Helena Parrish était une artiste hors pair, déclara lord Henry. Je ne savais pas que vous étiez son fils. Mon frère, le duc, possède quelques tableaux, et elle avait peint quelques décors pour sa maison de campagne de Beaufoy. Tu te rappelles, Randy ? Les médaillons classiques dans le nouveau salon ?

— Mais oui ! Et moi, je possède *Le Jugement de Pâris*. Même Julia l'aime beaucoup, et pourtant, vous savez combien elle est collet monté !

— Finalement, siffla Mme Shelbourne entre ses dents, cette parenté vous apporte un certain cachet, monsieur Parrish. Votre mère semble avoir connu la notoriété.

— En effet, répliqua-t-il, retenant une réponse cinglante à l'horrible femme. C'est un malheur qu'elle soit morte si jeune.

Prudence pressa le bras de Nicolas, et il lui caressa la main.

— Je suis ravi que vous possédiez *Le Jugement de Pâris,* lord Randolph. Je m'en souviens très bien.

— Regarde qui j'ai trouvé, Pru !

William s'approchait, tenant par la main une jolie jeune femme aux yeux bleus, grande et blonde. Encore une Armitage, à ne pas s'y tromper, songea Nicolas.

— Joanna !

Prudence s'avança et prit les mains de la jeune femme. Elle rayonnait. Elle devenait vraiment jolie lorsqu'elle était heureuse. Nick pensa qu'il était injuste. Elle était *toujours* jolie. Elle avait une beauté douce et discrète, qu'il n'avait jamais trouvée… attirante, jusqu'à présent.

— Tu es de retour ! Oh, tu m'as tellement manqué, Joanna !

— Moi aussi, tu m'as manqué. Mais, ma chère, j'ai entendu parler d'une grande nouvelle ! Ainsi, c'est lui, le beau jeune marié ?

Elle souriait chaleureusement à Nick.

— Oui, c'est Nicolas Parrish, mon époux.

Prudence ne put s'empêcher de rougir jusqu'aux oreilles encore une fois.

— Nick, voici ma cousine Joanna. Mme Draycott. La fille de lord Arthur, que vous avez déjà rencontré.

— Madame Draycott. Je suis très honoré.

— Moi de même, sir. J'espère que vous êtes conscient de la chance que vous avez.

William éclata de rire, et son père lui envoya une bourrade dans les côtes. Mme Shelbourne émit un petit gloussement.

Nick porta la main de Prudence à ses lèvres.

— J'en suis tout à fait conscient, madame Draycott.

Joanna haussa les sourcils et jeta un coup d'œil à Pru, qui était cramoisie.

— Eh bien alors, je suis enchantée pour vous deux.

— Dites-moi, Parrish, tonitrua Randolph, avez-vous encore un stock de tableaux dans votre grenier ?

— Des tableaux ? répéta Joanna.

— Viens avec moi, dit Pru en la prenant par le bras. Nous allons trouver une coupe de champagne et je te raconterai tout.

— Pas dans mon grenier, lord Randolph, mais mon père en a encore quelques-uns sur ses murs, dans le Derbyshire…

— Dieu du ciel, Pru ! Il est magnifique !

— Je sais.

— Tu m'as souvent parlé de lui, mais tu avais omis ce détail, cachottière !

Prudence haussa les épaules.

— Cela ne me paraissait pas important.

— Allons donc ! Mais, dis-moi, il semble amoureux fou de toi.

— Non, il ne l'est pas.

— Mais...

— Chut, Joanna. Trouvons un coin tranquille, et je t'expliquerai.

Après avoir pris une coupe de champagne sur un plateau, les deux jeunes femmes allèrent s'asseoir à l'écart sur la terrasse, et Pru lui raconta toute l'histoire. Joanna était la seule personne de sa famille à qui elle pouvait se confier, la seule à qui elle parlait souvent de son travail... et de Nicolas. Elle avait deviné les sentiments de Prudence depuis longtemps.

— Ma chère Pru, ton rêve s'est enfin réalisé. Tu as épousé l'homme que tu aimais. Cesse de t'inventer des obstacles. Tu vas tout faire pour réussir ce mariage.

— Mais il...

— Ne recommence pas à dire qu'il ne pourra jamais t'aimer. Il le pourra, parce que tu es une personne aimable.

— Moi, aimable ?

— Oui. Tu es digne d'amour.

Je suis digne de lui ! Décidément, ses amies semblaient s'accorder sur cette litanie !

— Joanna ! Je suis consciente de ma valeur en tant qu'être humain, ne te méprends pas. Mais... il est tout ce que je ne suis pas, voyons ! Nous sommes terriblement mal assortis.

— Tu veux que je te secoue, Pru ? Ce n'est pas parce qu'un homme est extraordinairement beau qu'il est sans défauts. Allez, parle-moi de ses défauts.

Des défauts ? Nicolas ?

— Je suis certaine qu'il n'est pas parfait, insista Joanna. Tu vis avec lui depuis une semaine. N'as-tu rien remarqué ?

— Eh bien... Il est un peu borné sur certains sujets.

— Ah ! Quoi, par exemple ?

— L'argent, surtout. Il refuse de toucher à un penny de mon héritage. Il est prêt à dépenser tout son argent pour mon confort personnel, même si je sais bien qu'il n'en a pas les moyens.

— Eh bien, tu vois ! Aussi têtu que mon Olivier ! N'en fais pas un dieu, Pru. C'est un simple être humain, comme toi. Vous allez apprendre à vous aimer comme deux êtres humains.

Pru soupira.

— Je voudrais pouvoir te croire, Joanna. Tu sais, l'amour non partagé me semble encore pire que pas d'amour du tout, dans un mariage.

— Fadaises ! Il est prêt à t'aimer lui aussi.

— J'ai une amie qui... essaye de m'aider pour cela.

— De quelle façon ?

— Elle m'apprend à me rendre plus belle. Pour qu'il me d... désire.

— Eh bien, elle a déjà fait du bon travail. Tu es splendide dans cette robe. Et ta coiffure est très réussie. Nicolas a forcément remarqué cela, comme tous les autres. Allez, viens. Il y a plusieurs gentlemen qui meurent d'envie de nous inviter à danser.

Nicolas s'approchait.

— Je suis désolé de vous interrompre mais je vous apportais votre châle, Pru. Ces nuits d'avril sont très fraîches.

Qu'il était prévenant ! Comment ne pas l'aimer ?

— Merci, Nicolas, mais nous avions décidé de rentrer.

— Pru m'a tout expliqué des circonstances du mariage, déclara Joanna. Je dois vous féliciter, sir, de vous être conduit en parfait gentleman, et de vous comporter comme vous le faites devant notre famille.

Nick offrit son bras à son épouse.

— Pru est mon amie depuis longtemps. Je n'aurais pu supporter de la voir déshonorée. De plus, si vous me permettez de dire cela, j'ai été outré de la manière dont la plupart des membres de sa famille la traitaient.

— Je sais. Les Armitage peuvent se montrer tout à fait stupides, quelquefois.

— Mais je ne faisais pas allusion à vous, madame Draycott. Je vois que vous êtes une véritable amie pour Prudence.

— N'en doutez pas. Et je suis sans doute la seule de la famille à tout savoir de *La Vitrine des élégantes*. Et je connais également vos opinions politiques, sir. J'imagine votre malaise au milieu de ce clan noble et... si arrogant !

Nicolas sourit.

— Je commence à m'y habituer.

— Tant mieux, car vous n'allez pas échapper à quelques raouts. J'ai moi-même l'intention de vous inviter à une petite soirée musicale la semaine prochaine. J'espère que Pru acceptera de jouer.

— Jouer ?

Nicolas regardait son épouse d'un air interrogateur.

— Non, Joanna. Je manque de pratique. Tu trouveras quelqu'un d'autre.

— Comment cela, tu manques de pratique ? Ne me dis pas que tu n'as pas de piano !

Pru haussa les épaules. Elle ne voulait pas aborder ce sujet maintenant. Son piano lui manquait terriblement, d'autant plus qu'elle apercevait la boutique de Broadwood & Son, les meilleurs fabricants de pianos de toute l'Angleterre, de la fenêtre de sa chambre à Golden Square. Elle ne voulait pas froisser la susceptibilité de Nicolas en faisant une telle dépense pour elle-même.

— Il n'y a pas de piano chez vous, monsieur Parrish ? s'étonna Joanna.

— Hélas non, madame. Ma sœur ne jouait pas, et je dois avouer que j'ignorais que Pru avait ce talent.

— Talent est le mot, sir. Elle joue divinement.

— Pru ! Pourquoi ne m'en avez-vous rien dit ?

Elle haussa les épaules encore une fois.

— Cela n'avait pas d'importance.

Joanna se récria.

— Je ne te savais pas capable d'un si gros mensonge ! Je sais pertinemment que tu ne peux pas vivre sans ta musique.

Elle tapota la main de sa cousine.

— Quoi qu'il en soit, je compte sur vous deux à ma soirée musicale, et nous trouverons bien un moyen… Oh, Dieu ! Voilà l'oncle Caldecott qui me cherche. Je lui ai promis une danse.

Nicolas regardait son épouse d'un air contrit.

— Pru… il y a tellement de choses que j'ignore sur vous. Vous jouez du piano !

— Bah ! Joanna a exagéré. La plupart des femmes de cette assemblée en jouent également. Je ne suis pas meilleure.

— J'aimerais tellement pouvoir vous offrir un instrument, mais…

— N'y pensez plus, Nicolas. Ce n'est pas si important, je vous assure. Oh, voici Lionel.

Le frère de Joanna s'approchait, avec un sourire chaleureux.

— Cousine Prudence ? Voudriez-vous me faire l'honneur du prochain quadrille ?

Prudence était certaine qu'il était envoyé par sa sœur, mais elle en fut heureuse malgré tout. Elle n'avait plus envie de parler de piano.

— Avec plaisir, Lionel.

Elle suivit son cousin sur la piste, puis se retourna pour regarder Nicolas. Il baissait les yeux, et elle s'aperçut qu'il serrait les poings.

8

— Bon sang, regardez-moi ça !

« Ces Dames » abandonnèrent leur travail de coloriage et s'agglutinèrent dans le hall pour regarder les livreurs, qui essayaient de trouver le bon angle pour monter le piano au premier étage.

— Oh là là ! Qu'il est beau !

— Vous savez jouer de cet instrument, mam'zelle ?

Pru surveillait le transport avec angoisse, terrifiée à l'idée de voir un éclat sur le bois du magnifique piano.

— Oui, Ginny, je joue du piano, et je suis impatiente d'essayer celui-ci.

— C'est M. Nick qui vous l'a acheté ?

— Non, c'est le cadeau de mariage d'une cousine.

Un somptueux cadeau. Prudence avait failli renvoyer les livreurs de Broadwood & Son, mais Joanna avait joint un billet au présent.

Ma très chère Pru,

Accepte, s'il te plaît, ce cadeau de mariage de la part de ta cousine qui t'aime. Je sais que tu ne peux être complètement heureuse sans musique dans ta vie. Je veux que ton bonheur soit parfait, et cet instrument t'y aidera. Ne me fais surtout pas l'affront de le renvoyer.

Entraîne-toi plutôt pour ma petite soirée de jeudi prochain.

Avec toute mon amitié,

Joanna

Pru avait eu les larmes aux yeux à cette lecture. Chère Joanna ! Le piano était un magnifique demi-queue, judicieusement choisi car la maison n'était pas grande. Ses doigts la démangeaient.

— C'est un sacrément beau cadeau, s'exclama Ginny. Je parie que M. Nick va être surpris !

Prudence soupira. Elle espérait surtout qu'il ne serait pas contrarié de voir le salon encombré par l'instrument, et aussi que la musique ne le dérangerait pas. De toute façon, elle préférait jouer quand elle était seule.

— Fais attention où tu mets les pieds, toi là-haut, hurla Bess. Tu vas te retrouver sur ton joli petit derrière !

Les filles éclatèrent de rire bruyamment, et Prudence eut peur pour son piano flambant neuf. Elles allaient distraire les hommes de leur travail.

— Mesdames, vous devriez reprendre votre coloriage. Je dois d'ailleurs vérifier quelques planches avec vous.

Les gravures séchaient sur la table de la salle à manger transformée en atelier. Comme d'habitude, les couleurs imposées par Flora n'avaient pas été tout à fait respectées. « Ces Dames » ne pouvaient s'empêcher d'ajouter des teintes vives ici et là. Ginny adorait les rayures. Madge mettait systématiquement une touche de rouge cerise là où on ne l'attendait pas. Bess – d'origine irlandaise – avait un faible pour les verts luxuriants. Daisy s'était spécialisée dans les motifs floraux, et Sadie osait les associations les plus inattendues, comme le violet et l'orange... Mais ni Edwina ni Prudence ne regrettaient de les avoir engagées. *La Vitrine* était devenue l'un des magazines féminins les plus recherchés, grâce à cette touche d'originalité.

L'une des gravures attira l'attention de Prudence. Comme d'habitude, Polly, la plus délicate des filles, avait divinement peint le visage du modèle. Polly avait un réel talent, et Edwina espérait que bientôt elle ne serait plus obligée d'aller vendre ses charmes dans la rue. La planche montrait une tenue d'après-midi, composée d'une tunique de gaze – blanche selon les indications de Flora, mais qui avait été légèrement teintée de rose – avec des ruchés à la Van Dyck, retenue à la taille par une cordelette dorée ornée de strass, sur une robe blanche également. Des mules jonquille – décorées de fines rayures par Ginny – et des gants de peau de même couleur complétaient la toilette. Le profond décolleté en V de la robe était très flatteur. Pru se demandait si...

— Mam'zelle ?

Madge regardait par-dessus son épaule.

— Y a quelque chose qui va pas avec la peinture ?

Pru sourit.

— Non, pas du tout, Madge, elle est parfaite. J'admirais la toilette, c'est tout.

— Elle est belle, hein ? Elle vous irait bien, mam'zelle... Oh, pardon ! Je peux pas m'y faire ! Je devrais dire « m'dame ».

Pru éclata de rire.

— Ne vous excusez pas, Madge. J'ai du mal à m'y faire moi-même. Bien. Il y a encore beaucoup de travail pour vous. Il me faut toutes ces planches pour mercredi prochain. Vous y arriverez ?

— Bien sûr, mam'zelle. Non, m'dame... Oh, zut !

Pru rit franchement et quitta la salle à manger pour grimper l'escalier. Son beau piano trônait dans le petit salon, en parfait état. Les livreurs s'étaient appuyés sur le coffre verni pour reprendre leur souffle. Elle prit un siège et tapota quelques notes pour vérifier l'accordement. Il était parfait.

Après le départ des hommes, elle se précipita dans sa chambre et tira de dessous le lit une boîte en fer qui contenait ses partitions. Elle avait encore de nombreuses épreuves à corriger pour le prochain numéro du magazine, mais... le piano tout neuf l'attendait ! Elle ne pouvait réprimer plus longtemps son envie de l'essayer.

Elle s'installa devant le clavier et commença à jouer tous ses morceaux préférés, les uns après les autres. Elle n'avait pas pris conscience que la musique avait pu lui manquer à ce point, en l'espace d'une simple semaine. Ses doigts couraient seuls sur le clavier. Elle plaqua la dernière note d'une sonate et posa son front sur la caisse de l'instrument, épuisée.

— C'était très beau, Pru.

Elle sursauta en entendant la voix de Nicolas, et regarda l'horloge. Dieu du ciel !

— De... depuis combien de temps êtes-vous là ?

— J'ai écouté les trois derniers morceaux. Je ne suis pas un expert, mais... c'était très beau, sincèrement.

Elle haussa les épaules.

— Je crois que c'était juste, sans plus. Mais j'y ai pris du plaisir.

— Je vois cela. Vous étiez dans un autre monde, ma chère.

— Oh, Nicolas ! N'est-ce pas merveilleux ? Joanna m'a offert ce piano en cadeau de mariage.

— C'est merveilleux en effet. Madge m'a tout raconté.

— Mon Dieu ! J'avais oublié « ces Dames » ! Ont-elles...

— Elles sont parties, Pru. Elles ont bien travaillé, tout en écoutant votre musique. Elles étaient enchantées.

— Mais j'ai gâché tout un après-midi de travail ! Il fait déjà nuit !

— Vous avez simplement oublié le monde extérieur, grâce à la musique.

— Oui, je le suppose. Mais... j'espère que vous n'êtes pas fâché. Cet instrument tient tellement de place dans votre salon...

Nicolas lui prit le bras avec douceur.

— Pru, par pitié ! C'est *votre* salon également. Et je suis si content de vous voir – enfin – heureuse dans cette maison ! J'ai pu m'apercevoir quelle place la musique tenait dans votre vie, grâce à votre cousine. Joanna a fait un très beau geste. Voilà au moins quelqu'un qui vous apprécie dans la famille.

Il désigna le sofa.

— Venez vous asseoir à côté de moi. Cela vous ennuierait-il si je vous questionnais au sujet de votre famille ?

— Non. Que voulez-vous savoir ?

— Veuillez excuser la brutalité de mes paroles, Pru, mais j'aimerais savoir pourquoi vous avez droit à un tel mépris de leur part, du moins de presque tous. Je vous ai entendue jouer tout à l'heure, vous possédez un réel talent. Et je vous en connais d'autres, en dehors du domaine musical. Comment avez-vous pu supporter une telle attitude jusqu'à présent ?

— Ce ne fut pas aussi terrible que vous l'imaginez.

— Je n'imagine rien, Pru. J'ai constaté comment ils vous traitaient. Cela me rend furieux. Ils ne voient donc pas la personne extraordinaire que vous êtes ?

Une *personne extraordinaire* ? Il pense vraiment cela de moi ?

— Je ne sais pas quoi vous dire, répliqua-t-elle avec un haussement d'épaules.

Pru se demandait si elle devait se réjouir qu'il la trouve extraordinaire. Il venait de découvrir ses talents musicaux, mais elle souhaitait de l'amour, et... du désir. Il était peut-être fou de sa part d'espérer autre chose que de l'admiration et du respect. Après tout, beaucoup de mariages ne connaissaient même pas cela. Elle aurait dû être contente...

— Je n'ai jamais trouvé cela difficile, reprit-elle. J'ai hérité du physique de ma mère. Nous étions les seules de la famille à être petites, mais elle, c'était une boule de feu, et elle savait s'exprimer haut et fort ! Moi, j'étais silencieuse, mais elle m'a servi d'exemple. Et elle m'a appris à m'accepter telle que je suis.

— J'aurais voulu la connaître.

Pru eut un sourire ravi.

— Vous l'auriez aimée, Nicolas. Elle était traitée de bas-bleu, mais elle n'aurait pas hésité une seconde à partir pour la France, comme vous l'avez fait, pour soutenir les révolutionnaires ! Elle n'a pas vécu assez longtemps pour cela.

— Ainsi, vous lui devez vos sympathies républicaines.

Elle étouffa un petit rire.

— Certes. Elles ne pourraient venir de mon père, ni de mes frères !

— Et c'est donc elle qui vous a appris à vivre parmi cette horde de Vikings ?

Cette fois, Pru éclata franchement de rire.

— C'est donc ainsi que vous les surnommez : les Vikings ! Cela me plaît. L'image est juste… Vous avez raison. J'ai toujours su que je ne serais jamais assez grande et assez forte pour être comme eux à l'aise en société, ni aussi belle que les autres femmes de la famille, mais je ne me suis jamais sentie envieuse.

Il la regarda fixement avec une drôle d'expression. Ses yeux paraissaient encore plus noirs. À quoi pensait-il ? Elle devait admettre qu'elle n'était pas entièrement sincère. Elle aurait bien voulu, parfois, être aussi belle que les autres Armitage…

Je suis digne de lui !

— En réalité, je… je n'ai jamais eu tellement confiance en moi, avant… d'arriver ici. Je dois vous avouer que c'est mon travail pour *La Vitrine* qui m'a fait redresser la tête.

Le regard de Nick s'illumina.

— Vraiment ?

— Oh, oui.

— Plus que la musique ?

— Oui. La musique est… comme un luxe, un péché mignon. Mais le magazine est autre chose. Travailler avec Edwina m'a fait prendre conscience que je pouvais faire quelque chose d'utile.

Elle souriait en se souvenant de sa première visite à Golden Square, lorsqu'elle était venue soumettre un article à l'éditrice. Elle n'oublierait jamais sa joie quand elle avait appris que ses propres mots allaient être imprimés.

— Je suis petite et silencieuse. Une souris dans une famille de félins ! Mais j'ai toujours su que j'avais un cerveau, et quelques talents. C'était suffisant pour moi.

Nicolas s'approcha et lui caressa la joue.

— Petite et silencieuse, oui. Mais en aucun cas banale.

Il lui avait caressé la joue ! Elle n'était pas banale ! Son pouls s'accéléra. Serait-elle alors... proche d'être désirable ?

Elle essaya de se remémorer les leçons de Flora. Si elle devait un jour les mettre en pratique, c'était maintenant. Que fallait-il faire pour exciter un homme ? *Une femme devait battre des cils doucement, comme pour évoquer les ailes d'un papillon.*

Et elle s'exerça. Ouvrir, fermer, ouvrir, fermer...

— Pru ? Quelque chose ne va pas ? Avez-vous une poussière dans l'œil ?

Elle ferma les yeux et étouffa un grognement.

— Mais non ! Tout va bien, Nicolas.

— Vous savez, ma chère, vous devriez porter vos lunettes, si elles vous sont indispensables.

Les lunettes ! Elle n'était décidément pas faite pour la séduction, n'en déplaise à Flora !

— Je sais que de nombreuses femmes rechignent à les porter, continua-t-il, mais...

— Je n'ai pas constamment besoin de mes lunettes, je vous assure. Uniquement pour du travail de précision. Je suis simplement un peu fatiguée.

Et voilà maintenant qu'elle avait pris un ton irrité ! C'était sans espoir, décidément. Il lui semblait avoir fait un pas en avant et deux en arrière.

Il s'était levé d'un bond.

— Oh ! Vous allez vous coucher tôt, alors. Que diriez-vous d'un brandy pour vous détendre avant d'aller au lit ?

— Oui, je... Volontiers.

Elle n'en avait jamais eu autant besoin, en effet !

Nick se tortillait sur sa chaise tandis que la soprano italienne s'évertuait à terminer son aria. Il était déjà assez mal à l'aise et contrarié de se retrouver parmi la horde de Vikings Armitage, et de devoir faire bonne figure ! Ces miaulements auraient raison de sa politesse. Il n'en pouvait plus !

Il regarda Pru qui gardait les yeux baissés, les mains croisées sur ses genoux. Lorsqu'elle leva la tête, il constata qu'elle se mordait la lèvre pour ne pas rire, et elle lui adressa un petit signe d'encouragement.

Enfin le supplice s'arrêta, sur un dernier cri aigu. Nick entraîna rapidement Pru sur la terrasse et ils purent enfin éclater de rire. Il s'aperçut qu'elle avait un rire mélodieux.

— C'était terrifiant, n'est-ce pas ?

— Elle nous a en effet quelque peu écorché les oreilles.

Pru riait encore derrière son éventail. Nick s'émerveillait de son expression dans ces moments de joie.

— Je ne vous avais plus entendue rire comme cela depuis cette escapade nocturne, l'an passé, quand il nous a fallu récupérer les exemplaires de *La Vitrine*.

Un incident malheureux avait failli leur apporter beaucoup d'ennuis, en effet. Un pamphlet virulent, de la plume de Nicolas, avait été imprimé par erreur dans le magazine de sa sœur, et toute l'équipe s'était mobilisée pour récupérer les exemplaires du journal avant qu'ils ne soient distribués au petit matin. Pru n'avait certes pas oublié cette nuit riche en aventures aux côtés de Nicolas.

— Vous devriez rire plus souvent, ajouta-t-il en passant un doigt sur sa joue.

Elle avait la peau si douce ! Mais il aurait dû prévoir le rougissement que ce simple geste allait provoquer. Elle semblait toujours si effarouchée au moindre contact. Comment allait-il s'y prendre pour l'apprivoiser et l'attirer dans son lit, si elle faisait montre d'autant de pruderie ?

— Je suis heureuse de voir que vous appréciez la soirée.

Joanna avait fait irruption et arborait un grand sourire.

— Qu'avez-vous pensé de la signora Gambiatti ?

Un gloussement sortit de derrière l'éventail de Pru.

— Elle… elle a été… incroyable.

— Vraiment ? Vous le pensez, Nicolas ? Franchement, j'ai trouvé qu'elle n'avait pas réussi à trouver le ton, et qu'elle s'égosillait.

— Oh, Joanna ! Elle était horrible ! Nous avons dû quitter précipitamment la pièce pour ne pas éclater de rire en public.

Pru jubilait, et Joanna aussi, pour une autre raison.

— Vraiment ? Eh bien, c'est à ton tour, maintenant. J'espère que tu feras mieux.

Prudence se raidit. Nick lui prit la main et la porta à ses lèvres.

— Je suis sûr que vous serez brillante.

Il tressaillit au contact de la chevalière sous le gant.

— Ma bague va vous gêner, elle est beaucoup trop large pour vous…

— Ne vous inquiétez pas.

Il ne pouvait le croire ! Une bouffée de désir l'envahit lorsqu'elle défit son gant…

Elle enleva la bague, déroula le ruban qui la retenait et l'enfila autour de son cou. La chevalière se trouvait juste à la naissance des seins, révélée ce soir par le profond décolleté en V de la robe blanche.

— C'est parfait, s'exclama Joanna. Ce sera ton porte-bonheur !

Rougissante encore une fois, Pru vérifia de sa main le bandeau qui retenait ses cheveux.

— Est-ce que ça va ?

— Tu es magnifique, ma chérie. J'adore ta robe ! Elle est très seyante.

— Vraiment ? Tu pourras en voir le modèle dans le prochain numéro de *La Vitrine*. Elle a été créée par une couturière qui nous soutient, en échange de cette propagande gratuite.

— Eh bien, bravo ! Vous faites du bon travail.

Nick ne put s'empêcher de se demander combien cette robe – très belle au demeurant – avait coûté. Il était certain que son épouse piochait dans son héritage, puisqu'il ne pouvait lui offrir des toilettes décentes. Il enrageait.

— Tante Prudence !

Arabella s'approchait, dans un grand état d'exaltation, comme toujours.

— C'est à toi ! Viens, tu dois jouer maintenant.

Elle se tourna vers Nick avec fierté.

— C'est moi qui tourne les pages.

Pru soupira.

— Allons-y, Arabella.

Nick la regarda s'éloigner. Pourquoi n'avait-il jamais vu qu'elle était belle ?

Elle marchait avec une grâce exquise. Sa chevelure – décidément impossible à discipliner – était d'un blond vénitien flamboyant, et les mèches bouclées qui s'en échappaient l'excitaient terriblement. Il avait soudain envie d'embrasser cette nuque effilée... Quand avait-il commencé à la considérer autrement qu'en sœur effacée ?

Seigneur ! C'était pourtant la même Prudence ! Son amie et sa collègue de travail.

— Ne vous inquiétez pas, monsieur Parrish, elle sera parfaite.

— Excusez-moi ?

Joanna lui souriait chaleureusement.

— Je vous voyais soucieux. J'ai cru que vous vous inquiétiez pour son concert. Lorsqu'elle joue, elle oublie le public, elle ne joue que pour elle.

— Je m'en suis déjà aperçu. Elle est très talentueuse, n'est-ce pas ? Je vous suis extrêmement reconnaissant de lui avoir offert le piano.

— Je veux qu'elle soit heureuse, monsieur Parrish.

Nick comprit parfaitement le message. Il ne s'agissait pas uniquement du piano.

— Je désire la même chose, madame Draycott.

— Bien. Je serais désolée d'apprendre le contraire. Pru représente beaucoup pour moi.

Et pour lui aussi ! Il en prit subitement conscience.

— Dites-moi. Est-ce qu'elle a eu des prétendants ?

Il regretta aussitôt d'avoir posé la question. Joanna avait haussé les sourcils et le regardait bizarrement.

— Personne qui n'ait reçu un encouragement, que je sache. Vous devriez savoir qu'elle est extrêmement timide avec les hommes... dans ce genre de situation, du moins.

— Et pourtant, elle a vécu dans une maison pleine d'hommes !

— Certes, mais c'est justement là une partie du problème. Elle les a entendus parler des femmes sans aucun détour, tout en oubliant qu'elle en était une. Je connais bien ses frères, et je pense qu'à leur contact, elle n'a cessé de se demander ce qu'un homme pourrait bien penser et dire d'elle. Et tout ce que les gens des deux sexes… font ensemble a fini par beaucoup l'embarrasser. Mais je ne vous apprends rien, n'est-ce pas ?

Nick se demandait ce que Prudence avait dit exactement à sa cousine.

— Je me souviens de sa présentation à la société et de son premier bal, continuait Joanna. Elle était si mal à l'aise ! Elle ne pouvait que bredouiller et bégayer face à un jeune homme. Elle n'a plus jamais voulu assister à ce genre de soirées mondaines. Oncle Henry était furieux, et il lui serinait qu'elle ne pourrait se trouver un mari, mais Pru prétendait que cela lui était égal, qu'elle avait mieux à faire… et la situation s'est installée ainsi.

Elle inclina légèrement la tête sur le côté et le considéra un instant.

— Franchement, monsieur Parrish, je crois que vous épouser a été la meilleure chose qui puisse lui arriver.

— Vous le pensez vraiment ? Elle n'en avait pas plus envie que moi.

Il se mordit les lèvres. Il avait oublié qu'il lui fallait jouer la comédie du mariage d'amour devant la famille. Cependant, Joanna en savait certainement plus que les autres à ce sujet.

— Cela n'a aucune importance, sir. Ne comprenez-vous pas ? Puisque vous êtes amis, Prudence peut parler avec vous, rire avec vous, sans en être tourneboulée.

Il aurait bien aimé qu'il en soit ainsi. Dès qu'ils abordaient des sujets intimes – ou même simplement personnels –, Pru se troublait au-delà de la normale pour une jeune femme.

— Le fait que vous ayez été mis devant le fait accompli est un bien pour Pru. Elle n'a pas eu à affronter les affres d'un mariage conventionnel, avec tous les préparatifs angoissants que cela implique dans notre milieu. Elle est l'épouse d'un ami. Je sais que *vous* ne vouliez pas cela, sir, mais je n'aurais pu espérer un meilleur mariage pour ma cousine. Et je persiste à croire que vous êtes un homme chanceux, monsieur Parrish, car vous allez découvrir une Pru que vous ne connaissez pas, et vous verrez... quel joyau vous a été confié !

Cette femme parlait bien ! Découvrir Pru. Il avait déjà commencé à le faire, et cette aventure lui plaisait...

— Venez, monsieur Parrish. Votre épouse va se produire en concert.

— J'ai sauté une note dans l'allégro.

— Et vous êtes la seule à le savoir, je vous assure. Vous avez été divine, Pru. Je suis si fier de vous !

Les paroles de Nicolas lui réchauffaient le cœur. Elle en rosissait de plaisir, dans la pénombre du fiacre qui les ramenait à Golden Square.

— C'est très aimable à vous de me complimenter ainsi.

— Par pitié, arrêtez de penser que mes compliments sont de la pure politesse, Pru. Je suis sincère !

Nick lui prit le menton et tourna son visage vers lui. Il se pencha sur sa bouche... Dieu ! Il allait l'embrasser, enfin ! Il allait certainement comprendre qu'elle était *prête,* car elle allait répondre à son baiser avec ardeur. Elle ferma les yeux et tendit son visage en se serrant contre lui...

— Que diable se passe-t-il ici ?

Il avait retiré sa main, et Pru ouvrit les yeux. Le fiacre s'était arrêté. Ils étaient arrivés à Golden Square.

— Il y a de la lumière partout. Il se passe quelque chose d'anormal !

Pru ravala la boule qui se formait dans sa gorge. Elle se moquait totalement de ce qui se passait dans la maison. Une fois de plus, elle était frustrée dans ses désirs !

Il bondit et se rappela au dernier moment de lui tendre la main pour l'aider à descendre de voiture. En effet, la maison était éclairée et un fiacre stationnait devant la porte.

— Qui cela peut-il être ?

— Je ne sais pas, mais j'ai une petite idée, répondit-il en grimaçant.

Lucy ouvrit la porte avant qu'il n'ait eu le temps d'introduire la clé.

— Je suis désolée, sir, mais il m'a dit que c'était sa maison, et qu'il n'y avait pas de problème...

Pru reconnut l'homme qui descendait l'escalier. Elle l'avait rencontré l'année précédente. C'était une réplique de Nicolas, en plus âgé.

— Enfin, vous voilà !

— Père !

Ils s'embrassèrent chaleureusement.

— Que diable faites-vous à Londres ?

— Puisque personne n'a daigné m'inviter au mariage, j'ai pris la liberté de venir présenter mes félicitations en personne. Prudence ? Je suis comblé que vous soyez l'heureuse élue. Bienvenue dans la famille.

Il se pencha et l'embrassa sur la joue.

Il semblait sincèrement heureux. Pru se demandait ce que Nicolas lui avait raconté exactement.

— Tu as bien fait, mon fils. Suivez-moi là-haut tous les deux. Il est encore très tôt, et nous avons beaucoup à nous dire.

Bartholomew Parrish était un fort bel homme. Il avait les mêmes yeux noirs que ses deux enfants, et il avait visiblement eu la même chevelure, avant de grisonner. Prudence lui avait été présentée pour le mariage d'Edwina, et elle l'avait aimé d'emblée.

Mais... allait-il s'installer ici ? Bien sûr, puisque c'était sa maison. Alors il allait savoir... puisque toutes les chambres ouvraient sur le même palier ! De plus, Nicolas ne pourrait jamais venir la rejoindre dans son lit, avec son père dormant à côté !

Pru soupira et se força à grimper l'escalier. Quelle nouvelle humiliation allait-elle devoir subir ?

Ils pénétrèrent dans le salon où Lucy avait dressé la table, avec du vin clairet et des gâteaux.

— Je n'arrive pas à croire que vous ayez fait le voyage jusqu'à Londres, père. Vous détestez tellement la ville et...

— Je te promets que je ne m'imposerai pas trop longtemps, mon fils. Je voulais simplement mieux connaître ma belle-fille. Portons un toast.

Il remplit trois verres de clairet et leva le sien en souriant.

— À vous deux. Puissiez-vous connaître une longue vie heureuse ensemble !

Les verres s'entrechoquèrent.

— Asseyez-vous. J'ai quelque chose pour vous.

Nicolas et Prudence s'assirent sur le canapé.

— Monsieur Parrish, hasarda-t-elle, je… j'espère que vous avez été bien installé. Je suis désolée que nous n'ayons pu vous accueillir comme il se doit…

— Ne vous inquiétez pas, ma chère. Tout est parfait pour moi. Mais, s'il vous plaît, appelez-moi Bartholomew.

Il traversa la pièce et passa les doigts sur le piano.

— Vous jouez, Prudence ?

— Oui. C'est le cadeau de mariage d'une de mes cousines.

— Ah ! Moi aussi, j'ai un cadeau pour vous.

Il se dirigea vers un grand paquet posé contre le mur. Prudence devina immédiatement qu'il s'agissait d'un tableau. Nicolas se leva pour l'aider à enlever le papier d'emballage.

— C'est une œuvre de maman ?

— Oui. J'ai pensé que Prudence l'aimerait.

Le tableau fut apporté au milieu de la pièce, en pleine lumière.

— Oh, ça alors !

Nicolas rayonnait de plaisir.

Prudence regardait la grande toile, bouche bée, incapable d'articuler un seul mot.

— Je me suis dit que celui-ci était tout indiqué pour un mariage. Ta mère aurait été d'accord avec moi.

Le tableau, intitulé *Mars et Vénus,* représentait le dieu et la déesse surpris pendant l'acte d'amour, dans leur splendide nudité !

— Alors, a-t-il remarqué le changement ?

Pru réprima un grognement. Flora était bien décidée à poursuivre sa campagne de séduction, et elle voulait connaître tous les détails.

— Il n'y a pas eu de grands changements.

— Comment cela ? Ne me dites pas que vous n'avez pas porté vos nouvelles robes ?

— Si, j'en ai étrenné quelques-unes, mais…

— Mais quoi ?

— Flora ! N'oubliez pas que je ne suis pas d'un naturel extraverti, comme vous. D'ailleurs, je ne supporte pas que l'on me regarde.

— Qu'avez-vous fait, ma fille ?

— Hum ! J'ai... fait ajouter quelques rangées de dentelle aux décolletés, par exemple.

Elle recula son fauteuil, comme si elle craignait une explosion de la part de Flora.

— Non !

— Je n'ai pas pu faire autrement. Je me sentais si… exposée aux regards.

— Mais c'était justement le propos, petite sotte ! Comment pensez-vous attirer l'œil d'un homme, si vous cachez tous vos appas ? De plus, ces robes étaient faites pour être très décolletées. Vous avez dû en détruire toute la ligne !

— Honnêtement, je ne le crois pas. Elles sont très jolies. Nicolas m'en a fait des compliments, et ma cousine Joanna également.

— Ah ! C'est déjà quelque chose.

— J'ai bien peur d'être une cause perdue, Flora…

— Ne dites jamais cela.

Flora se pencha au-dessus du bureau et lui prit gentiment le menton pour l'obliger à relever la tête.

— Souvenez-vous de ce que je vous ai dit, Pru.

— Je sais. « Je suis digne de lui. » Je me le répète.

Flora sourit.

— C'est bien. Vous faites des progrès. Ils sont simplement un peu lents à mon goût. Lucy vous coiffe bien ?

— Oui, le soir quand nous sortons. Elle fait du bon travail.

— Et pourquoi ne vous coifferait-elle pas tous les jours ?

— Tous les jours ! Mais je passe presque tout mon temps ici...

— Justement ! Nicolas vous verra bien coiffée tous les jours. Et il en va de même pour vos habits.

— Mais je ne veux pas gaspiller mon argent à renouveler entièrement ma garde-robe.

— Elle n'en a pas besoin. Vos mousselines et vos châles sont de bonne qualité... Vous en portez trop, c'est tout.

— Je vous demande pardon ?

— Mais oui. Un fichu léger serait amplement suffisant, ou même inutile avec une robe boutonnée au col. Avec toutes vos draperies, vous paraissez empâtée, en raison de votre petite taille.

— Oh !

Prudence songea à sa mère, qu'elle avait toujours trouvée magnifique, drapée dans des châles et des fichus de dentelle. Elle avait sans doute voulu lui ressembler, sans s'en rendre compte.

— En outre, toute cette accumulation de vêtements est passée de mode. Aujourd'hui, c'est la simplicité qui est de bon ton. Lisez mes chroniques, que diable !

— Mais... je ne veux pas paraître démodée.

Surtout maintenant, alors qu'elle devait se montrer au bras de Nicolas, toujours si élégant !

— Que pouvons-nous faire, Flora ? Dans la limite du raisonnable, bien sûr.

— Approchez. Nous allons voir, directement sur le modèle.

Pru s'approcha de son amie avec méfiance et jeta un coup d'œil inquiet vers la porte. Nicolas était encore dans la maison, il pouvait entrer...

Flora enleva le fichu noué dans le dos qui couvrait le buste de Prudence...

— C'est déjà mieux, voyez ! Maintenant, le délicat plissé de la chemise est mis en valeur, et vous êtes suffisamment couverte, avec ces petits boutons qui montent jusqu'au cou. Je vais épingler cette petite broche là, sous le col... Voilà, c'est très joli. Promettez-moi de ne plus faire de superpositions de châles, même avec une robe décolletée.

— Ou... oui.

— J'entends quelqu'un descendre l'escalier. C'est peut-être Lucy. Je voudrais lui dire un mot.

Pru alla ouvrir la porte et regarda dans le hall.

— Non, c'est Nicolas et son père.

Flora se leva d'un bond. Prudence lui trouva une drôle d'expression, tout à coup.

— Bartholomew Parrish est ici ?

— Oui. Il est arrivé hier soir. Voulez-vous que je vous présente ?

— Oh, nous nous sommes déjà rencontrés...

Flora avait un étrange petit sourire.

— Au mariage d'Edwina.

— Bien sûr. J'avais oublié.

Pru sortit dans le hall et s'adressa à son beau-père.

— Monsieur Parrish... je veux dire, Bartholomew, voudriez-vous entrer dans la bibliothèque un instant ?

— Bien volontiers, ma chère. Nicolas m'a vanté votre travail sur le magazine. Je serais heureux d'y jeter un coup d'œil.

Il s'arrêta brusquement et ses yeux s'agrandirent à la vue de Flora.

— En réalité, je voulais vous présenter notre éditrice de mode, Mme Gallagher, qui est aussi mon amie. Mais j'avais oublié que vous vous étiez rencontrés au mariage d'Edwina.

M. Parrish prit la main tendue et la baisa.

— En effet. C'est un plaisir de vous revoir, madame Gallagher.

— Tout le plaisir est pour moi, sir. Quel bon vent vous amène en ville ?

— Eh bien, je souhaitais mieux connaître ma nouvelle belle-fille, en premier lieu. Ensuite, hum... je voulais revoir quelques-uns de mes vieux amis. Je me mettais justement en route, pour une première visite.

— Je ne vous retarde pas, alors. Peut-être aurons-nous l'occasion de nous revoir pendant votre séjour.

Elle se tourna vers la jeune femme.

— Je dois partir moi aussi, Pru. J'ai promis à Mme Phillips de passer voir ses nouvelles créations. Et n'oubliez pas votre promesse, ma fille.

Pensive, Pru acquiesça en souriant. La conduite de son amie lui paraissait étrange. L'instant d'avant, Flora semblait avoir tout son temps et voulait parler de coiffure avec Lucy...

— Puis-je vous déposer quelque part, madame Gallagher ? Nous partagerions un fiacre.

— Merci, sir. Mais j'ai ma voiture qui m'attend. C'est moi qui peux vous déposer, si vous le voulez bien.

— J'en serai enchanté, madame. Prudence, ma chère, je dînerai en ville avec mes amis. Si vous avez des projets pour la soirée, ne vous préoccupez pas de moi.

Il offrit son bras à Flora et ils sortirent de la maison.

Nicolas et Prudence les suivirent des yeux en silence.

— Cela semble étrange, et père était d'humeur très joyeuse ce matin.

— Vraiment ?

Prudence souriait malicieusement.

— Tout le monde paraît bien joyeux, ce matin, commenta-t-il. Qu'est-ce qui se passe ici ?

— Cela ne me regarde pas, dit Prudence en haussant les épaules.

Elle avait rougi, encore une fois.

— Qu'est-ce qui ne vous regarde pas ?

— Votre père et Flora.

Nicolas écarquilla les yeux.

— Quoi ? Vous ne pensez pas que… ? Non, je ne peux pas le croire.

Prudence avait pourtant bien cru deviner qu'il se passait quelque chose entre son beau-père et Flora. Elle avait senti des étincelles crépiter dans l'air.

— Non, Pru. Père et Flora, ce serait ridicule !

Elle le dévisagea, éberluée.

— Qu'est-ce qui serait ridicule ? Désapprouvez-vous à cause du passé de Flora ?

— Bien sûr que non. C'est juste que… père semblait apprécier sa solitude…

— Eh bien, il en est peut-être fatigué. Et Flora est une femme extraordinaire.

— Certes. Vous allez peut-être un peu vite en besogne, cependant. Il vient juste d'arriver. Comment pourrait-il y avoir quelque chose entre eux ?

Il était toujours difficile de penser à ses parents en tant qu'êtres humains ordinaires. Nicolas paraissait réellement perturbé. Pru décida de ne pas insister.

— En effet. Vous avez sans doute raison.

— Dites-moi, quelle promesse avez-vous faite à Flora ?

Elle détourna le regard. Ses joues la brûlaient. Elle devait être cramoisie.

— Oh ! Ce n'était rien du tout.

— Mais vous avez rougi, Pru.

— Je... je rougis toujours.

Nicolas eut un petit rire.

— C'est votre teint pâle qui veut cela. Tout comme Simon ! Allons, dites-moi ! Quelle est cette promesse qui vous fait rougir ?

— C'est une sottise... qui concerne ma façon de m'habiller.

— Votre façon de vous habiller ?

— Oui. Flora s'est mis en tête de... d'être ma conseillère en matière de mode.

— Vraiment ?

Pru crut déceler de l'amusement dans sa voix.

— Elle a beaucoup de classe, et moi... pas. Je suppose qu'elle me voit comme... un sujet d'expérience.

Nicolas lui prit le menton et l'obligea à le regarder dans les yeux.

— Eh bien, c'est une expérience réussie. Vous êtes très jolie. Est-ce une nouvelle robe ?

Son cœur battait la chamade.

— Oh non ! Celle-ci n'est pas neuve. Je l'ai déjà portée des centaines de fois.

— Vraiment ? C'est étrange. Il me semble ne l'avoir jamais vue.

— Cela fait partie de... la nouvelle règle, promise à Flora.

Il haussait les sourcils. Comment aurait-il pu comprendre ? Pru respira profondément avant de se lancer dans les explications.

— Elle dit que je superpose trop d'accessoires. Elle m'a fait promettre de m'en passer. J'ai enlevé les fichus que je portais toujours sur cette robe.

Comment avait-elle pu proférer de telles sottises ?

Nicolas se couvrit la bouche de sa main. Il avait murmuré quelque chose. Était-ce « Merci Flora » ? Avait-elle bien entendu ?

— Cette règle me plaît beaucoup, dit-il à voix haute.

— Alors, je la suivrai. Je voudrais... je veux dire que... je ne voudrais pas vous faire honte.

Seigneur ! Elle se conduisait vraiment comme une oie blanche ! Ce n'était pas ainsi qu'elle l'amènerait à éprouver de l'attirance pour elle !

— Pru ? Vous pensez vraiment cela ? Que je pourrais avoir honte de vous ?

Elle contemplait la pointe de ses mules.

— Je suis désolée d'avoir dit cela. Vous êtes un vrai gentleman, et vous ne pourriez avoir un tel sentiment.

Ou, justement, il était trop gentleman pour pouvoir l'avouer !

Il lui prit encore une fois le menton pour l'inciter à lever les yeux.

— Ne dites plus jamais de telles choses, Pru. Rien ne pourrait me faire honte chez vous. Bien au contraire.

Et le miracle se produisit ! Même s'il se produisit trop doucement, trop brièvement. Il se pencha et effleura ses lèvres.

C'était la première fois qu'un homme l'embrassait sur la bouche. Même le jour du mariage, il n'avait fait qu'effleurer sa joue. C'était... merveilleux !

Pru haleta et tressaillit lorsqu'il se redressa, beaucoup trop rapidement. Elle aurait tellement aimé que cela dure une éternité. Embarrassée d'avoir réagi ainsi, elle porta la main à ses lèvres, qu'elle trouva tremblantes et brûlantes, comme si Nicolas y avait déposé définitivement l'empreinte des siennes. Un frisson d'excitation la parcourut tout entière.

Nicolas l'avait embrassée !

Il lâcha son menton et fit un pas en arrière. Pru le fixait, les yeux pleins de joie.

— Je suis désolé, Pru. Je n'aurais pas dû faire cela.

Sa joie s'évanouit en une seconde. Mais que disait-il ?

Il recula encore d'un pas. Il paraissait réellement chagriné.

— Je vous avais promis de vous laisser du temps, et d'être patient. Je vois que je vous ai effrayée, que vous n'êtes pas prête. Cela n'arrivera plus, je vous le promets. Excusez-moi.

Il tourna les talons et quitta la pièce. Un instant plus tard, elle entendait la porte d'entrée se refermer. Il avait fui, parce qu'il avait peur de l'avoir offensée !

Vous n'êtes pas prête !

Comment aurait-elle été plus prête ? Elle était sur le point d'exploser !

Ses genoux flageolaient. Elle s'effondra dans un fauteuil et toucha ses lèvres à nouveau. Elle sentait encore celles de Nicolas, et pourtant le contact avait été si bref ! Et elle en désirait tellement plus, maintenant... Comment cela pouvait-il être possible, après un simple baiser ?

Elle ferma les yeux et essaya de ne pas pleurer. Ce mariage tournait au désastre. S'il continuait à jouer les parfaits gentlemen, et à lui laisser la direction des opérations, il n'y aurait jamais de rapprochement physique. Elle était trop timide pour cela. Il devait pourtant le savoir !

Elle était exagérément timide, soit. Mais elle n'était pas prude, que diable ! Elle désirait être son épouse à part entière. Elle sentit la colère la gagner. Nicolas était vraiment trop stupide, elle devait donc agir.

Mais que faire ?

Après tout, peut-être devait-elle ravaler sa fierté et mettre tout en œuvre pour attirer son attention, comme Flora le lui suggérait ? Ses tentatives de flirt s'étaient avérées désastreuses jusqu'alors, mais…

Elle allait en essayer d'autres, et cette fois, cela devait marcher. Elle obtiendrait davantage qu'un simple chaste baiser de la part de son mari !

10

Lorsque Nick ouvrit la porte, il fut accueilli par des éclats de rires gras. « Ces Dames » étaient donc au travail. Il eut juste le temps d'apercevoir son père grimper l'escalier aussi vite qu'il le pouvait. Son sourire s'évanouit. Il avait eu peu d'occasions de lui parler depuis son arrivée, et il avait omis de lui expliquer en détail à quoi – et par qui – sa salle à manger était désormais utilisée.

Il se présenta à la porte.

— Hello, chéri.

La voix nasillarde de Sadie couvrit les rires.

— Entre et fais-nous une petite faveur. Laisse-nous juste te regarder un moment.

Les rires cessèrent et Nicolas se trouva en face de six grands sourires, six paires d'yeux qui battaient des cils, et... six paires de seins bombés devant lui.

— Mesdames. Qu'avez-vous fait, ou dit, à mon père ?

Les éclats de rire redoublèrent, ainsi que les bourrades dans les côtes. Madge reprit son sérieux la première, en tant que chef du groupe.

— Qu'est-ce qui se passe, monsieur Nick ? On a fait quelque chose de mal ?

— J'ai cru que vous aviez effrayé mon père, expliqua-t-il avec un grand sourire.

— Votre père ? Ce type est votre père ?

Bess écarquillait les yeux, incrédule.

— Oui. Que lui avez-vous dit, pour qu'il s'enfuie en courant ?

— Pas grand-chose. On n'a pas eu le temps, répondit Sadie en gloussant.

— Un beau gars, votre papa. Sûr que c'est lui qui vous a donné votre physique, monsieur Nick.

— Vous inquiétez pas, monsieur Nick. Ginny a seulement dit où elle travaillait le soir, et elle lui a proposé un prix d'ami… Mais on savait pas que c'était votre papa.

Madge avait l'air sincèrement désolée.

— Ce n'est rien, Madge, je vais lui parler. C'est sa maison, vous savez…

— Doux Jésus, hoqueta Bess. Il va pas nous renvoyer, n'est-ce pas, monsieur Nick ?

Nicolas réprima un grand rire.

— Mais non. Je vous promets que vous ne perdrez pas votre travail. Mais promettez-moi de bien vous tenir, et de ne plus l'effrayer à l'avenir.

Nicolas se précipita dans le hall. Il devait expliquer à son père la présence des prostituées dans sa salle à manger. Il se cogna dans Pru qui sortait du bureau.

— Oh, pardon.

Il tendit la main instinctivement pour la retenir, et la sentit se raidir. Elle baissa les yeux et rougit… inévitablement.

— Ex… excusez-moi, balbutia-t-elle.

Bon sang ! L'effrayait-il à ce point ? Et ce stupide baiser, qu'il n'avait pu retenir, avait-il aggravé la gêne entre eux ! Quand tout cela allait-il finir ?

— Je courais juste derrière mon père pour lui parler. Nous n'avons guère eu l'occasion de nous voir depuis son arrivée, et j'espérais qu'il serait libre ce soir. Nous pourrions dîner tranquillement tous les trois ?

— Ou... oui. C'est une bonne idée. Je vais discuter du menu avec Mme Gibb.

Elle était déjà prête à bondir vers la cuisine, et il chercha à la retenir.

— Mon père adore le rôti d'agneau.

— Oh, vraiment ? J'enverrai Mme Gibb chez le boucher, alors.

— Ce serait très gentil de votre part. Mais j'ai une autre faveur à vous demander, Pru.

Une faveur ?

— Oui. Hier, j'ai travaillé sur un pamphlet à propos du statut des apprentis, et j'ai peur d'avoir été trop... brutal dans mes propos. Je voudrais que vous le relisiez. Vous savez tellement mieux que moi trouver les mots justes, pour une argumentation plus subtile.

Ses joues rosirent, mais il sentit que c'était de plaisir, non d'embarras.

— Vous êtes très flatteur.

— Ce n'est pas de la flatterie, Pru. J'ai besoin de votre aide. Voudriez-vous regarder cela demain ?

— Bien sûr, avec plaisir.

— Merci. Je savais que je pouvais compter sur vous.

Sans réfléchir, il tendit la main vers une boucle de cheveux échappée du peigne qui retombait sur sa tempe, et la fit glisser entre ses doigts.

Elle sursauta et leva la main pour arranger sa chevelure, mais Nick retint son geste.

— Laissez cette boucle rebelle là où elle est, Pru. C'est charmant.

— Vraiment ?

Il porta sa main à ses lèvres et la baisa.

— Mais oui. J'adore votre chevelure et... vous savez combien j'aime la rébellion.

Il souriait de toutes ses dents, espérant la mettre à l'aise. Elle semblait au bord de la suffocation. Il retira sa main et recula d'un pas.

— Excusez-moi, je vais parler à Mme Gibb.

Elle se précipita dans l'escalier qui menait à la cuisine, et Nicolas resta planté dans le hall, frustré et désorienté.

Il laissa échapper un gros soupir.

Bon sang, il avait pourtant fait des efforts ! Le moindre de ses gestes paraissait l'affoler. Il avait pensé qu'un premier baiser, presque chaste, diminuerait la gêne installée entre eux, mais cela avait été une erreur. Il avait senti une bouffée de désir lui embraser les reins au simple contact de ses lèvres. Tout innocente qu'elle soit – et il se rendait compte que cette innocence l'excitait –, elle avait forcément perçu son désir, et cela l'avait affolée, la pauvre petite ! Il n'empêche, cette situation devenait intenable. Il lui avait promis d'être patient, il serait patient. Mais il lui faudrait faire de gros efforts pour cela.

Il grimpa au premier étage et trouva son père dans le petit salon, plongé dans la lecture de son journal, sur le canapé au-dessus duquel trônait désormais *Mars et Vénus*. Nick étudia le tableau de sa mère. Les deux amants à la peau d'albâtre étaient entrelacés, et une draperie écarlate couvrait à peine leur intimité. Le visage de Vénus rayonnait d'extase. Nicolas se demanda s'il verrait un jour cette expression sur le visage de Pru, et même si une scène semblable aurait lieu sous son toit, ou s'il devrait aller ailleurs pour la vivre… ce qu'il n'avait pas fait jusqu'à présent. Combien de temps encore allait-il résister ?

— Bonjour, père. Est-ce que « ces Dames » vous ont effrayé ?

Prudence souriait en écoutant les deux hommes raconter leurs souvenirs de la maison dans le Derbyshire, et de l'enfance de Nicolas. Elle reprit un morceau de l'excellente tarte aux pommes de Mme Gibb et observa son mari. Elle avait réfléchi. Même s'il s'était sottement excusé la veille après ce baiser, aujourd'hui il lui avait pressé la main à deux reprises, alors qu'ils étaient seuls. Jusqu'à présent il n'avait fait ce geste qu'en présence de sa famille, pour jouer le jeu… Il avait touché ses cheveux, et ne s'était pas excusé !

Elle reprenait espoir.

Le père et le fils riaient au souvenir d'une bonne histoire d'antan. Ils se ressemblaient beaucoup. Ils avaient le même sourire. Cela ne la surprenait pas que Flora soit tombée sous le charme de Bartholomew, tout comme elle-même avait succombé à celui de son fils…

— Est-il vrai, Pru, que vous avez cinquante-deux cousins ?

— Cousins germains, oui.

— Seigneur ! Vous devez donc être habituée à une bruyante maisonnée.

— Oh oui. Avec cinq frères et une sœur, plus la visite constante de quelques cousins, la maison grouillait de monde, mais je ne m'en suis jamais plainte.

— Eh bien, moi, dit Bartholomew, je crois que je me suis habitué à la solitude. Les allées et venues dans une maison me déconcertent parfois.

Nicolas éclata de rire.

— « Ces Dames » ont dû bien vous déconcerter, alors !

— Oh, mon Dieu ! Elles vous ont ennuyé ?

Prudence semblait réellement contrariée. M. Parrish haussa les épaules et sourit malicieusement.

— Disons que j'ai été un peu surpris. Je ne m'attendais pas à trouver des personnes… au langage si coloré dans ma salle à manger. Mais il n'y a pas qu'elles qui m'ont surpris. Il y a beaucoup d'activité ici.

— C'est à cause de *La Vitrine,* dit Nicolas. Nous sommes obligés de recevoir les imprimeurs, les annonceurs, les graveurs, et le reste.

— J'ai remarqué. Je n'avais pas réalisé à quel point vous étiez sollicités. Mais c'est parce que je ne suis plus habitué à l'effervescence de la grande ville.

— Père, c'est votre maison. Vous serez toujours le bienvenu ici, mais je ne voudrais pas que vous vous sentiez mal à l'aise parmi toute cette agitation.

— Oh, je ne suis pas du tout mal à l'aise. J'apprécie énormément mon séjour en ville. J'ai appris à mieux connaître ma belle-fille, et cela m'a fait plaisir de renouer avec d'anciennes relations.

Prudence n'écoutait plus la conversation des deux hommes. Elle se demandait si son beau-père n'avait pas été simplement poli. C'était sa maison, après tout. L'activité éditoriale pouvait le déranger. Et… il pouvait avoir envie de se réinstaller en ville, sous l'influence de Flora.

Elle sentit l'inquiétude la gagner.

Nick était incapable de se concentrer. Il essayait d'écrire un article sur le projet de loi sur le travail en usine, que l'on s'apprêtait à discuter à la Chambre. Il jetait à la dérobée des regards sur Prudence, qui s'agitait derrière son bureau. D'ordinaire, elle était détendue lorsqu'elle travaillait pour le magazine, mais ce n'était pas le cas aujourd'hui. Il la sentait inquiète et nerveuse.

— Qu'est-ce qui vous préoccupe, ma chère ?

Elle releva la tête et le fixa de ses grands yeux bleus.

— Je peux peut-être vous aider ? ajouta-t-il. Vous devez faire le travail de deux personnes en l'absence d'Edwina. N'oubliez pas que je suis là.

— Merci, Nicolas, mais je crois que le prochain numéro est prêt. Nous n'attendons plus que votre article. Je pensais à votre père.

— Mon père ?

— Je ne le connais pas encore très bien, mais...

Elle cherchait ses mots, fronçait les sourcils... Qu'essayait-elle de lui dire ?

— Ne me dites pas que vous vous inquiétez pour cette histoire avec Flora.

— Non, je ne pensais pas à Flora... pas directement, du moins.

— À quoi, alors ?

— C'est juste que... je crois qu'il n'aime pas voir sa demeure utilisée comme une maison d'édition pour *La Vitrine.*

— Ah, vous pensez à ce qu'il a dit hier au dîner.

— Oui. C'est *sa* maison, Nicolas.

— Et alors ?

— Alors, elle est toujours pleine d'allées et venues, et nous y vivons tous les trois... Il n'a aucune intimité.

Il préférerait peut-être que nous prenions une maison à nous en ville.

Nicolas n'aimait pas le tour que prenait cette conversation.

— Je suis désolé, Pru, mais je ne peux me permettre d'acheter une maison pour nous.

— Moi, je peux.

Il sursauta comme si une guêpe l'avait piqué.

— Il n'en est pas question. Je ne veux pas toucher à votre argent.

— Mais…

— J'ai dit non, Pru.

Il était désolé d'avoir parlé avec colère, mais il n'avait pu s'en empêcher. Il avait cru que la question était réglée avec Pru, mais en fait, elle n'avait cessé d'y songer et sautait sur la première opportunité pour revenir à la charge. Bon sang ! Il ne céderait pas. Il ne serait jamais considéré comme un coureur de dot.

— Je ne vous ai pas épousée pour votre argent, vous le savez. Je suis désolé de vous forcer à vivre dans une maison si modeste, si encombrée, dans un quartier peu à la mode, si loin de votre environnement aristocratique. Mais vous êtes obligée de nous supporter, moi et la maison. Vous feriez mieux de vous y habituer.

Ses joues tremblèrent et ses yeux s'emplirent de larmes. Elle tourna les talons et sortit de la pièce en courant.

Grands dieux, qu'avait-il fait ?

Il se prit la tête à deux mains et s'effondra sur sa feuille de papier. Il n'avait pas voulu la faire pleurer, il se méprisait pour lui avoir parlé si durement, mais elle l'avait vraiment mis en colère. Pourquoi lui avait-elle encore une fois jeté son argent à la figure, rappelant ainsi que lui ne possédait rien? Pas encore, du moins...

La musique lui fit relever la tête. Elle s'était mise au piano, et jouait rageusement.

Prudence déversait toute sa peine et sa colère sur le clavier du Broadwood, essayant de ne plus penser à rien, et surtout pas aux paroles de Nicolas. Elle n'avait jamais été très habile pour exprimer ses sentiments avec des mots, mais elle avait appris à le faire avec la musique.

Elle sentait qu'elle était en train de massacrer la sonate de Beethoven, mais cela lui était égal. Le morceau était parfaitement choisi pour exprimer ses émotions du moment.

Elle joua et oublia le temps, perdue dans la passion de la musique, et perçut soudain une présence à son côté. Nicolas écoutait, debout près du tabouret.

Elle s'arrêta net et posa les mains sur ses genoux.

— S'il vous plaît, continuez. Je voudrais entendre la fin du morceau.

— Non, je n'ai plus envie de jouer.

Elle s'apprêtait à se lever du tabouret, mais il lui posa doucement une main sur l'épaule.

— S'il vous plaît, Pru. Je sais que je vous ai blessée, et que vous n'oserez jamais me le dire. Mais votre musique le dit si bien ! Déversez toute votre colère sur les touches, mais laissez-moi vous écouter, je vous en prie.

Ainsi, il avait compris ce qu'elle faisait sur son piano ! Mais elle avait pris l'habitude de s'exprimer ainsi dans la solitude, jamais devant un auditoire...

surtout si l'auditoire était Nicolas, pour qui elle éprouvait encore du ressentiment.

Il insistait, et sa main était si chaude sur son épaule !

— S'il vous plaît, Pru…

Ses doigts se reposèrent presque malgré elle sur le clavier, et elle reprit l'allégro. Elle joua moins farouchement, avec plus d'habileté et de justesse. Une fois encore elle se laissa emporter par le rythme, et, à la dernière note, sa colère et sa peine avaient disparu. Elle était apaisée.

— Pru ?

Elle sursauta. Elle avait même réussi à oublier la présence de Nicolas.

Il s'assit à côté d'elle sur le tabouret. Leurs épaules se touchaient. Prudence frissonna.

— Quel était ce morceau ? Je suis certain de ne l'avoir encore jamais entendu.

— Un extrait d'une sonate de Ludwig van Beethoven, appelée *La Pathétique*.

Elle grimaça légèrement en songeant combien le titre était approprié à sa vie actuelle.

— Edwina m'a envoyé la partition de Vienne, précisa-t-elle.

— Edwina savait que vous jouiez ? J'étais donc le seul à l'ignorer ?

— Non, elle ne le savait pas, mais je lui ai demandé d'acheter des partitions sur place. On ne peut pas se les procurer ici… La musique de Beethoven n'est pas encore très connue en Angleterre.

Pru s'était longuement exercée sur les compositeurs du XVIIIe siècle, mais leur musique lui paraissait souvent trop technique, trop mécanique. Beethoven, au contraire, la comblait par ses compositions passionnées. Elle aurait voulu connaître l'homme qui avait si bien réussi à exprimer ses sentiments avec de simples notes.

— C'est une musique puissante, et vous la jouez magnifiquement. Vous êtes une véritable artiste, Pru.

— Non, je joue pour mon plaisir.

— Et pour passer votre colère envers moi. J'ai été odieux. Je suis affreusement désolé.

Elle haussa les épaules.

— C'est oublié. Je n'aurais pas dû revenir sur le sujet.

— Écoutez-moi, Pru.

Il lui caressa la joue d'un doigt et tourna son visage vers le sien.

— Je ne veux vraiment pas de votre argent. J'ai fait quelques investissements qui devraient porter leurs fruits d'un jour à l'autre. Je serai alors en mesure de vous offrir plus de confort. Utilisez votre héritage pour vous, comme bon vous semble, et laissez-moi prendre en charge les dépenses communes. D'accord ?

Elle acquiesça d'un signe de tête. S'il apprenait qu'elle avait déjà puisé dans son argent personnel pour diverses dépenses ménagères, en plus de l'installation des deux servantes... Mais il n'en saurait rien !

Nicolas passa un bras autour de ses épaules et la pressa contre lui.

— Vous êtes une chic fille. Soyez patiente avec moi.

Il passa délicatement son pouce sous ses yeux.

— Et je vous promets de ne plus jamais vous faire pleurer.

— Oh, je vous prie de m'excuser...

Ils sursautèrent tous les deux. Bartholomew se tenait à la porte. Pru réprima un soupir au moment où Nick retira son bras et se leva vivement du tabouret.

— Entrez, père. Vous avez manqué un merveilleux concert.

— J'en suis désolé. J'espère qu'un jour vous jouerez pour moi, Prudence.

— J'en serais enchantée.

Elle sauta sur ses pieds.

— J'espère que vous vous joindrez à nous pour le thé, sir. Je vais chercher Lucy.

Sitôt après avoir donné les ordres à la servante, elle courut à sa chambre et s'aspergea le visage d'eau froide. Son beau-père ne devait pas voir qu'elle avait pleuré, elle en serait mortifiée ! Elle s'installa devant la psyché pour tenter d'arranger sa coiffure, décidément indomptable...

J'adore votre chevelure.

Il lui avait bien dit cela, la veille ! Réussirait-il un jour à aimer le reste de sa personne ? Elle étudia son visage. Ses yeux étaient bien trop grands, et il y avait ces taches de rousseur sur son nez... Elle avait pensé un instant qu'il allait l'embrasser tout à l'heure, quand il l'avait entourée de son bras... Mais non ! Elle n'était rien de plus qu'une « chic fille » !

Quelle idiote elle faisait ! Flora avait raison. Elle n'arriverait à rien si elle perdait confiance en elle. Et Joanna avait raison également : Nicolas avait des défauts, et spécialement celui d'être borné sur certains sujets. Hélas, le fait d'avoir pris conscience de ses défauts l'avait rendue encore plus amoureuse de lui !

Je suis digne de lui, je suis digne de lui...

Elle se regarda une dernière fois dans le miroir. Ce matin, elle n'avait mis aucun fichu sur la robe, et le décolleté en V, bien que sage, était seyant en effet. Elle descendit au salon d'un pas plus assuré.

Quelques minutes plus tard, Bartholomew reposa son gâteau à la crème sur son assiette et prit sa tasse de thé.

— J'espère que vous n'allez pas me trouver présomptueux, mais je crois avoir trouvé le cadeau de mariage idéal pour vous deux.

— Mais, sir, vous nous avez déjà offert le tableau.

— C'était un présent pour vous, Prudence. J'avais l'intention de vous offrir quelque chose qui vous soit utile, à tous les deux.

— Père ! Qu'avez-vous fait ?

— J'ai trouvé un endroit où *La Vitrine* pourrait être éditée.

— Quoi ?

Prudence sentit la panique la gagner. Voulait-il lui demander d'abandonner son travail, pour récupérer sa maison ?

— Mais, sir... je... Nous... J'aime mon travail !

Le père posa sa tasse de thé et lui pressa la main.

— Je sais, ma fille. Je suis très fier de ce que vous avez fait, en collaboration avec mes enfants. Mais il est temps que le magazine ait ses propres bureaux, ne croyez-vous pas ?

— Ah...

Elle prit un instant pour enregistrer l'information et son visage s'illumina.

— Oh !

Bartholomew ne cachait pas sa satisfaction.

— Bien. Je vois que Prudence au moins est d'accord avec moi. Maintenant que l'affaire a pris de l'importance, il est temps de l'installer dans des locaux appropriés. Ainsi, vous pourrez dîner dans la salle à manger, récupérer la bibliothèque, et avoir la maison pour vous seuls après mon départ.

Prudence était folle de joie mais n'osait trop le montrer en voyant les sourcils froncés de Nicolas. Elle avait rêvé d'une maison bien à eux, mais, après l'altercation qui venait d'avoir lieu, elle craignait sa réaction. Pourvu qu'il ne soit pas borné au point de refuser le cadeau de son père !

— C'est très gentil de votre part, père, mais cela fait des années maintenant que nous dirigeons le magazine de la maison, et nous nous en sommes bien accommodés.

— Je sais, mon fils, mais tu es marié maintenant, et j'espère que j'aurai un jour des petits-enfants.

Pru ne put s'empêcher de rougir. Ce jour n'était pas près d'arriver !

— Et je ne vous ai pas tout dit. Les locaux que je vous offre sont situés à St. Paul's Churchyard.

— St. Paul's Churchyard ?

Prudence ne pouvait plus cacher son excitation.

— Mais c'est le quartier des éditeurs et de toute la presse !

— Je sais. J'ai donc pensé que c'était l'endroit idéal pour *La Vitrine des élégantes*, ma chère. C'est un cadeau de mariage pour vous deux, parce que cela libère la maison, mais c'est aussi pour Edwina.

— Oh, elle va être enchantée ! Ses propres bureaux !

— Oui. Avec des rayonnages et des grandes pièces pour travailler, et tout le mobilier que j'ai racheté à l'ancien propriétaire. Tout cela sera à vous, ou à *La Vitrine*, si vous préférez.

Pru jubilait, tout en jetant des regards inquiets à Nicolas. Allait-il enfin dire quelque chose ?

— Nick ?

Bartholomew avait lui aussi remarqué le malaise de son fils.

— Tu ne dis rien ? Tu penses que j'aurais dû te consulter avant ?

— Oh, certainement pas, père. Le magazine ne m'appartient pas...

Un grand sourire illumina – enfin ! – son beau visage. Ses yeux noirs étincelèrent.

— Mais c'est extrêmement généreux de votre part. C'est Pru l'éditrice en l'absence d'Edwina, et si l'éditrice est contente, je le suis aussi.

Pru était sur le point de défaillir. La maison entière pour eux, et des locaux prestigieux pour le magazine... Cela signifiait forcément un nouveau départ.

Oh oui, l'éditrice était contente. Au plus haut point !

11

— Alors, qu'en pensez-vous, Pru ?

Elle se tourna vers Nick, assis à son côté dans le fiacre qui les ramenait à Golden Square. Ses yeux bleus pétillaient d'excitation.

— C'est tout simplement merveilleux. Nous sommes de vrais professionnels, maintenant, avec nos propres bureaux.

Ils avaient passé la journée à transporter des piles de livres et de papiers dans les nouveaux locaux. Sur l'ordre de Bartholomew, les pièces avaient été soigneusement nettoyées, et plusieurs équipes d'ouvriers s'étaient affairées à installer des rayonnages et à transporter les meubles appropriés. Nicolas était reconnaissant à son père, qui avait organisé l'emménagement avec soin.

Il avait d'abord été inquiet de ce brusque changement, car les seuls moments où la gêne ne s'installait pas entre lui et Pru étaient lorsqu'ils travaillaient ensemble pour le magazine. Mais il s'était rapidement convaincu que, finalement, séparer le lieu de vie et le lieu de travail était une brillante idée. Ils pourraient ainsi se créer une nouvelle intimité.

— J'espère qu'Edwina trouvera tout rangé comme

elle l'aime à son retour. Vous savez combien elle est méticuleuse.

Pru gloussa derrière sa main gantée.

— Oh oui ! Mais nous avons tout mis parfaitement en ordre. J'ai hâte de commencer. Cela va être si agréable de pouvoir étaler les épreuves sur une grande table de travail, au lieu de les vérifier une à une sur notre petit bureau ! Et « ces Dames » vont avoir une pièce spéciale pour faire leur coloriage, et nous un bureau privé pour recevoir nos fournisseurs et nos annonceurs... Oh, Nicolas, c'est merveilleux ! C'est tellement généreux de la part de votre père d'avoir payé une année d'avance. Ensuite, les tirages ont tellement augmenté que nous n'aurons aucune difficulté à payer le loyer.

Nick sourit. Ce qui était surtout merveilleux, pour lui, c'était d'entendre Pru parler autant, en oubliant toute sa timidité. Il aimait voir son visage rayonner, et il s'émerveilla soudain de la trouver si belle en cet instant. Comment avait-il pu penser qu'elle était terne et banale ? Il ne pouvait détacher son regard de ses grands yeux, aussi bleus qu'un ciel d'été, frangés de cils recourbés, de la même couleur que ses cheveux. De nombreuses femmes auraient certainement teint des cils de cette couleur pâle. Il lui était reconnaissant de ne pas l'avoir fait. Et cette chevelure ! Seigneur ! Quand pourrait-il enfin la défaire et y enfouir les mains ?

Nicolas la revit devant son piano. Il l'avait observée attentivement tandis qu'elle jouait, en oubliant d'écouter la musique tant elle lui avait paru transformée. Son corps vibrait, se tendait et ondulait sur le tabouret, comme si... elle faisait l'amour avec l'instrument ! Il n'avait plus aucun doute : le feu couvait sous la cendre. Sa petite épouse, si effacée le jour, se révélerait une femme passionnée la nuit.

Mais comment l'amener dans son lit sans l'effrayer ?

Il n'avait pas pris l'initiative d'un second baiser. Il n'avait pas oublié son geste de la main et son regard terrorisé. Mais il l'avait touchée plus souvent. Il lui avait pris la main, le bras, l'épaule, dès que l'occasion s'était présentée, et il avait constaté qu'elle se raidissait moins, et ne tremblait plus à ces simples contacts.

Cela lui donnait de l'espoir. Mais il devait agir lentement. Pour oublier ses frustrations, il avait décidé de faire de l'exercice, et allait s'entraîner à l'escrime plusieurs fois par semaine. Cela aidait, certes, mais... cela n'était pas suffisant.

Il s'aperçut soudain qu'elle avait parlé, et il n'avait rien entendu.

— Excusez-moi, ma chère, mon esprit vagabondait. Que disiez-vous ?

— Oh, je disais juste que nous devions envoyer un billet au plus tôt à nos vendeurs et nos annonceurs, pour leur signaler notre nouvelle adresse.

— Si nous demandions plutôt à Imber d'imprimer une annonce dans le magazine ? Cela gagnerait du temps.

— Quelle bonne idée ! Et maintenant que nous sommes à deux pas de l'imprimerie, je pourrai rendre visite à Imber tous les matins pour surveiller le travail.

Nick regardait par la vitre du fiacre, et il vit deux ivrognes qui semblaient se disputer une cruche de vin... L'un d'eux s'affala dans le caniveau en riant.

Il prit soudain conscience que St. Paul's Churchyard, tout réputé qu'il fût pour ses nobles activités, jouxtait un quartier tout aussi réputé pour son insalubrité et sa racaille.

Il saisit la main de Pru.

— Ma chère, vous devez me promettre quelque chose.

Elle ne trembla pas et ne retira pas sa main. C'était bon signe.

— Quoi, Nicolas ?

— De ne jamais quitter les bureaux seule à la nuit tombée. Vous me direz à quelle heure vous sortez, et je viendrai vous prendre avec un fiacre. Le voisinage n'est pas sûr.

— Oh !

Pru regarda par la vitre et ne vit rien que des passants ordinaires. Nick lui pressa la main.

— Promettez-le-moi, Pru. Certaines rues sont très malfamées. Une femme seule n'y est pas en sécurité.

— Mais ce sera beaucoup de tracas pour vous, de venir me chercher tous les jours.

— Au contraire, ce sera un plaisir. Et si vous n'avez pas terminé votre travail, je vous attendrai en lisant ou en écrivant.

— Comme vous voulez, Nicolas. Mais cela nous fera des dépenses supplémentaires.

Nicolas grimaça. Il ne pouvait pas leur acheter une maison, mais il n'était tout de même pas indigent ! Il était grand temps que le *Poséidon* arrive à bon port avec son chargement. Il avait pris du retard, mais cela n'était pas encore inquiétant. Nick se promit de ne pas investir tout le profit dans son projet d'usine à Derby. Il prélèverait une partie de la somme pour faire un beau cadeau à Pru.

Il pressa ses longs doigts fins et sentit sa chevalière retenue avec un ruban. Il allait lui acheter une véritable bague de mariage.

— Mais c'est très beau ! Et confortable.

Flora se tenait dans la partie du bureau aménagée en espace de réception. Pru y avait disposé quelques plantes en pot pour le rendre plus accueillant.

— Cela vous plaît ?

— Beaucoup. C'est très chaleureux.

— Il y a un petit bureau pour vous, Flora.

— Vraiment ?

— Oui. La responsable de la chronique mode a besoin d'un endroit tranquille, n'est-ce pas ? Suivez-moi.

L'endroit était minuscule, mais pourvu d'un petit bureau et d'un fauteuil. Flora s'extasia.

— C'est ravissant. Je vais afficher des planches de mode sur tous les murs. Je *savais* que c'était une bonne idée.

— Que voulez-vous dire ?

— Oui, ma chère. L'idée vient de moi. Bartholomew ne vous a rien dit ?

Elle se pencha vers Pru pour murmurer à son oreille :

— J'ai pensé que vous et votre beau mari seriez plus à l'aise, si vous aviez toute la maison pour vous.

— Après tout, peu importe qui a eu l'idée. Je suis extrêmement reconnaissante à M. Parrish… Flora ? Est-ce que vous et Bartholomew… Êtes-vous… ?

— C'est un homme charmant, n'est-ce pas ? Aussi beau que son fils ! Je ne vous en dirai pas plus.

Pru sentit qu'elle rougissait encore. Elle avait donc bien deviné. Comment Nicolas prendrait-il la nouvelle ? Mais pourquoi devrait-il s'en offusquer ? Ils étaient tous les deux adultes, sans attaches et séduisants...

— Ne pensez plus à cela, Pru. Cela vous donne de vilaines rides au front. Montrez-moi plutôt le reste des locaux.

Quatre petits bureaux avaient été aménagés. Un pour Edwina, qui renfermait tous les livres comptables, un pour Prudence, avec les listes des souscripteurs et les contrats des annonces, et un pour Flora. Le quatrième serait réservé à Nicolas, ou à Simon Vestower lorsqu'ils voudraient venir travailler sur place, ou servirait éventuellement à recevoir des annonceurs ou des vendeurs. Il y avait deux ateliers, chacun pourvu de plusieurs grandes tables de travail, l'un d'eux étant réservé aux « Dames » pour le coloriage des gravures. Une minuscule cuisine, suffisante pour y préparer le thé, complétait l'ensemble.

Flora semblait très impressionnée.

— Bravo, ma chère. J'apprécie tout particulièrement l'aménagement du hall d'accueil, avec les meilleures couvertures du magazine et les gravures de mode montrées aux fenêtres. Cela vous fait une belle vitrine. Les autres éditeurs vont être verts de jalousie.

Pru sourit.

— Et Madge va nous servir de réceptionniste. Le petit bureau dans le hall d'entrée est pour elle.

Flora fronça les sourcils.

— Vous êtes certaine de vouloir cela, Pru ? Vous prenez des risques.

— Elle a appris à lire et à écrire, et aussi à surveiller son langage. Je suis certaine qu'Edwina sera ravie.

Flora eut un sourire étincelant.

— Vous avez raison. Et puis, « ces Dames » vont apporter une touche colorée dans St. Paul's Churchyard. Cela n'est pas pour me déplaire.

Dans le bureau de Prudence, Flora prit place sur un siège en face d'elle, exactement comme à Golden Square. Une certaine lueur dans son regard annonçait qu'elle n'avait pas l'intention de parler du magazine, mais de sujets plus personnels qui lui tenaient à cœur.

— Alors, ma chère, comment les choses progressent-elles ?

— Je pense que j'ai encore besoin de quelques leçons.

— Vraiment ?

Flora plongea la main dans son sac en souriant.

— Vous allez assister à de nombreuses soirées mondaines, il est temps que je vous apprenne le langage des éventails...

— Hé ! On dirait que tout le troupeau est déjà rassemblé !

Nick lança un coup d'œil à Prudence, juste pour s'assurer que c'était bien elle qui avait proféré une telle exclamation. Elle s'était comportée un peu bizarrement, depuis leur arrivée au raout de sa cousine.

Il se demanda si elle était nerveuse. Mais elle connaissait pourtant très bien lord et lady Russell, leurs hôtes pour cette soirée. La vicomtesse était la fille de l'oncle de Pru, lord Phillip Armitage, et elle faisait partie de celles qui avaient eu une conduite plutôt franche et amicale, lors de leur première rencontre. Nick reconnaissait plus ou moins les membres du clan, désormais, sans avoir besoin d'être présenté. La tâche était relativement facile : les Armitage étaient tous grands et blonds, parlaient haut et fort, et avaient le même nez aquilin, plus ou moins busqué. Celui de Pru ne l'était que légèrement, mais il était cependant reconnaissable comme marque de fabrique.

— Ah, Prudence. Je suis heureuse de te rencontrer.

Une femme d'âge moyen – dotée d'un des plus beaux spécimens du nez familial – venait de les rejoindre. Nick était certain de l'avoir déjà croisée, mais ne pouvait clairement la situer dans le clan.

— Bonsoir, Gertrude. Nicolas, vous vous souvenez de ma cousine, lady Stockton ?

— Bien sûr.

Il tendit sa main gantée, et une conversation de bon ton s'engagea, jusqu'à ce que la dame soit appelée par une autre matrone enturbannée.

— Je vous assure, Nicolas, que l'on n'avait jamais fait autant attention à moi jusqu'à présent. C'est merveilleux de voir l'influence que peut avoir un mari aussi beau que vous.

Elle agitait vigoureusement son éventail, et il n'en voyait pas la nécessité. Que lui arrivait-il ? Avait-elle bu trop de brandy pour se donner du courage ?

Elle ferma son éventail d'un coup sec et le porta à son visage. Elle cilla, et se frotta aussitôt le coin de l'œil.

— Tout va bien, ma chère ?

Il la prit par le bras pour l'entraîner vers la foule.

— Oui, oui, ce n'est rien.

Un instant plus tard, elle leva la tête et lui sourit, tout en posant délicatement l'éventail fermé sur sa joue droite. Nicolas se demanda si elle savait ce que cela signifiait. Mais, bien sûr, Pru ignorait le langage des éventails, et de toute façon ce signal n'aurait eu aucun sens, adressé à un époux qu'elle n'avait pas désiré. Ce n'était qu'un geste de timidité. Charmant, toutefois. Et ses yeux mouillés paraissaient plus bleus que jamais. Il eut soudain envie de s'y noyer.

— Vous êtes très jolie ce soir, Pru.

Il se rendit compte que son compliment était sincère. Elle pouvait facilement rivaliser avec toutes ses belles cousines. Sa chevelure, surtout, était magnifique, retenue – plus ou moins – sur la nuque par un peigne doré. Elle portait une courte tunique bleue sur une robe de mousseline blanche, qui faisait ressortir la couleur de ses yeux. Cette fois, la gorge était dénudée, sans dentelles surajoutées, et il apercevait même la naissance du sillon qui séparait les seins. Nicolas ne pouvait détacher son regard du décolleté. La poitrine de son épouse, jusque-là dissimulée, semblait magnifique ; pas excessivement généreuse, mais magnifique !

Elle haussait les sourcils en signe d'interrogation. Avait-elle lu dans ses pensées lubriques ? Elle ouvrit son éventail, d'un joli mouvement de poignet…

… et l'objet s'envola littéralement, pour atterrir aux pieds d'un valet chargé d'un plateau.

Nick pouffa de rire et se précipita pour ramasser l'éventail, mais celui-ci avait déjà été piétiné par quelques invités, et l'objet était devenu inutilisable.

— Je suis désolé, Pru. J'espère que ce n'était pas votre préféré.

— Oh, mon Dieu !

Elle avait rougi jusqu'aux oreilles. Nick songea à sa mère, qui aurait aimé peindre cette carnation. Que lui arrivait-il ? Même ses rougissements l'enflammaient de désir !

— Je suis mortifiée. Est-ce que cela a été remarqué ?

Il sourit franchement.

— Ne vous inquiétez pas. Il n'y a aucun mal, sauf pour ce pauvre éventail, bien sûr.

Dès qu'il aurait reçu son argent, il lui en achèterait un autre. Une douzaine d'autres.

— Je crois qu'une coupe de champagne s'impose. Dois-je héler un valet ?

— S'il vous plaît... Espérons qu'il n'aura pas une bosse sur la tête.

Nick lui sourit et se précipita vers le serviteur le plus proche. Il était soulagé de voir qu'elle prenait l'incident avec humour. Elle se détendait de plus en plus. C'était bon signe.

— À quoi allons-nous porter un toast ? Aux nouveaux bureaux de *La Vitrine* ?

— Oui. À un nouveau départ.

Le verre tinta, et il crut déceler une lueur coquine dans ses yeux. Pouvait-il espérer que cette expression ait un double sens ?

L'un des innombrables cousins s'approcha, salua, et engagea Pru dans une conversation familiale. Un autre Viking arriva aussitôt. Nicolas faisait des efforts de mémoire désespérés pour lui donner un nom ou une filiation, mais l'autre le mit de suite à l'aise.

— Christopher Gordon, cousin de Prudence, dit-il en éclatant de rire bruyamment. Cela ne vous aide pas beaucoup, n'est-ce pas ? Je suis le fils de Jane, lady Gordon, la sœur de lord Henry.

— Oh, bien sûr. Enchanté. Comment allez-vous ?

— Bah ! Oubliez les politesses. Je tenais à vous féliciter pour votre mariage. Ma sœur Alison ne s'en est pas remise, vous savez. Elle est plus âgée que Prudence, alors vous pensez ! Bravo, mon vieux !

Le cousin lui donna une vigoureuse claque dans le dos et s'éloigna en riant.

Nick haussa les épaules et chercha Pru des yeux. Elle échangeait quelques mots avec sa tante Mary, comtesse de Walsham. Lorsque cette dernière la quitta, Pru lui adressa un drôle de regard au-dessus de son verre de champagne. Elle battait des paupières comme si elle avait une poussière dans l'œil. Nick s'approcha.

— Ce coup d'éventail semble vous avoir irrité l'œil. Ma pauvre ! Avez-vous vos lunettes dans votre réticule ? Elles vous soulageraient peut-être.

Elle leva les yeux au plafond et étouffa un grognement.

— Est-ce que vous vous sentez mal ? s'inquiéta-t-il. On étouffe ici. Si nous allions prendre l'air sur la terrasse ?

— Oui, c'est une bonne idée, soupira-t-elle.

Elle prit son bras et Nicolas leur fraya un chemin parmi la foule, sans s'arrêter pour bavarder avec quiconque. Il était réellement inquiet. Prudence n'était pas elle-même, ce soir.

— Ah, Prudence !

Quelle malchance ! Lady Daine ne se contenterait certainement pas d'un simple salut accompagné d'un sourire.

— Bonsoir, Margaret.

La sœur ne daigna même pas répondre à la salutation.

— Je cherche Arabella. Est-ce que tu l'as vue ?

— Nous lui avons parlé il y a un instant. Elle est très belle ce soir, et sir Leonard Gedney semble vraiment s'intéresser à elle. Tu dois être contente. C'est un charmant jeune homme.

— Elle peut trouver mieux. La saison ne fait que commencer. Je dois dire que tu es toi-même en beauté, Prudence. Remarquablement, ajouta-t-elle en lançant un coup d'œil à Nick.

— Oh, merci, Margaret.

Elle avait réellement l'air contente du compliment. Nick songea que sa sœur devait en être avare.

— J'aime beaucoup ta tunique. Qui est ta couturière ?

— Mme Lanchester.

Les sourcils de lady Daine se haussèrent jusqu'au bord de son turban.

— Vraiment ? Elle est pourtant très onéreuse... Je vois que l'héritage de la tante Elizabeth est bien utilisé, finalement.

Ainsi, les nouvelles toilettes de Pru étaient onéreuses, et personne n'aurait pensé que son mari pouvait les lui offrir. Qu'ils aillent tous au diable !

— Si vous voulez bien nous excuser, lady Daine, j'emmenais Pru sur la terrasse. Elle a besoin d'air frais.

Margaret plissa les yeux et examina sa sœur attentivement.

— Vraiment ? Ne me dis pas que tu es déjà enceinte ?

Pru prit une profonde inspiration. Sa rougeur commença à la racine des cheveux pour s'étendre jusqu'à la gorge dévoilée par le profond décolleté. Nicolas lui-même dut respirer profondément afin de masquer son trouble.

Il se rassura en se disant que, au moins, le secret honteux de leur mariage incomplet n'avait pas été ébruité. Il ne put empêcher son esprit de vagabonder, à la pensée de ce qu'il fallait faire pour que Pru soit enceinte. Combien de temps devrait-il encore attendre, avant qu'elle soit *prête* à se donner à lui ? Il était à bout de patience.

12

Comment diable pourrait-elle faire savoir à son époux qu'elle était *prête,* puisque toutes ses pauvres tentatives de flirt se soldaient par un échec ? Pru cessa de fixer la porte de sa chambre et s'enfonça sous les couvertures.

Cette soirée avait été un pur désastre. Nicolas n'avait rien compris à ses pathétiques tentatives de séduction. Elle ne tenterait plus rien dans ce sens, n'en déplaise à Flora. C'était trop dangereux. Elle se remémora l'éventail lancé à travers la pièce et frissonna. Elle aurait pu crever un œil à l'un des membres de sa famille ! Tout cela était trop mortifiant.

Comment avait-elle pu imaginer gagner un tel défi ? Elle n'avait jamais su flirter, ni se comporter agréablement en société. Elle se souvenait de sa présentation au monde. Un cauchemar ! Depuis ce jour, elle n'avait jamais pu voir la parade des jeunes filles à marier autrement que comme celle exécutée par les pur-sang à Tatersall, avant le grand prix !

Pourtant, Nicolas était demeuré prévenant et charmant, et il avait ri de sa maladresse. Il ne s'était pas moqué d'elle, comme l'avaient fait tous les prétendants de son premier bal, il ne s'était pas enfui.

Évidemment, Nick ne pouvait plus fuir, il était trop tard ! Il était condamné à rester avec elle.

D'une certaine façon, il l'aimait bien, comme un frère. Elle n'avait pas à en douter.

Peut-être ne pouvait-elle rien espérer de plus que de l'amitié ? Après tout, elle s'en était contentée jusqu'à présent, et n'avait jamais rien espéré d'autre. Mais ce semblant de mariage avait tout changé.

Repoussant définitivement toute idée de séduction censée attirer le désir et l'amour – idée folle ! –, Pru se demanda, raisonnablement, comment faire pour retrouver cette amitié toute simple – du moins de la part de Nick – pour pouvoir vivre paisiblement sous le même toit. Elle se força à y réfléchir sérieusement, avant de sombrer dans un profond sommeil…

Le lendemain matin, elle s'apprêtait à partir pour les nouveaux bureaux lorsqu'on lui remit une lettre d'Edwina. Elle enleva son chapeau et s'installa dans la bibliothèque pour la lire, un peu anxieuse de la réaction de son amie à l'annonce de son mariage avec son frère.

Ma très chère Pru,

Tu peux deviner ma stupéfaction à l'annonce de la nouvelle ! Une fois revenue de mon étonnement, j'ai laissé éclater ma joie avec une telle force qu'Anthony a pris peur. Rien ne pouvait me faire plus plaisir que savoir les deux personnes que j'aime le plus – à l'exception de Tony, bien sûr – unies dans le mariage. Et maintenant, j'ai même le droit de t'appeler « ma sœur » !

C'était vrai. Pru n'y avait pas pensé. Margaret n'était une sœur que par les lois du sang. Elle aimait, et admirait, bien plus Edwina.

Maintenant que Nicolas est près de réaliser son « grand projet », selon ce qu'il m'écrit, quelle joie pour moi de savoir qu'il aura à ses côtés une personne qui l'encourage, et qui le comprend mieux que n'importe quelle autre femme ne l'aurait fait !

Pru fut soudain rappelée à la réalité de toutes les dépenses qu'elle avait occasionnées à Nick. Les servantes employées toute la journée et logées à demeure, les courses en fiacres... Il avait été obligé de s'habiller pour les nombreuses soirées. Il avait certainement engagé des frais supplémentaires pour sa garde-robe !

Tout était sa faute, bien sûr, puisqu'elle s'était endormie dans le bureau un malheureux soir. Si seulement Nicolas n'avait pas été si orgueilleux et avait accepté d'utiliser son héritage ! Elle aurait été très fière de participer à son « grand projet ». De plus, songea-t-elle avec amertume, une telle association aurait au moins compensé quelque peu un mariage qui n'en serait vraisemblablement jamais un, quoi qu'il advienne, parce que ce n'était pas un mariage d'amour.

Et il y avait un autre problème. Pru n'avait jamais parlé à Nicolas de son projet personnel, dont elle rêvait depuis quelques années. D'ailleurs, elle n'en avait jamais parlé à quiconque. Sans doute valait-il mieux l'oublier et utiliser l'argent de la tante Elizabeth pour aider Nicolas, même contre son gré.

Il l'avait épousée uniquement pour l'honneur, et il refusait son argent pour la même raison. Elle devait d'abord en savoir plus sur le projet de l'usine, ensuite elle déciderait de quelle manière elle pourrait l'aider...

Prudence reprit sa lecture. La lettre contenait encore des vœux sincères pour leur union, et relatait toutes les découvertes et les aventures de son amie et de son époux sur le continent.

Elle replia les feuillets, remit son chapeau et partit travailler.

Dans le fiacre, apaisée, elle eut tout le loisir de réfléchir aux différentes tactiques à utiliser pour aider Nicolas.

— Vous êtes prête à partir, Pru ?

Elle posa sur lui un regard étrange, qu'il ne connaissait pas. Il vérifia son gilet, pour voir s'il ne lui manquait pas un bouton.

— Oui, je suis prête… Oh non, finalement, pas tout à fait. Cela vous dérangerait-il d'attendre un petit quart d'heure ?

Elle regardait le livre de comptes posé sur le bureau.

— Non, mais… D'accord. Je pensais que vous aviez terminé. Je vais voir si le cocher peut attendre, sinon, j'en chercherai un autre.

Nicolas sortit, offrit un shilling supplémentaire au cocher en dédommagement de son attente, puis entreprit de visiter les bureaux pour meubler le temps. Edwina serait tellement heureuse ! Il se demanda si elle accepterait de continuer à travailler pour son magazine comme par le passé, maintenant qu'elle avait un mari… Il pensa également à son père. Pourvu qu'il ne se soit pas endetté pour financer ces nouveaux locaux ! Edwina avait épousé un homme très fortuné. Peut-être voudrait-elle lui rembourser une partie de son investissement ?

Nicolas se trouvait à la porte du bureau de son épouse, et il la vit qui replaçait un gros registre sur une étagère.

— Avez-vous déjà terminé ?

— Oui, nous pouvons partir.

— J'ai bien peur que non. Le cocher est parti boire une pinte de bière. Je lui ai donné une demi-heure.

— Une demi-heure ! Mais je vous ai dit qu'il me suffirait de quinze minutes à peine !

Nicolas haussa les épaules et afficha un air penaud.

— Oui, mais... à part vous, les femmes sont toujours en retard, même Edwina ! J'aurais dû réfléchir avant. J'ai encore tellement de choses à apprendre de vous, Pru.

— En effet, admit-elle en souriant. Asseyez-vous, Nicolas. Puisque nous avons un peu de temps, moi aussi, il y a certaines choses que j'aimerais mieux connaître de votre part.

Étonné, il prit une chaise et s'assit à califourchon, les bras sur le dossier.

— Je vous écoute.

— Dites-moi tout de votre « grand projet », s'il vous plaît.

— Mon projet d'usine ?

— Oui. J'aimerais en savoir plus. Il s'agit d'une usine modèle, n'est-ce pas ?

— Oui. Plus exactement d'un complexe usinier. Une manufacture de textile, avec des conditions de travail décentes, et un village adjacent pour les ouvriers et leurs familles. J'envisage d'y installer une école et une infirmerie, pour que les ouvriers aient une vie plus agréable.

— C'est une excellente idée. Un ouvrier qui vit dans de bonnes conditions sera plus productif.

— Précisément. Il est clair que l'avenir de notre pays réside dans l'industrie, plus que dans l'agriculture. Mais les horribles conditions de travail qui sont imposées aux ouvriers les tuent, et surtout les enfants. Comment notre économie pourrait-elle progresser si l'on tue la main-d'œuvre ?

— Vous avez tout à fait raison. Nous ne pouvons laisser se perpétrer une telle situation.

Nicolas sourit.

— Vous êtes très compréhensive, Pru, pour une femme de lignée aristocratique.

— Êtes-vous en train de vous moquer de mon milieu familial, sir ?

Son sourire s'élargit.

— Oh, je ne m'y risquerais pas ! Je n'ai pas envie d'affronter une horde de Vikings belliqueux.

— Écoutez et soyez sérieux, Nicolas. C'est justement mes origines aristocratiques qui m'aident à comprendre votre projet.

— Ah, et comment cela ?

— En réalité, vous voulez imiter les grands propriétaires terriens.

— Pas du tout ! Ma communauté sera une république idéale, sans aucun rapport avec les anciennes méthodes !

— Mais ces grands propriétaires – comme les ducs de Norwich, ma famille – ont toujours pris leurs responsabilités vis-à-vis des gens qui vivaient sur leurs terres et qui dépendaient d'eux. Après tout, ce sont eux qui ont fait de l'Angleterre un pays puissant. C'est très astucieux de votre part de vous servir de leur modèle pour l'adapter à l'industrie.

Nick la regardait, les yeux écarquillés. Elle avait raison !

— Ma chère, je reste sans voix devant autant de bon sens.

Pru sourit triomphalement… et en devint encore plus jolie.

— Les conditions de travail dans les manufactures m'ont toujours révoltée, moi aussi, et tout spécialement celles imposées aux jeunes enfants. Vous savez que mon cousin, lord Caldecott, a plaidé en leur faveur à la Chambre ?

— Je sais. J'aimerais bien en discuter avec lui un jour.

— Cela changera-t-il quelque chose à votre projet si la loi contre le travail des enfants est votée ?

— Qu'elle soit votée ou non, aucun enfant ne travaillera dans mon usine. Ils iront tous à l'école, là où les enfants doivent être. C'est ce que Robert Owen avait voulu instituer dans ses usines du Lanarkshire. C'est ce grand humaniste que je veux imiter. Mais il a échoué à cause de ses trop nombreux actionnaires. Ils ont eu peur de perdre de l'argent. C'est pour cela que je serai le seul investisseur.

— Je comprends. Où en êtes-vous, concrètement, dans le projet ?

— Je possède un grand terrain près de Derby, et un entrepôt, qui sera utilisé pour y installer la première manufacture lorsque je pourrai enfin l'aménager. Tout cela va coûter une petite fortune. Ensuite il faudra une école, une coopérative et une église… Il y a beaucoup à faire.

— C'est le travail de toute une vie.

— Peut-être. Mais je compte sur le fruit de mes derniers investissements. Je vais pouvoir acheter les machines, dans un premier temps.

— Et vous ne voulez pas faire appel à quiconque pour le financement.

— Non. Ce qui est arrivé à Owen me sert de leçon. Je ne veux pas avoir affaire à des investisseurs qui me dicteraient ma conduite et ne chercheraient qu'à faire du profit.

— Si j'en étais, cela ne serait pas mon cas.

Nicolas fronça les sourcils.

— Pru !

— Je serais pourtant heureuse d'investir mon héritage dans ce projet.

— Non. Je vous l'ai déjà dit. Je ne toucherai jamais à votre argent. De plus, c'est une aventure risquée, je ne veux pas vous y entraîner.

Elle resta silencieuse un long moment, puis affronta son regard.

— Bien. Me permettez-vous de vous donner un petit conseil, cependant ?

— Oui. Lequel ?

— Une stratégie pour des investissements plus sûrs.

Il sourit de toutes ses dents, soulagé.

— Votre père m'a dit que vous en aviez fait quelques-uns.

— En effet, et j'ai augmenté mon capital.

Elle lui raconta, avec force détails, comment elle avait utilisé les placements proposés par le gouvernement et le cinq pour cent d'épargne. Il admirait sa détermination, mais il ne s'agissait pour lui que d'opérations de « père de famille », d'un trop faible rapport pour ses besoins.

— Je vous félicite, Pru, mais il me faudrait trop longtemps pour réunir la somme dont j'ai besoin avec ces méthodes. J'ai besoin d'un capital tout de suite.

— Je vois. Quelles sortes d'investissements avez-vous faits, exactement ?

Nicolas lui expliqua le projet de canal et les parts achetées dans les cargaisons en provenance des Antilles. Il admit avoir subi de sérieux revers en raison des orages de février, et même de grosses pertes d'argent avec les importations de lin irlandais, l'année précédente.

— Tout ceci me paraît bien risqué.

— Oui, mais les profits peuvent être considérables.

— Sauf si les bateaux coulent et que les marchés s'effondrent.

Il haussa les épaules.

— Il en est de même pour les projets de canal, continua-t-elle. Ils peuvent échouer. En revanche, la construction des docks est en expansion. J'ai personnellement acheté quelques parts dans la London Dock Company, et j'ai déjà obtenu une somme coquette en retour.

— Vraiment ? Vous m'impressionnez, Pru.

Elle eut un timide sourire.

— Il faut dire que moi aussi, j'ai un projet...

Elle s'arrêta net, se maudissant de n'avoir pu garder son secret.

— Un projet ? Dites-moi de quoi il s'agit.

— Oh, il ne s'agit pas vraiment d'un projet, bafouilla-t-elle en rougissant. Je dirais que c'est un rêve...

— Pru, vous ne cessez de me surprendre ! Je vous en prie, racontez-moi.

— Vous allez trouver cela stupide. C'est... une école.

— C'est merveilleux. Quelle sorte d'école ?

— Une école pour les enfants pauvres, mais...

Elle se mordit la lèvre.

— Vous allez penser que je suis folle.

Nicolas approcha son fauteuil du bureau et lui prit doucement la main.

— Cela m'étonnerait. Dites-moi tout.

— Je pense à une école de musique.

Il lâcha sa main et s'installa plus confortablement dans son fauteuil.

— Vous voulez faire partager aux enfants votre passion de la musique ?

— Plus que cela. Je voudrais donner aux enfants pauvres la chance de pratiquer la musique... d'être engagés dans de grands orchestres, d'être professeurs ou copistes... L'école offrirait également une éducation classique.

— C'est une idée charmante, Pru, mais... ne pensez-vous pas qu'il s'agit là d'un luxe, et non d'une nécessité pour les enfants pauvres ?

— Bien sûr que ce n'est pas une nécessité, mais la musique est plus qu'un simple luxe ! C'est une ouverture de l'esprit qui mène à la créativité, ou du moins à l'expression et à la découverte de soi. Cela peut changer la vie des enfants des rues !

Elle était rose d'excitation, et une étrange flamme brûlait dans ses yeux.

— La musique peut aider à égaliser les chances, continua-t-elle. Un gosse de la rue peut un jour se retrouver sur une estrade devant un public averti, tout comme un homme de noble souche. La pratique d'un instrument, lorsque l'on en joue bien, nous rend tous semblables, ne croyez-vous pas ?

— Si, vous avez raison. Je n'avais jamais pensé à cela.

Nick se sentit un instant transporté par autant d'enthousiasme et de logique. L'idée était admirable, et en plein accord avec ses convictions...

Pourtant...

Pourquoi avait-il soudain des idées mesquines? Pourquoi ne pouvait-il enlever de son esprit l'idée que ce projet était légèrement... frivole en regard du sien? Était-il envieux de la fortune de Pru? Son projet ne pourrait changer la vie – au mieux – que de quelques douzaines d'enfants. Ses usines modèles, à lui, bouleverseraient le destin de centaines, et même de milliers de petits êtres. Il se détestait pour avoir de telles pensées, mais il était incapable de les repousser. Et il ne pouvait évidemment pas les exprimer...

— Avez-vous déjà commencé à mettre votre plan en action?

— Non. J'ai simplement repéré un local qui ferait l'affaire à Clerkenwell. Mais il faudrait faire de gros travaux à l'intérieur. Il faut des classes, des ateliers, des dortoirs, un réfectoire et tout le reste. De plus – mais là il s'agit d'un rêve fou de ma part – j'aimerais que chaque enfant reçoive un instrument de son choix à la fin de ses études.

Elle dut reprendre sa respiration.

— C'est un merveilleux projet, Pru. Je comprends enfin le rôle que tient la musique dans votre vie.

— Elle a nourri mon âme et a ensoleillé mes jours, c'est vrai. Elle m'a aidée à me sentir moins seule certains soirs. J'aimerais transmettre mon expérience à d'autres enfants moins favorisés que moi.

Nicolas se sentait de plus en plus honteux de ses mauvaises pensées.

— C'est admirable, Pru. Réellement.

Et il était sincère. C'était admirable, en effet. C'était… Pru !

La sonnette tinta et le cocher passa la tête par la porte entrebâillée.

— Venez, ma chère. Il faut nous dépêcher. Nous continuerons cette conversation dans le fiacre.

Lorsqu'ils eurent pris place dans la voiture, Nicolas eut une idée.

— Vous avez bien dit que vous vous intéressiez à un local à Clerkenwell ?

— Oui. À St. John Square. C'est un joli quartier qui n'est pas trop éloigné des zones défavorisées.

— Si nous allions y faire un tour ?

Les yeux de Pru s'écarquillèrent.

— Vraiment ? Cela vous ferait plaisir ?

— Oui. Je donne les instructions au cocher.

Vingt minutes plus tard, Prudence montrait un immeuble de briques de trois étages à Nicolas. Il paraissait en bon état, et toutes les fenêtres étaient intactes.

— Vous avez parlé au propriétaire ?

— Oui. Il m'a fait visiter les lieux. Mais je ne peux pas encore me permettre de l'acheter, si c'est pour le laisser vide. Je dois attendre que mes investissements fructifient.

— C'est un bel immeuble. Il serait parfait pour une école de musique.

Pru eut un petit rire de gorge.

— Je dois avouer que j'ai rêvé d'une plaque de cuivre sur cette porte : *École de musique Prudence Armitage*.

Elle mit sa main devant sa bouche et rougit.

— Oh, pardon. J'aurais dû dire Prudence Parrish !

— Certes, madame Parrish…

Sur le chemin du retour, elle continua de lui parler de ses projets d'aménagement avec excitation. Il la questionnait mais n'entendait pas les réponses, fasciné par son visage radieux, par la flamme dans ses yeux… Serait-il un jour capable de l'enfiévrer autant ?

Ses pensées vagabondaient pendant qu'elle s'épanchait. Que de chemin parcouru en quelques semaines ! Il découvrait jour après jour une Prudence bien différente de la petite souris silencieuse qu'il croyait connaître. Il était certain que son projet allait aboutir, avec un tel enthousiasme. C'était d'ailleurs un noble projet, et il était furieux de devoir toujours le comparer au sien, et de le trouver, malgré tout, plus frivole.

Dieu du ciel ! En lui proposant d'investir son héritage dans les usines de Derby, Prudence était donc prête à renoncer à quelque chose qui lui tenait tant à cœur ! Quelle noblesse de caractère, dont il était indigne…

Nicolas secoua la tête pour s'éclaircir les idées et serra les poings. Il avait son projet, elle avait le sien. Les *deux* devaient absolument aboutir.

13

— Vous plaisantez !

Flora redressa la tête.

— Je vous assure que je suis très sérieuse.

— Vous voulez publier la liste des Londoniennes les plus mal habillées ?

— Oui.

— En les nommant ?

— Exactement. N'est-ce pas une excellente idée ? Évidemment, dans le numéro suivant nous publierons la liste des femmes les mieux habillées. Nous allons doubler les ventes du magazine, ma chère.

Prudence se tenait sur l'estrade du salon d'essayage de Mme Lanchester, qui lui confectionnait une nouvelle robe de bal.

— Je ne sais qu'en penser, Flora. Cela ne serait-il pas… diffamatoire ?

— Bah ! Mais non.

Flora, les bras croisés, surveillait attentivement les ajustements faits à la robe.

— Si nous réussissons ce coup de maître, toutes les dames se bousculeront pour être sur l'une ou l'autre liste tous les ans, croyez-moi. Elles veulent voir leur nom imprimé, avant tout.

— Mme Gallagher a raison, intervint la grande couturière. Et, naturellement, vous pouvez suggérer aux plus mal vêtues de venir me rendre visite.

— Les planches de vos créations publiées dans notre magazine parleront d'elles-mêmes, et celle-ci particulièrement, dit Flora.

— En effet. Regardez comme ces voiles de crêpe couleur lavande dansent autour de la silhouette. Vous serez la reine du bal, madame. Excusez-moi, je dois aller m'assurer que les dentelles sont prêtes. Venez avec moi, Annette.

La couturière et son assistante sortirent de la pièce, laissant Flora et Prudence seules.

— Oh, Flora ! Je ne peux pas croire que vous m'ayez entraînée dans cette histoire.

— Quelle histoire ? Poser pour une gravure de mode dans *votre* propre magazine ? Rien ne peut être plus efficace en matière de succès.

— Je suis trop petite pour être un bon modèle, Flora.

— Ne vous inquiétez pas. Le dessin de Raisbeck vous donnera la stature d'une reine. Et souvenez-vous que c'est la robe que nous voulons montrer, pas le modèle.

— Mais alors, pourquoi moi ?

— Parce que c'est vous qui porterez cette robe au bal de la duchesse, et qu'elle sera immortalisée dans *La Vitrine*. Et c'est une robe superbe.

Prudence caressa le crêpe de la tunique, coupée au genou sur une robe de mousseline blanche, bordée de ruban lavande et se terminant par une longue traîne au dos. Le crêpe flottait autour d'elle comme un nuage à chaque mouvement.

— Elle est très belle en effet. Je veux me montrer sous mon meilleur jour à ce bal.

— Pour Nicolas ? Ou bien pour flirter avec les autres hommes et le rendre jaloux ?

Prudence se renfrogna.

— Je vous assure, Flora, que je n'essayerai plus jamais de flirter avec quiconque. Mes essais furent désastreux. Je veux simplement être... la plus jolie possible.

— Seulement jolie ?

— Eh bien... je suppose que j'aimerais obtenir de lui un certain regard, de...

— De désir ?

Prudence rougit jusqu'à la racine des cheveux.

— Oui.

— Alors, cette robe vous y aidera forcément. L'étoffe est très sensuelle. Contentez-vous de vous mouvoir avec grâce, comme vous le faites naturellement, et laissez-le béer d'admiration et... de désir.

— J'espère que vous avez raison, Flora. De toute façon, je souhaite apparaître sous mon meilleur jour à l'événement le plus important de la saison familiale.

— C'est le bal le plus important de toute la saison londonienne, Pru. Et je suis ravie de pouvoir y assister, grâce à vous. J'établirai une liste des dames les mieux habillées, ajouta-t-elle avec un sourire coquin.

— Oh, Flora !

— Mais oui. Et, en ce qui concerne le mauvais goût, je n'aurai aucun mal. Je vais à l'opéra ce soir, et je suis certaine d'y trouver de quoi remplir ma liste. Avec votre permission, bien sûr. C'est votre magazine.

Prudence soupira, vaincue.

— Faites ce que vous voudrez, Flora. J'espère qu'Edwina me pardonnera ma faiblesse.

Flora sourit chaleureusement et embrassa son amie. Mme Lanchester revenait, escortée de son assistante.

— Voilà. Les rosettes de dentelle sont prêtes. La touche finale. Redressez-vous, madame Parrish.

Les deux femmes commencèrent à épingler les rosettes à intervalles réguliers sur le ruban qui bordait la robe, puis elles relevèrent les manches de la tunique qui furent agrafées sur les épaules par une autre rosette. Enfin, Mme Lanchester tira sur le col de la tunique pour obtenir un V parfait et profond. Prudence tressaillit.

— Oh non ! C'est beaucoup trop...

— Bah ! Certainement pas. La mode le veut, et ici elle est plutôt sage. En France, le décolleté laisse voir les mamelons ! Veillez à ce que votre corset soit bien serré, pour montrer nettement le sillon entre vos seins.

— Oh, mon Dieu !

— M. Raisbeck vous attend pour faire son dessin. Veuillez bien me suivre, madame.

Pru s'exécuta, et posa machinalement la main sur sa poitrine pour la cacher. Mais Flora veillait.

— Non, ma chère. Souvenez-vous de ce que vous voulez obtenir : un Nicolas fou de désir. Ne faites pas la prude, vous êtes magnifique.

Prudence posa pour le grand académicien pendant l'heure qui suivit, essayant d'imaginer qu'elle posait pour Nicolas afin d'oublier son malaise devant sa poitrine si largement exposée.

— C'est parfait, disait l'artiste de temps en temps. Ne bougez plus un seul muscle.

Plus tard dans l'après-midi, revenues aux bureaux de *La Vitrine*, Flora et Prudence examinèrent les esquisses du célèbre dessinateur, qui avait beaucoup apporté à la notoriété du magazine.

— La ressemblance est parfaite, déclara Flora. J'espère que le graveur ne la trahira pas.

Mal à l'aise, Pru espérait le contraire sans oser le dire. Elle n'était pas certaine d'aimer l'idée de retrouver son visage – et sa poitrine ! – divulgués à plusieurs centaines d'exemplaires, mais elle devait admettre que les dessins étaient très beaux, et qu'elle y était… presque belle !

— Bien. M. Jarvis va passer prendre les dessins d'une minute à l'autre. J'ai du travail à faire. Je dois relire un certain nombre d'essais.

Elle s'absorba dans son travail et entendit soudain les cloches de l'église. Elle leva les yeux et s'aperçut que la nuit était tombée depuis longtemps. Il était sept heures, et Nicolas devait venir la chercher à six heures.

Il avait dû être retardé. Après tout, cet emploi du temps strict l'obligeait parfois à écourter ses rendez-vous de l'après-midi, et elle pensait que c'était bien inutile. Pru se demanda si elle devait l'attendre. Mme Gibb aurait préparé le souper pour huit heures précises…

Elle ouvrit la porte et chercha un fiacre des yeux. La rue était vide et silencieuse. C'était stupide d'attendre. Et St. Paul n'était pas un quartier aussi dangereux que Nicolas le prétendait.

Elle prit son chapeau, son châle et son réticule, et éteignit les bougies. Elle se ravisa et griffonna une note en hâte à l'attention de Nicolas, qu'elle glissa dans la serrure.

Prudence se mit en quête d'un fiacre mais n'en vit aucun aux alentours. Quelques personnes s'agglutinaient, comme à l'habitude, à la porte de l'église. Elle décida de marcher en direction de Ludgate Hill, qui était une rue animée, mais elle devait pour cela traverser quelques ruelles sombres et peu engageantes. Pru commença à se sentir nerveuse, et pressa le pas. Une ombre bougea à son côté. Soudain, une main s'abattit sur son bras.

— Eh, la belle ! C'est moi que tu cherches ?

Nick s'en voulait d'être aussi inconscient. Que diable, il avait une épouse maintenant, et il lui devait certains égards ! Pru devait se faire du mauvais sang.

Il avait simplement perdu la notion du temps. La réunion s'était prolongée, au club des Martyrs écossais. Ils avaient discuté des moyens de pression à employer pour influencer les membres du Parlement en faveur du projet de loi sur les usines, et il avait totalement oublié Prudence !

Il avait également été troublé par la lettre de sa sœur, arrivée le matin même. Edwina semblait particulièrement heureuse de son mariage, ce qui le surprenait un peu, même s'il connaissait l'affection qu'elle portait à Prudence. Elle lui répétait à l'envi de ne pas briser le cœur de son amie, et cela l'avait irrité. Pourquoi semblaient-ils tous autant s'inquiéter pour Pru ? Elle non plus n'avait pas souhaité ce mariage, que diable ! Pourquoi lui aurait-il brisé le cœur ? On le prenait donc pour un goujat ! N'avait-il pas fait son devoir de gentleman ?

Le fiacre tourna au coin de Cheapside et s'arrêta devant les bureaux de *La Vitrine*. Aucune lumière ne brillait à l'intérieur.

Nicolas sentit un frisson d'inquiétude le traverser. Il sauta de la voiture, se dirigea vers la porte et vit aussitôt la note qui portait son nom, glissée à côté de la poignée.

Elle était partie, après l'avoir attendu jusqu'à sept heures !

Il s'excuserait au dîner, mais il la gronderait pour avoir pris le risque de se retrouver seule dans ce quartier peu sûr.

Il cria au cocher de se rendre à Golden Square et grimpa prestement dans le fiacre. Ils venaient de s'engager dans Ludgate Hill lorsque Nick jeta un coup d'œil par la vitre et sentit son sang se figer. Dans une allée sombre, deux individus aux larges épaules bousculaient une femme de petite taille. Il aperçut des boucles de cheveux cuivrés sous le chapeau...

Il frappa au plafond du fiacre et sauta sur le pavé avant que le cocher ait eu le temps d'arrêter son attelage. Il bondit, juste au moment où l'un des hommes posait sa main sur la poitrine de Prudence, tandis que l'autre la tenait fermement par la taille. Elle se débattait comme elle pouvait, essayant de se dégager et de donner des coups de pied à ses agresseurs.

— Nicolas !

Il avait agrippé le premier individu par les épaules pour le forcer à lâcher son épouse. Surpris, le rustre se retourna et Nick l'envoya rouler sur le pavé d'un formidable coup à la mâchoire. Son compagnon détala aussitôt à toutes jambes.

Prudence poussa un petit cri et se précipita vers Nicolas, qui lui entoura les épaules d'un bras tout en agrippant fermement l'individu, qui venait de se relever péniblement, par le col de sa chemise.

— Je devrais te tuer pour avoir osé poser tes sales pattes sur ma femme.

L'homme grogna une réponse inarticulée en essuyant le sang qui coulait de son nez d'un revers de manche. Nick le lâcha, et il fit quelques pas en arrière en titubant.

— File ! Et vite ! Sinon j'appelle la patrouille de nuit et je te fais coffrer pour agression. Hors d'ici !

L'homme grogna encore une fois et déguerpit sans demander son reste. Nicolas serra Prudence dans ses bras. Elle tremblait comme une feuille contre sa poitrine.

— Mon Dieu, Pru ! Est-ce qu'ils vous ont fait mal ?

Elle secoua la tête, mais ne put articuler un son. Nick fit signe au cocher qui s'approchait d'ouvrir la porte du fiacre. Il aida la jeune femme à monter sur le siège et la tint serrée contre lui. Ils restèrent silencieux un long moment.

Il dénoua les rubans de son chapeau d'une main et le lui enleva. Elle posa la tête sur son épaule et il caressa doucement les boucles rousses.

Il entendait les battements accélérés de son cœur.

— Pru, je suis affreusement désolé. J'aurais dû être là. Si je n'avais pas été en retard, tout ceci ne serait pas arrivé.

Elle ne répondit pas, mais se pressa contre lui. Il songea qu'elle ressemblait à un petit oiseau blessé. Et cet affreux individu lui avait touché les seins ! Avait-il fait plus ?

Il l'obligea à relever la tête et scruta ses yeux.

— Pru, vous ont-ils… blessée ?

— N… non, Nicolas. Mais ils l'auraient fait si vous n'étiez pas arrivé à temps.

— Mon Dieu !

— Je... j'ai eu si peur. Oh, Nicolas, je vous appelais de toutes mes forces, et vous êtes arrivé.

— Pru !

Il se pencha et prit doucement ses lèvres. Elles tremblaient, mais il n'y prit pas garde. Il voulait la réconforter, la réchauffer...

Il la désirait !

Toute sa vie, elle avait attendu un baiser comme celui-ci. Elle oublia ce qu'elle venait d'endurer. Sa bouche était tendre et avait un léger goût de bière. Il la força à entrouvrir les lèvres et y glissa sa langue, puis taquina la sienne, la caressa, la suça, fouilla tous les recoins de sa bouche. Le monde entier s'évanouit autour d'elle, elle se sentit flotter sur un délicieux nuage.

Il quitta ses lèvres un instant et lui repoussa la tête en arrière pour embrasser sa gorge, remonta à sa mâchoire, à ses paupières qu'elle gardait baissées, puis revint à sa bouche pour un autre baiser, encore plus fougueux.

Combien de temps cela dura-t-il ? Pas assez longtemps.

Il s'était renversé sur le siège et continuait à lui caresser les cheveux. Prudence haletait au creux de son épaule et n'osait pas rouvrir les yeux. Elle repensa en frissonnant à l'ignoble individu qui avait tenté de l'embrasser. Son haleine était fétide. Il n'avait pas réussi, grâce au Ciel ! Elle se serait sentie indigne du baiser de Nicolas. Elle avait lu que les baisers pouvaient amener des sensations inouïes, enflammer le corps et l'âme, mais elle n'était pas certaine que cela soit vrai. Maintenant, elle savait.

Personne ne lui avait parlé de ces sensations délicieuses qui se propageaient dans tout le corps, tout spécialement le ventre et… plus bas. Elle n'y était pas préparée, mais à présent elle en désirait encore plus…

Maintenant, elle était sûre que Nicolas allait faire d'elle sa femme, à tous les sens du terme. Il savait forcément qu'elle était prête, puisqu'elle avait répondu à ses baisers avec ardeur.

Le fiacre était arrêté. Elle réprima un gémissement. Elle ne voulait pas quitter l'épaule de Nicolas, ni sa chaleur.

— Vous sentez-vous bien ?

— Oui.

Il l'aida à descendre. Lucy leur ouvrit la porte et écarquilla les yeux en voyant la chemise de Nicolas tachée de sang.

— Sir ? Est-ce que vous allez bien ?

— Oui, Lucy. Voudriez-vous faire couler un bain pour Mme Parrish ? Elle vient de subir une expérience éprouvante et elle est fatiguée. Vous lui apporterez un souper léger. N'est-ce pas, Pru ? Je pense qu'il est préférable que vous alliez vous coucher directement.

Elle acquiesça d'un mouvement de tête, incapable de proférer un seul mot. Il l'envoyait au lit comme une gentille petite fille, après lui avoir donné un tel baiser ! Il avait mis son corps en feu, et il n'allait toujours pas lui faire l'amour !

Était-il stupide à ce point ?

— Est-ce que mon père est rentré ?

— Non, sir. Je crois qu'il est parti à l'opéra.

— Il devait y aller avec Flora.

Prudence avait retrouvé sa voix. Une voix neutre. Elle se sentait terriblement vide, tout à coup.

— Ah ? Flora vous l'a dit ?

— Non, personne ne me l'a dit. Mais je le sais.

Nicolas fronça les sourcils, puis haussa les épaules.

— Bien. Je dînerai dans le petit salon. Lucy, dites à Mme Gibb que nous sommes désolés d'être en retard. C'est ma faute. Tout est ma faute.

Il paraissait en proie à une violente émotion. Pru se demanda ce que son visage exprimait : de la colère, du désespoir, de la déception ?

Il lui prit la main.

— Je suis tellement désolé, Pru. Pour tout.

Elle ne répondit pas et commença à grimper l'escalier. Elle sentit son regard dans son dos, tandis qu'il restait planté au milieu du hall.

Il était toujours désolé ! L'était-il réellement pour *tout* ?

14

Nick appréhendait la soirée. Il n'était pas d'humeur à assister à un bal. Tout spécialement à un grand bal chez un duc. Il devrait encore sourire et feindre le bonheur.

Et pourtant il n'était pas heureux. Il n'avait aucune raison de l'être.

La semaine avait mal commencé, avec l'agression de son épouse. Deux agressions en réalité, car, n'était-ce pas ce qu'il lui avait infligé en l'embrassant de cette façon alors qu'elle était encore sous le choc ? Ensuite, il avait appris que le *Poséidon* avait disparu en mer avec sa cargaison – et, de ce fait, avec ses investissements ! Enfin, aujourd'hui, les journaux avaient annoncé que le projet de construction du canal de Culwyn était abandonné.

Et pour conclure cette semaine déplorable, il avait dû revêtir des habits de soirée afin d'escorter sa femme chez le duc et la duchesse de Norwich, alors qu'il n'avait qu'une envie : rester chez lui dans son fauteuil et vider une ou deux bouteilles pour oublier.

— Arrête de piaffer ! Tu vas trouer le tapis.

— Oh, père ! Dieu sait que je n'aurais même pas les moyens de le remplacer.

— Tu en es là ?

— Bah ! J'ai encore quelques espoirs.

— Est-ce que je peux t'aider, mon fils ?

Nicolas leva les yeux et remarqua soudain l'élégance de son père. Il portait une jaquette bleu marine et des pantalons collants ornementés de boutons en strass assortis à ceux des bottines. Il ne l'avait pas vu comme cela depuis des années.

— Merci, père, mais vous en avez déjà fait beaucoup. Je suis trop impatient, c'est tout. Arrêtons de parler de tout cela. Je suis hérissé comme un porc-épic et je dois me composer un visage souriant pour la famille Armitage.

Il se dirigea vers un petit buffet et se versa un second verre de clairet. Que diable faisait Pru ?

— Je suis extrêmement reconnaissant au père de Prudence de m'avoir obtenu une invitation. J'ai rencontré le duc autrefois, tu sais. Ta mère avait été chargée de faire des décorations dans sa résidence. Un individu plutôt aimable, si je me souviens bien, à la voix très forte.

— Ils sont tous comme cela. Vous devrez hurler pour vous faire entendre.

— Alors, je hurlerai. Et Flora aussi. À propos, elle est folle de joie d'avoir été conviée à ce bal.

— Je sais. Elle n'a cessé de nous le répéter.

Nick regardait son père pensivement.

— J'ai été plutôt surpris de cette relation avec Flora, vous savez, ajouta-t-il. Pru l'avait devinée bien avant moi.

— Est-ce que tu la désapprouves ? À cause de son passé ?

— Pas du tout.

— À cause de ta mère ?

— Grands dieux, non. Vous êtes resté seul bien trop longtemps. Je ne vous imaginais simplement pas avec une femme comme elle.

— Et pourquoi pas ? Elle me rappelle ta mère.

— Vraiment ?

— Oui. Elle a le même engouement pour la vie, elle ne fait jamais les choses à moitié, elle sait profiter de tous les instants.

— Hum. Je suppose que vous avez raison. Mais n'oubliez pas que Flora est... une femme du monde.

— Je ne suis pas complètement fou, mon garçon. Et permets-moi de te donner un conseil de père : occupe-toi de tes propres affaires.

Nicolas sourit et prit une chaise. Le clairet avait un peu calmé ses nerfs.

— Dis-moi, mon fils, comment va Prudence ? A-t-elle réussi à se remettre de cette horrible agression ?

Nick haussa les épaules. Il ne savait pas ce qui avait été plus horrible pour elle : l'agression ou ce qu'il lui avait fait subir ensuite, alors qu'il lui avait promis d'attendre et de ne jamais la forcer. Il détestait le souvenir de ce moment... autant qu'il l'avait apprécié ce soir-là.

Elle avait certes semblé répondre à sa fougue, mais elle était sous le choc. Elle avait besoin de réconfort, de chaleur. Il avait été sur le point d'ouvrir son corsage et de lui caresser les seins, tout comme cet ignoble individu avait voulu le faire un instant auparavant... En fait, il avait profité de sa vulnérabilité, il avait failli abuser d'elle.

Il avait eu soudain tellement honte qu'il n'avait pu proférer un seul mot d'excuse dans le fiacre. Il n'avait pas osé non plus aborder le sujet de toute la semaine, mais il y avait pensé constamment. Et le désir n'avait cessé de le tenailler.

— Elle semble aller bien, répliqua-t-il. Simplement un peu plus silencieuse qu'à l'habitude.

— Prends soin d'elle, mon fils. Je suppose qu'elle sera fragile un certain temps.

— Je sais. Oh, père, je vous assure que j'aurais pu tuer cet homme !

— Lorsqu'une personne aimée est en danger, nous pouvons en effet réagir instinctivement, comme les animaux.

Une personne aimée !

Un bruit de voix l'empêcha de considérer ces mots. Flora et Prudence descendaient l'escalier.

Nicolas resta bouche bée, le souffle coupé, à la vue de son épouse. Elle ressemblait à un nuage, enveloppée de mousseline couleur lavande… Il ne pouvait détacher son regard du décolleté qui découvrait, enfin, des seins magnifiques !

Flora éclata franchement de rire.

— J'ai cru entendre quelqu'un suffoquer. Pas vous, Prudence ?

Nicolas s'approcha et offrit son bras à son épouse.

— Vous êtes resplendissante, ma chère.

Pru sourit et rosit très légèrement. Il ne put s'empêcher de penser que ce long cou gracile et cette gorge dévoilée n'attendaient que des caresses.

— Je vais être le gentleman le plus envié du bal, avec une telle beauté à mon bras.

Le sourire de la jeune femme s'élargit, et ses joues devinrent un peu plus roses encore.

Bartholomew partit avec Flora dans la voiture de celle-ci, et Nicolas conduisit Pru à la calèche qu'il avait louée pour la soirée. C'était une dépense supplémentaire, et il en était contrarié, mais il cessa d'y songer en reposant les yeux sur le profond décolleté.

Il respira son parfum et serra les poings. Il s'était promis d'être patient, de ne plus l'assaillir, mais il voulait profiter de cette soirée pour tenter un nouveau baiser, plus doux et plus tendre, cette fois. Ainsi, petit à petit, il l'amènerait à accepter l'idée de partager son lit. Elle était si effarouchée, et il n'avait rien arrangé en se conduisant en goujat…

Il avait déjà découvert qu'elle était jolie, mais ce soir il découvrait qu'elle possédait des appas insoupçonnés. Il lui serait difficile de se retenir de poser les mains sur elle.

Dieu ! Certaines fois, il était fatigant d'être un gentleman !

Prudence n'avait jamais été aussi heureuse de toute sa vie. Son époux l'avait manifestement trouvée belle, et, sincèrement, elle estimait qu'elle était à son avantage, ce soir. Elle avait d'abord été effrayée par le profond décolleté de sa robe, mais Mme Lanchester avait eu raison d'insister, puisque Nicolas ne pouvait détacher les yeux de sa gorge.

Ils avaient dansé le premier quadrille ensemble, et, pour la première fois de sa vie, son carnet de bal était plein. Elle en était tout étourdie.

— Plus une seule danse, Pru ? Il ne reste rien pour moi ?

— Plus une seule.

— Pas même la danse du souper ?

— Non, elle est promise à mon cousin Robert.

— Lequel est-ce ?

— Le beau jeune homme blond qui porte un gilet grenat brodé de libellules.

— Ah. Je vois.

Pourquoi prenait-il cet air renfrogné et ce ton sarcastique ? Peut-être désapprouvait-il le gilet trop voyant ?

— C'est le plus jeune fils de mon oncle Frederick. Il n'a que quelques années de plus que moi, mais je n'avais pas le souvenir d'avoir échangé plus de trois mots avec lui jusqu'à présent. Je me demande pourquoi il m'a choisie pour souper à son côté.

— Vraiment ? Vous ne vous en doutez pas ?

Son regard se posa sur la gorge dénudée et Pru rougit.

— Vous êtes à croquer ce soir, ma chère. Alors, évidemment, vous les mettez tous en appétit.

Pru le regarda et se demanda s'il n'avait pas trop bu. Il semblait presque... jaloux.

Elle supposa qu'il jouait son rôle de jeune marié amoureux de façon un peu trop appuyée.

— Cousine Prudence ? Je pense que c'est ma danse.

Elle s'éloigna au bras du cousin Edgar, et ne cessa de danser jusqu'au souper. Ses pieds la brûlaient et elle fut heureuse de s'asseoir. La table de Robert Armitage se trouvait proche de celle de Bartholomew et de Flora, et elle vit avec soulagement que Nicolas était placé près de Joanna Draycott. Elle espérait qu'ils deviendraient amis.

— Le mariage vous réussit, Prudence. Vous êtes rayonnante.

— Merci, Robert. Je crois que c'est d'avoir tant dansé.

— Oh non, ma chère, c'est beaucoup plus que cela.

Il se pencha vers elle et lui murmura à l'oreille :

— Vous ressemblez à un petit papillon juste éclos. Cela ne peut être que le mariage. Êtes-vous amoureuse ?

— Peut-être.

Seigneur ! Elle avait oublié qu'il lui fallait jouer le rôle de la jeune mariée éperdue d'amour.

— Je veux dire, bien sûr que je le suis !

— Cela se voit. J'en suis heureux pour vous, cousine. Je vous avais toujours prise pour une petite souris, et je constate qu'il suffisait d'attendre l'homme susceptible de vous faire sortir de votre réserve. Parrish a de la chance.

— Merci, Robert. Et merci de m'avoir invitée à danser et à souper. Je ne m'y attendais pas.

— Parce que vous vous étiez habituée à faire tapisserie ?

— Je suppose que oui.

— Je vous ai invitée à ma table pour vous dire combien j'étais désolé de l'attitude que j'ai eue jusqu'à présent, ainsi que de celle de toute la famille. Je me sens un peu honteux. Je regrette de ne pas vous avoir accordé plus d'attention.

Il souriait avec malice.

— Vous êtes un coquin. C'est seulement à cause de… de ma robe que vous me remarquez aujourd'hui.

Robert éclata franchement de rire.

— C'est vrai. La robe est très belle, et elle vous flatte. Ah, si vous aviez porté plus souvent ce genre de robe, je vous assure que je vous aurais réclamé toutes les danses !

— Essayez-vous de flirter avec moi, Robert ?

— Je n'oserais pas. Votre mari est en train de me fusiller du regard.

Elle se tourna vers la table de Joanna et s'aperçut en effet que Nicolas les fixait d'un air renfrogné. Elle lui adressa un petit sourire, mais il détourna les yeux. Que lui arrivait-il ?

Ils dînèrent tout en bavardant et en riant au sujet de divers commérages sur la famille, et Pru oublia Nicolas pendant ces instants.

— L'orchestre se prépare à jouer. Êtes-vous prête à danser encore ?

— Je suis toujours prête à danser. J'ai des années à rattraper.

Robert prit son bras en riant. Comme ils passaient près de la table de Nicolas, Joanna se leva vivement et retint Prudence un court instant.

— Ton mari est jaloux, ma chère. C'est bon signe, n'est-ce pas ? lui murmura-t-elle à l'oreille.

— Vraiment, Pru, vous auriez pu m'accorder au moins une danse supplémentaire.

Nicolas se dirigea vers le petit buffet du salon et se versa un autre verre de vin.

— Je l'aurais souhaité, moi aussi, mais mon carnet s'est trouvé rempli sans que je m'en aperçoive. Je suis désolée, Nicolas. Cela m'a surprise autant que vous. Je détestais les bals jusqu'à présent, parce que je n'étais presque jamais invitée.

— Vous vous êtes bien rattrapée ce soir !

Prudence souriait de contentement.

— Oh oui ! J'ai passé une soirée délicieuse.

— Je pense bien ! Avec tous ces Vikings qui tournaient autour de vous comme des abeilles autour d'un pot de miel !

Elle lui lança un regard interrogateur.

— Que voulez-vous dire ?

— Que vous avez flirté avec tous les beaux mâles qui vous ont invitée à danser. Vous y avez pris goût, vous les encouragiez de vos grands sourires.

— Moi ? Flirté ?

Elle éclata d'un étrange petit rire.

— Nicolas, je vous assure que jusqu'alors, je n'ai essayé de flirter qu'avec un seul homme, et ce fut un désastre. Ce soir, je n'ai flirté avec personne. Si je souriais, c'est tout simplement parce que je passais un bon moment.

Il prit encore une gorgée de vin, posa son verre et se planta devant elle.

— Vous souriez parce que vous savez pertinemment que cela illumine votre visage, et même toute la pièce.

Elle haussait les sourcils en signe d'incompréhension.

— Oui, ma chère. Vous auriez pu allumer tous les chandeliers avec vos sourires, et vous le savez.

Il passa doucement un doigt sur l'ovale de son visage.

— Vraiment ? Vous croyez cela ?

— Oui. Et, franchement, je n'ai pas aimé vous voir flirter avec ce freluquet au gilet garni de libellules pendant tout le souper.

— Mon cousin Robert ?

Il l'attira brusquement contre lui. Seigneur ! Il s'était pourtant promis de se conduire en gentleman. Mais il avait également planifié un autre baiser… et il avait trop bu pour que ce baiser soit tendre et délicat.

— Vous n'auriez pas dû flirter avec lui. Souvenez-vous que vous devez jouer le rôle de la jeune épouse amoureuse en société.

Elle ravala une boule dans sa gorge.

— Je sais. J'ai essayé de jouer mon rôle.

— Vraiment ?

Il l'entoura de ses bras. Il ne pouvait plus résister. Il en avait assez d'être un parfait gentleman. Assez d'être patient et de supporter la convoitise des autres hommes, alors qu'elle lui appartenait.

— Ou... oui. Robert m'a demandé si j'étais amoureuse de vous, et je lui ai assuré que je l'étais.

— Vous êtes une chic fille.

Il se pencha et enfouit le nez sous ses cheveux, derrière son oreille. Il avait eu envie de faire cela toute la soirée, entre autres choses...

— Ce n'est pas bien, vous savez, de flirter avec un homme alors que vous appartenez à un autre.

— Oh !

Elle suffoquait, et son adorable poitrine se soulevait à chaque inspiration.

— Vous m'appartenez, Pru. Vous êtes mienne.

Il approcha ses lèvres, et oublia toutes ses bonnes résolutions. Il écrasa sa bouche et la força pour y introduire la langue. Elle poussa un gémissement et il la serra plus fort contre lui, afin qu'elle sente l'intensité de son désir.

Il quitta sa bouche et se pencha pour effleurer sa gorge de ses lèvres.

— Vous êtes mienne, vous m'appartenez. Dites-le, Pru, dites-le...

— Je vous... appartiens. Oh !

Il avait glissé la langue entre ses seins, dans le sillon qu'il n'avait pas quitté des yeux pendant toute la soirée. Que cette poitrine était douce ! Il voulait la voir entièrement dénudée et la caresser, sans plus attendre.

Il la souleva et la prit dans ses bras. Prudence poussa un petit cri qui le fit tressaillir, mais tant pis ! Il ne pouvait plus s'arrêter.

— Je vais faire de vous ma femme, Pru. Me le permettrez-vous ? Vous allez être *ma femme,* Pru. Comprenez-vous ?

— Oui.

— Vous me le permettez ?

— Oui.

— Alors je vous emmène dans ma chambre, murmura-t-il d'une voix rauque.

Prudence avait du mal à y croire. Elle avait envie de pleurer de joie, et s'accrochait à son cou désespérément.

Malgré sa joie, elle était terrifiée, maintenant que le moment tant attendu était arrivé. Elle aurait voulu lui dire qu'elle ne savait pas ce qu'il fallait faire, qu'il devait lui montrer les gestes... mais sa gorge était trop nouée pour cela.

Dans sa chambre, il la posa au sol et recommença à l'embrasser, debout devant le grand lit. Sa bouche avait un goût de vin prononcé. Prudence respirait aussi une faible odeur de savon à barbe. Il la quitta un instant pour allumer une bougie, et se débarrassa de sa jaquette et de son gilet. Il la reprit dans ses bras, s'empara à nouveau fougueusement de ses lèvres, et entreprit de la déshabiller.

Prudence songea qu'elle aurait certainement dû faire cela elle-même, mais... elle en aurait été incapable, tant ses mains tremblaient !

Il avait prestement enlevé la tunique et la robe, et elle se tenait devant lui en chemise et en corset. Il fit un pas en arrière pour la dévorer du regard, de haut en bas, dans sa quasi-nudité.

— Défaites vos cheveux, Pru, s'il vous plaît.

Elle leva les bras pour retirer les peignes, mais ne put aller plus loin.

— Vous tremblez, Pru. Avez-vous peur ?

Elle secoua la tête négativement.

— Nerveuse, alors ?

Elle acquiesça de la même façon, ne pouvant prononcer un mot.

— Ah, mon pauvre ange !

Il la reprit dans ses bras et défit les peignes et les épingles, jusqu'à ce que la lourde chevelure se répande en cascade sur ses épaules. Il recula pour l'admirer.

— Magnifique ! Splendide !

Il passa les doigts dans la crinière de feu et y enfouit sa tête. Il lui mordilla l'oreille et elle émit un petit gloussement qui le fit rire.

Il s'attaqua aux lacets du corset avec dextérité. Prudence ne put s'empêcher de penser qu'il avait dû en défaire beaucoup, mais cela lui était égal. Elle ne portait plus que sa chemise et ses bas. N'aurait-il pas dû souffler la bougie, maintenant ?

Il passait à présent les mains sous ses seins et les caressait sous la fine étoffe. La jeune femme retint son souffle, puis laissa échapper un gémissement. Nick la pressa contre lui d'un mouvement brusque et elle se dit qu'elle allait s'évanouir. Elle avait nettement senti son excitation... sous son pantalon moulant.

Il la lâcha pour enlever prestement sa chemise. Seigneur ! Qu'il était beau ! Pru fut soudain contente qu'il ait laissé brûler la bougie. Ayant vécu avec cinq frères, elle n'était pas complètement ignorante du corps masculin, mais là, c'était différent. Elle eut le souffle coupé par autant de virilité... et de grâce féline. Il n'était pas large et fort comme ses frères. Sa musculature était fine, tout en étant puissante. Elle frissonna de la tête aux pieds. Nick surprit son regard admiratif et lui sourit. Il vint se poster devant elle, attrapa les pans de sa chemise et les souleva.

Le moment était arrivé. Elle allait mourir de honte, nul doute ! Elle ferma les paupières et attendit. La chemise tomba sur le parquet. Voilà. Elle était nue devant lui.

Instinctivement, elle voulut se couvrir la poitrine, mais Nicolas lui prit les mains.

— Ouvrez les yeux, Pru. Regardez-moi.

Docile, elle respira profondément et s'exécuta.

Il avait certainement admiré des dizaines de femmes nues auparavant, bien plus belles qu'elle, et pourtant son regard était brûlant. Il la détaillait de la tête aux pieds. Il lui lâcha les mains et caressa son sein gauche, très doucement. Ses mamelons se transformèrent immédiatement en deux petits boutons roses. Prudence songea à nouveau qu'elle allait mourir de honte.

— Regardez-vous, Pru. Regardez votre corps.

Sa voix était rauque de désir, mais aussi pleine d'admiration.

— Vous êtes parfaite.

Ses yeux s'agrandirent de surprise. Elle, parfaite ?

— La perfection absolue. Et pour moi seul !

Il l'attira dans ses bras et reprit ses lèvres avec fièvre. Elle préférait cela. Ses baisers étaient délicieux et, au moins, il ne regardait pas son corps pendant ce temps !

De plus, les baisers étaient encore plus délicieux maintenant qu'elle sentait sa poitrine nue contre la sienne. Elle percevait la chaleur de sa peau, si soyeuse.

Elle respirait son odeur virile. C'était vraiment une sensation extraordinaire.

Il la souleva dans ses bras et la posa sur le lit pour enlever ses bas et ses jarretières, puis il commença à défaire son pantalon.

Prudence se glissa vivement sous le drap, mais ne put s'empêcher de relever les yeux. Il se tenait au bord du lit, complètement nu. C'était la première fois qu'elle voyait un homme nu – à l'exception des peintures et des statues – et de surcroît en pleine érection. C'était fascinant… et aussi un peu terrifiant. Elle savait ce qui allait se passer, mais ne pouvait imaginer cela possible. Elle était si petite et si menue !

Nicolas retira le drap et s'allongea à son côté. Lorsqu'il la reprit dans ses bras, elle cessa de penser, sous le flot de sensations nouvelles qui la submergea.

Il commença à faire courir ses lèvres sur tout son corps. Elle ne s'attendait pas à cela. Elle émit encore un petit cri de plaisir quand il prit un mamelon dans sa bouche. Elle songea qu'elle aurait dû se sentir embarrassée, mais le plaisir était si intense que cette pensée la quitta très vite. Instinctivement, elle se cambra pour s'offrir à ses baisers. Elle était parcourue de frissons et ne pouvait retenir des gémissements. Sa langue encerclait ses mamelons, puis il les happait entre ses lèvres et les suçait, l'un après l'autre. La chaleur envahissait tout son corps, et surtout ses parties les plus intimes. C'était merveilleux, et toujours un peu effrayant.

Mais il n'y avait pas que ses lèvres et sa langue qui s'activaient. Ses mains semblaient être partout à la fois. Prudence était embrasée, surtout en bas, là où il était en train de la caresser à cet instant. Elle se cambra en se disant qu'il ne fallait peut-être pas faire cela, puis oublia tout encore une fois. Lorsqu'il retira sa main d'entre ses jambes pour la poser sur sa hanche, elle la sentit humide. Elle aurait dû en être mortifiée, mais elle savait que cela était dans l'ordre des choses… De toute façon, elle ne pouvait plus penser clairement. Son corps pensait pour elle.

Nicolas vint au-dessus d'elle et lui écarta les jambes de ses genoux. Il s'empara de ses lèvres pour un long baiser fougueux. Tremblante – de plaisir et aussi un peu de frayeur –, Prudence désirait maintenant qu'il la fît sienne, totalement.

Le moment était arrivé. Il pénétrait en elle. La jeune femme cria, et il étouffa son cri avec sa bouche. La douleur était fulgurante, mais il continuait à s'enfoncer en elle, par petites poussées, et elle sentit que leur union était totale, enfin ! Elle gémit doucement et il releva la tête.

— Je suis désolé, ma chérie, mais le pire est passé. Essaye de te détendre.

Prudence se demanda ce qu'il voulait d'elle. Comment aurait-elle pu se détendre ?

Il se releva sur les coudes, et elle crut qu'il allait se retirer de son intimité. Mais non. Ce n'était pas terminé. Il allait et venait, sur un rythme lent et régulier.

Non seulement la douleur s'était estompée, mais, alors qu'elle adoptait instinctivement le rythme de ses mouvements, elle commença à ressentir la même sensation que lorsqu'il lui embrassait les seins et qu'il la touchait, un instant auparavant. Une onde de chaleur fusa dans ses veines et se répandit dans son bas-ventre. C'était… du plaisir ! Elle se mit à bouger les hanches, ses doigts s'agrippèrent plus fort à ses épaules, ses oreilles bourdonnèrent, sa respiration se fit haletante…

— Oh, mon Dieu, Pru !

Le rythme s'intensifia, de plus en plus rapide. Il poussa un cri inarticulé puis retomba sur elle de tout son poids, enfouissant son visage dans ses cheveux.

C'était terminé. Elle était enfin une femme.

15

Prudence se sentait étrangement heureuse et insatisfaite à la fois. Alors, c'était fini ? Elle n'aurait pu l'expliquer, mais elle savait qu'il devait y avoir quelque chose de plus. Elle devait se tromper, car Nicolas gisait sur le dos à son côté.

— J'avais beaucoup trop bu, Pru, murmura-t-il en soupirant. Je suis désolé. Cela n'a pas été trop horrible pour toi ?

Elle secoua la tête. Oh non ! Cela n'avait pas été horrible du tout !

— Oh, bon sang !

Il lui tourna le dos, enfonça la tête dans l'oreiller et plongea aussitôt dans un profond sommeil, en ronflant légèrement.

Comment pouvait-il s'endormir si vite, après ce qui venait de se passer ?

Pru s'étendit de tout son long dans les draps, et sourit. Elle était donc réellement sa femme à présent. Une véritable épouse ! Elle se sentait plutôt fière d'elle. Elle avait surmonté ses peurs de jeune vierge, s'était laissé admirer dans toute sa nudité, toucher là où elle ne l'aurait jamais imaginé. Elle avait… survécu. En réalité, elle se sentait plus vivante que jamais !

Il ne lui aurait certainement pas fait... tout ce qu'il lui avait fait s'il ne l'avait pas trouvée désirable. Elle ne pouvait plus en douter. Il l'avait appelée « chérie » et lui avait dit qu'elle était parfaite. S'il la désirait, elle pouvait espérer qu'il l'aimerait un jour...

Quoi qu'il en soit, ils avaient franchi une étape. Pru était impatiente de voir comment cette relation allait évoluer. Elle se surprenait à attendre la prochaine fois... Si seulement il éteignait la bougie, ce serait parfait.

Tout avait été tellement surprenant ! Pas du tout ce à quoi elle s'attendait. Mais les sensations physiques avaient été extraordinaires. Elle ressentait encore d'étranges fourmillements, son corps vibrait, et des picotements persistaient... surtout en certains endroits ! Elle ne pouvait enlever de son esprit qu'elle avait manqué quelque chose. Peut-être n'avait-elle pas fait tout ce qu'il fallait faire pour que l'acte soit complet ?

Était-ce pour cela qu'il avait grogné à la fin, comme s'il souffrait ? L'avait-elle déçu ?

Elle était certaine qu'elle ferait mieux la prochaine fois. Au moins, comme elle saurait exactement ce qui allait se passer, elle ne serait pas aussi nerveuse. Et elle ne ressentirait plus aucune douleur. Elle savait cela depuis longtemps. La douleur avait été bien faible, d'ailleurs, et très vite remplacée par le plaisir.

Un autre problème interrompit ses réflexions. Elle devait satisfaire un besoin pressant.

Que faire ?

La bougie brûlait toujours. Elle regarda la chambre, ce qu'elle n'avait pas encore fait. Elle était semblable à la sienne – la chambre d'Edwina – avec cependant une touche masculine. Il y avait un petit cabinet de toilette, dont la porte s'ouvrait près du lit...

Mais il lui était impossible de l'utiliser ! Et s'il se réveillait ? Il pourrait l'entendre !

Elle regarda attentivement l'homme endormi à son côté, qui était son mari. Il semblait si enfantin, même s'il ronflait un peu.

Prudence ne vit qu'une seule solution : retourner dans sa propre chambre.

Elle se glissa hors des draps sans quitter Nicolas des yeux. Il ne bougea pas. Elle resta un instant au bord du lit, s'étira, et se regarda. Elle étendit ses bras, respira son odeur nouvelle. Elle passa les mains sur son corps et les porta à ses narines, voulant conserver quelque chose de cette nuit, de son corps à lui, de son odeur...

Soudain elle aperçut du sang sur le drap, puis sur ses cuisses. Oh, Seigneur ! Qu'est-ce que la servante allait penser ? Et lui ? Que tout cela était mortifiant !

La seule manière de réparer était d'aller dans sa chambre, se soulager et se laver, puis de revenir s'étendre sur le drap, et y rester jusqu'au matin. Peut-être ne verrait-il pas la tache ? De toute façon, il ne lui en voudrait pas, il savait qu'elle était vierge. Elle était son épouse, maintenant, et fière de l'être. Elle avait encore beaucoup de choses à apprendre, mais elle était désireuse de le faire, s'il voulait bien les lui enseigner...

Elle allait revêtir sa belle chemise de nuit ornée de dentelle – celle qu'elle avait préparée le jour du mariage – et revenir dans son lit pour s'endormir près de lui, si elle le pouvait.

Elle ramassa en hâte ses vêtements éparpillés sur le tapis, les pressa contre son corps nu, et courut à sa chambre.

Prudence fut réveillée par un rayon de soleil qui filtrait entre les rideaux. Le souvenir de la nuit écoulée lui revint en un éclair.

Pourquoi était-elle dans son lit, et pas au côté de son époux ?

Elle se dressa sur ses oreillers et se frotta les yeux.

Elle était venue dans sa chambre pour se soulager, se laver et enfiler sa belle chemise de nuit. Elle s'était assise sur son lit pour réfléchir un instant à la nouvelle situation. Et elle avait voulu se reposer un peu avant de rejoindre Nicolas.

Fille stupide ! Il s'était sans doute réveillé, et s'était retrouvé seul dans des draps tachés de sang !

Comment allait-elle pouvoir le regarder en face au petit déjeuner ? Et la situation serait pire si Bartholomew était présent !

Pru se demanda si les autres épouses se conduisaient aussi stupidement. Elle se promit d'essayer de se dominer, et de considérer les choses intimes avec plus de détachement.

Courageusement, elle s'habilla et descendit au petit salon.

Elle était seule. Bartholomew avait l'habitude de se lever tôt. Elle était presque certaine qu'il n'était pas rentré de la nuit. Quant à Nicolas, elle était heureuse qu'il ne soit pas descendu, et pourtant… elle désirait fortement qu'il la reprenne dans ses bras. Elle se languissait déjà de ses baisers fougueux et de ses caresses.

Elle devait pourtant aller travailler. Elle ne pouvait se permettre d'attendre son réveil, car une rude journée l'attendait.

Lorsqu'elle prit son chapeau dans le hall, elle s'arrêta un instant devant le miroir, contrairement à son habitude. Était-elle différente, ce matin ?

Elle n'était plus une vieille fille. Elle était déflorée. Pouvait-on voir cela sur un visage ?

Elle était la même, mais elle crut déceler une étincelle inconnue jusqu'alors dans ses yeux.

Nick posa son regard sur le drap et découvrit la tache de sang.

Seigneur ! Qu'avait-il fait ?

Il avait dormi comme un bébé, à cause de la boisson, et n'avait pas trouvé étrange de se réveiller seul dans son lit. Puis il s'était souvenu… et il avait sous les yeux la preuve de son forfait !

Il l'avait déchirée, et elle s'était enfuie.

Damnation !

Il se remémora la soirée de la veille. Il était furieux car, après toutes les mauvaises nouvelles de la semaine, il n'avait aucune envie d'assister à un nouveau raout. Il avait donc beaucoup bu, et les excès l'avaient rendu inexplicablement jaloux. De plus, Pru était irrésistible, et tous les hommes admiraient sa poitrine dénudée que lui, son mari, n'avait pas encore touchée une seule fois. Toutes ses bonnes résolutions de se conduire en gentleman s'étaient évanouies. Il l'avait littéralement possédée ! Et maintenant il avait honte de lui.

La force de son désir avait dû l'effrayer, et il lui avait fait mal. Pauvre Pru, elle aurait mérité mieux, pour sa première fois !

Un reflet brillant attira son attention. Un peigne doré était resté sur le tapis. Il revit son opulente chevelure de feu étendue sur ses épaules… À partir de cet instant, il avait été un homme perdu. Il avait pensé à tous les godelureaux qui l'avaient dévorée des yeux pendant la soirée. Au moins, ils ne la verraient jamais comme cela, dans la splendeur de sa nudité. Il la voulait pour lui seul. Il l'avait même forcée à dire « je t'appartiens » !

Elle avait ramassé ses vêtements. Il ne restait d'elle que ce peigne, et la tache de sang…

Il tenta de se remémorer les événements étape par étape. Il lui avait malgré tout demandé la permission de la faire sienne, et elle avait dit oui. Il ne l'avait pas prise de force. Mais comment aurait-elle pu dire non ? Elle savait bien qu'il ne l'aurait pas supporté.

Elle avait semblé répondre à ses caresses. Il avait voulu la préparer, il était sûr de l'avoir fait, mais ensuite… il n'était plus sûr de rien, car il était trop ivre. Il avait certainement été brutal, cette grosse tache de sang l'attestait. Elle était si menue !

Pourtant, il avait nettement senti son excitation, elle avait gémi de plaisir. Mais il n'avait pu se retenir assez longtemps pour qu'elle atteigne la jouissance. La prochaine fois, peut-être ?

La prochaine fois ! Comment pouvait-il être aussi égoïste ? Non, il devrait attendre. Il devait lui donner le temps de cicatriser ses blessures, physiques et émotionnelles… Il attendrait qu'elle soit réellement prête.

Nick se leva et fit une rapide toilette, espérant trouver Pru attablée devant son petit déjeuner. Hélas, elle était déjà partie, et il en éprouva du désappointement. Il aurait vraiment voulu lui parler. Il se versa une tasse de café et s'efforça de se concentrer sur la lecture du journal du matin.

Quelques minutes plus tard, la porte d'entrée s'ouvrait. Il se précipita dans le hall. Pru avait peut-être oublié quelque chose ?

Son père enlevait ses gants et son chapeau. Il était encore en habit de soirée.

— Bonjour, Nick.

— Père ! Vous n'étiez pas rentré à la maison ?

Bartholomew haussa un sourcil interrogateur.

— Quoi ? J'entends de la réprobation dans ta voix. Depuis quand es-tu devenu si conventionnel, mon fils ?

Nicolas resta médusé. C'était son père qui avait toujours été conventionnel – contrairement à sa mère, qui avait du sang italien et un tempérament d'artiste, toujours imprévisible.

— Pardonnez-moi, père. C'est la surprise. Je ne vous avais jamais connu ainsi, je dois m'y habituer. Venez prendre votre petit déjeuner avec moi.

— Juste une tasse de café. J'aimerais dormir quelques heures.

Il suivit son fils et se laissa tomber lourdement sur une chaise.

— Laisse-moi t'expliquer quelque chose, Nick. Je me suis en effet enfermé dans la solitude à la campagne, ces quinze dernières années. Helena n'était plus là pour m'apporter de la joie, de la passion, du rire… Cela m'a terriblement manqué, tu sais.

— Mère nous a manqué à tous. Je croyais que vous vouliez rester seul avec votre chagrin. Je ne pensais jamais vous revoir en ville.

— Je suis resté parce qu'elle est enterrée là-bas. Je voulais être auprès d'elle le plus longtemps possible, et je me suis complu dans ma routine, avec mes livres et mes oiseaux. Je n'étais pas malheureux, mais pas heureux non plus.

— Et vous avez rencontré Flora au mariage d'Edwina.

— Oui. Elle m'a rendu à la vie.

— Alors je lui suis reconnaissant. Je suis ravi de vous voir à nouveau heureux. Est-ce que Flora a apprécié le bal ?

— Oh oui ! Elle jubilait. Et elle n'a cessé de prendre des notes, pour un article.

— Un article de mode. Elle a beaucoup contribué au succès du magazine.

— Elle adore son travail.

Bartholomew étouffa un bâillement.

— Tu m'excuseras, Nick, mais je vais tout droit au lit... À propos, Prudence resplendissait hier soir, n'est-ce pas ? Elle n'est pas passée inaperçue, cette fois.

— En effet.

— Tu as dû être fier. Elle était vraiment très belle.

Il aurait dû être fier, et il s'était montré jaloux et possessif. L'image de ses cheveux déployés sur l'oreiller s'imposa à lui. Il revit ses yeux bleus brillants de désir.

— Oui. Elle était très belle.

Les bureaux de *La Vitrine* bourdonnaient d'activité. Prudence n'avait pas eu un seul instant de repos depuis son arrivée. Le dernier numéro du magazine avait connu un tel succès que les libraires en réclamaient un nouveau tirage. Le relieur était passé, car le nombre de pages avait substantiellement augmenté et les anciennes couvertures n'étaient plus assez épaisses. Les nouvelles gravures avaient été livrées, mais en quantité insuffisante. Prudence se demandait ce qui avait provoqué un tel regain d'enthousiasme.

Flora entra en trombe, un sourire de triomphe sur le visage.

— Vous avez entendu ? La nouvelle s'est répandue comme une traînée de poudre dans toute la ville.

— Quelle nouvelle ?

— Mais la première liste des dames les plus mal habillées publiée dans *La Vitrine*, voyons !

— Oh ! Devons-nous nous en réjouir, ou nous en inquiéter, Flora ?

— Nous en réjouir, je pense. Je suis certaine que le nombre des abonnements va monter en flèche.

Pru en était persuadée également.

— Bien, je choisis alors de m'en réjouir.

— Mam'zelle Parrish ? Un M. Grossett veut vous voir. Il dit que c'est pour des annonces.

— Merci, Madge. Dites-lui d'entrer.

Prudence en eut vite terminé avec l'homme, qui souhaitait acheter une pleine colonne dans le magazine pour vanter ses articles de bonneterie. Quelques minutes plus tard, elle recevait un représentant en papeterie, et celui-ci venait de sortir lorsque la voix nasillarde de Madge se fit entendre à nouveau par la porte entrebâillée.

— Une lady Bertram, m'dame. Elle veut rien me dire, mais elle a l'air plutôt en colère.

Lady Bertram ? Le nom lui était familier. Bah ! Probablement encore une de ces dames qui croyaient savoir écrire, et qui voulaient voir leurs poèmes publiés dans le magazine. Prudence n'avait pas de temps à lui consacrer aujourd'hui. Elle prendrait poliment les feuillets et promettrait de les lire…

— Très bien. Faites-la entrer, Madge, soupira-t-elle.

— Madame ?

Prudence fut frappée par la voix glaciale. La femme était de taille moyenne et fortement charpentée. Elle était coiffée avec des anglaises qui auraient mieux convenu à une jeune fille, et elle portait un petit chapeau à la mode espagnole, orné d'une plume gigantesque qui lui retombait sur le front.

Prudence eut un pressentiment. Flora avait été trop optimiste. Le magazine prospérait, mais les ennuis commençaient…

— Oui ? En quoi puis-je vous aider ?

— Je suis lady Bertram.

— Enchantée. Je suis Mme Parrish, éditrice suppléante de *La Vitrine des élégantes*.

— Pourriez-vous m'expliquer de quel droit vous avez souillé ma réputation dans votre magazine ?

— Ah !

Elle avait bien deviné. Damnation !

— Je suppose que votre nom est cité dans notre liste.

— Vous m'avez cataloguée l'une des dames les plus mal habillées de Londres. Oseriez-vous nier avoir écrit ce mensonge ?

— Je n'ai pas écrit cet article, je l'ai seulement publié.

— Vous n'êtes pas Vestis Elegantis ?

— Non, madame. Mais cette personne travaille pour moi.

— Qui est-ce ? Je veux son vrai nom, sur-le-champ.

— Je suis désolée, lady Bertram, mais je ne peux vous le donner. L'identité de nos rédacteurs est strictement confidentielle.

— Alors je vous tiendrai pour la responsable. Attendez-vous à la visite de mon avocat. J'ai l'intention de vous poursuivre en diffamation.

Pru regarda les papiers qui s'empilaient sur son bureau et soupira. Elle n'avait décidément pas le temps de s'attarder avec cette lady Bertram.

— Ne pensez-vous pas que cela serait une action stupide ?

Le visage de la femme s'empourpra.

— Comment osez-vous me parler ainsi ? Vous ne savez pas qui je suis ?

— Lady Bertram. Je n'ai aucune raison de ne pas vous croire.

— Espèce de petite effrontée ! Vous ferez moins la fière lorsque j'aurai soutiré votre dernier shilling de vos coffres.

— Lady Bertram, je me permets de vous dire que vous ne gagneriez pas à nous intenter un procès. Le beau monde n'aime pas les personnes qui font un scandale pour des vétilles.

— Et qui êtes-vous pour parler au nom du beau monde ? Une femme qui travaille pour gagner sa vie, et qui parle grossièrement. Qui êtes-vous ? Probablement la fille d'un boutiquier !

Elle accompagna ces derniers mots d'une grimace de dégoût.

Prudence ne prit pas le temps de réfléchir. Peut-être était-ce la grimace de dégoût qui déclencha tout. Elle se dressa d'un bond de son fauteuil et regarda la femme dans les yeux.

— Je pourrais vous répondre que cela ne vous regarde pas, lady Bertram, mais puisque vous semblez si désireuse de savoir qui je suis, je vais vous le dire. Je suis la petite-fille du duc de Norwich, la nièce du duc actuel. Mon père est lord Henry Armitage, et ma mère était la fille du vicomte de St. Clair. Je crois, madame, que je n'ai rien à envier à votre lignée.

— Oh !

La femme paraissait ébranlée, et ne savait plus que dire.

— Lady Bertram, cette liste n'est rien d'autre qu'un clin d'œil humoristique. Je suis désolée qu'elle vous ait offensée. Je vous conseille de saisir les avantages qu'elle va vous procurer. Vous bénéficiez désormais d'une nouvelle notoriété. Tout le monde voudra vous inviter, pour voir comment vous êtes habillée. Ne laissez pas passer cette opportunité.

— Oh. Je n'avais pas pensé à cela…

— Réfléchissez-y. Je suis certaine que vous en tirerez profit. Maintenant, si vous voulez bien m'excuser, madame, j'ai beaucoup de travail qui m'attend.

— Bien. Au revoir, madame. Merci.

Elle sortit aussi rapidement qu'elle était entrée. Prudence soupira et retint un rire.

— Bravo, ma chère.

— Nicolas !

Ses joues s'enflammèrent. Il était là, aussi beau que d'habitude, avec son grand sourire amical. Elle ne put s'empêcher de revoir son corps nu, et frissonna.

— Je ne savais pas que vous… que tu étais là. As-tu tout entendu ?

— J'étais derrière la porte avec Flora. Tu as su dompter cette mégère.

Flora apparut à la porte.

— Oh que oui ! Bravo, Pru.

— Qu'avez-vous écrit exactement sur elle dans votre article, Flora ? demanda Nicolas, hilare.

— Oh, je n'ai fait que décrire la robe qu'elle portait à l'opéra. Je crois avoir dit qu'elle était drapée d'une tenture vénitienne qui aurait été parfaite pour la fenêtre de son salon. Que la couleur n'était pas flatteuse et la grossissait, des petites choses comme cela… Oh, j'ai peut-être également ajouté que des lys avaient miraculeusement quitté l'autel d'une messe de Pâques pour atterrir sur sa tête.

Pru et Nicolas éclatèrent de rire.

— Je me demande si Pru ne doit pas s'attendre à d'autres visites de ce genre.

— J'espère bien que non ! Je ne serais pas à la hauteur une deuxième fois. Je ne sais pas ce qui m'a pris. J'avais l'esprit ailleurs et je n'ai pas réfléchi.

— Vous avez été brillante. Et ne vous inquiétez pas trop pour les autres. Lady Julia Howard, par exemple. Elle est tellement bouffie d'orgueil qu'elle a déjà compris ce que vous avez expliqué à lady Bertram.

— Flora ! Vous semblez avoir pris du plaisir à ce petit jeu.

— Je ne le nie pas. Et l'effervescence sera à son comble le mois prochain, lorsque nous publierons la liste des ladies les mieux habillées. À propos, Prudence, avez-vous montré les nouvelles gravures à Nicolas ?

— Non.

— Quelles nouvelles gravures ?

— Venez avec moi, Nicolas. Et vous aussi, Pru. Je veux que vous voyiez le travail de « ces Dames ».

Ils sortirent tous les trois. Nicolas toucha légèrement Pru au creux des reins lorsqu'ils passèrent la porte, et un frisson la parcourut tout entière. Elle pensait toujours à ses caresses intimes de la nuit passée…

« Ces Dames » étaient au travail. Flora s'approcha de Polly, choisit une des planches colorées sur la table et la tendit à Nicolas. Il s'agissait de la gravure pour laquelle Pru avait posé dans sa robe couleur lavande.

Les yeux de Nicolas s'agrandirent.

— C'est toi, Pru ? C'est la robe que tu portais hier soir ?

— Oui.

Il contempla longuement la gravure, une étrange expression sur le visage.

— C'est magnifique. Tu fais un excellent modèle.

— N'est-ce pas ? dit Flora. Polly, explique à Mme Parrish ce que tu as fait.

— J'ai mélangé un peu de jaune et un peu de rose pour faire vos cheveux comme ils sont, mam'zelle. Un genre de pêche. Et j'ai mis des petits points de bleu dans les yeux.

Prudence était émue aux larmes.

— Merci, Polly, merci à toutes.

— Puis-je en avoir une copie ? s'enquit Nicolas.

— Sûr, monsieur Nick. On en a préparé une pour vous. Celle-là est finie et bien sèche.

Pru regardait Nicolas qui admirait la planche et se demandait à quoi il pensait. Revoyait-il le moment où il lui avait enlevé cette robe, avant de la tenir nue dans ses bras ?

Il leva les yeux et lui sourit.

— Je la ferai encadrer. Elle me rappellera le bal où tu as été si heureuse de n'avoir pas raté une seule danse.

Prudence sourit de sa délicatesse. Quant à elle, elle savait que la gravure lui rappellerait toujours l'événement qui avait suivi le bal, et qui l'avait rendue encore plus heureuse.

[illegible] de la [illegible]. Elle me rappelait le bal où [illegible] et si heureuse de n'avoir pas raté une seule danse.

Prudence [illegible] de sa délicatesse. Quant à elle, elle savait que la grâce lui permettait toujours [illegible] qui avait suivi le bal [illegible] qui l'avait rendue encore plus heureuse.

19

[illegible] [illegible] [illegible] [illegible] bonne idée d'[illegible] quelque temps que l'on soit [illegible] [illegible] comment [illegible] [illegible] [illegible].

Maintenant, [illegible] que [illegible] [illegible] [illegible] comme [illegible] [illegible] [illegible] [illegible] [illegible] [illegible] la [illegible].

[illegible] [illegible] [illegible] [illegible] [illegible] [illegible] [illegible] [illegible] [illegible] [illegible] [illegible] [illegible] [illegible].

Je [illegible] pas [illegible] de quoi il [illegible] [illegible] [illegible] elle [illegible] [illegible] [illegible] de la tête.

[illegible] [illegible] [illegible] au bord du canapé. [illegible] [illegible] [illegible] [illegible] ses mains [illegible] [illegible] [illegible].

Elle [illegible] [illegible] des yeux, et devint [illegible] comme [illegible]. Elle ne quitta pas les yeux [illegible] [illegible].

16

Nick songea que ce n'était décidément pas une bonne idée d'annoncer à une femme que l'on souhaitait lui parler. S'il avait eu un minimum de sens commun, il lui aurait dit ce qu'il voulait lui dire sans la prévenir.

Maintenant, il était évident que Pru était inquiète. Elle se tenait droite comme un I sur le canapé, tendue, les mains croisées sur ses genoux, comme un accusé qui attend la sentence.

Sur le chemin du retour depuis St. Paul's Churchyard, il avait d'abord pensé lui présenter des excuses, puis, finalement, comme un idiot qu'il était, il avait déclaré d'un ton solennel qu'il voulait avoir une conversation sérieuse avec elle dès qu'ils seraient à la maison.

Elle n'avait pas demandé de quoi il souhaitait parler – ce qui prouvait qu'elle le savait – et s'était contentée d'acquiescer de la tête.

Nick avait pris place à un bout du canapé, Prudence, à l'autre. Elle regardait toujours ses mains.

— Je te dois des excuses, Pru.

Elle tressaillit, cligna des yeux, et devint pâle comme un linge. Elle ne tourna pas les yeux vers lui.

— Je t'avais fait une promesse le jour de notre mariage, et j'ai rompu cette promesse de façon scandaleuse, la nuit dernière.

Elle demeurait imperturbable.

— J'avais promis de te laisser du temps, d'attendre que tu sois vraiment prête. Au lieu de cela, sous l'influence des contrariétés et d'un excès de boisson, j'ai abusé de toi. Je t'ai forcée à subir une relation sexuelle que tu ne désirais pas, et je t'ai blessée, dans ton corps et dans ton cœur.

Ses yeux s'agrandirent, et la couleur revint sur ses joues.

— Je voulais juste te dire combien j'étais désolé, Pru. Je t'assure que je ne me conduirai plus comme un goujat à l'avenir. Si nous devons à nouveau nous unir charnellement – ce que je souhaite –, ce sera lorsque tu le désireras, lorsque tu seras vraiment prête. Est-ce que tu me comprends ?

Elle fit un signe de tête en guise d'acquiescement, mais ne le regarda pas.

Il s'approcha d'elle et lui prit le menton entre ses doigts pour la forcer à le regarder. Ses yeux étaient pleins de larmes.

— Dis-moi, est-ce que je t'ai vraiment fait très mal ?

Elle secoua la tête, et ses joues s'empourprèrent. Si seulement elle avait dit quelque chose !

— Je ne t'aurais jamais fait de mal délibérément, Pru. Tu le sais ?

— Oui, articula-t-elle.

Il lui caressa l'ovale du visage d'un doigt.

— Je veux que notre mariage soit un vrai mariage. Je désire avoir une relation physique avec toi. J'ai beaucoup aimé ce qui s'est passé hier soir, malgré la douleur que je t'ai infligée. Au moins, tu n'auras plus à craindre cela. Mais je te jure, Pru, que je ne te forcerai plus jamais. J'attendrai.

— Vous… Tu ne m'as pas forcée.

Cela n'avait été qu'un murmure, mais elle avait parlé.

— Non, c'est vrai, mais ce fut néanmoins de la contrainte. Je ne t'ai donné aucune chance de me dire non. Et cela n'était pas juste. Dorénavant, nous devrons prendre le temps de nous habituer à une intimité plus profonde, progressivement, avec des caresses, et des baisers.

Comme pour souligner son propos, il prit son visage dans sa main et effleura ses lèvres d'un rapide baiser. Elle tressaillit.

— Tu vois, tu ne peux t'empêcher de trembler, Pru… Excuse-moi. Si je vais trop vite encore une fois, je veux que tu me le dises. Je ne peux pas savoir ce que tu veux si tu ne me le dis pas. Nous abordons beaucoup de sujets sereinement tous les deux, pourquoi pas celui-ci ?

Elle tourna légèrement la tête et émit une sorte de grognement.

— Est-ce que tu me pardonnes ma conduite de la nuit passée ?

— Il n'y a rien à pardonner.

Elle l'avait regardé droit dans les yeux. Il lui prit la main et la baisa.

— Merci, Pru.

— Puis-je te poser une question ?

— Bien sûr.

— Tu as dit que tu étais en colère hier soir. Était-ce à cause de moi ? Parce que tu pensais que je flirtais avec mes cousins ?

Nicolas étouffa un soupir.

— Non, ma chère. Je savais bien que tu ne flirtais pas. Tu étais simplement heureuse, tu t'amusais. J'ai été grossier avec toi, à cause de la boisson, et je t'en demande pardon. J'étais simplement contrarié parce que j'avais eu de mauvaises nouvelles dans la journée.

— Quelles mauvaises nouvelles ?

— Tu me promets de ne pas dire « Je t'avais prévenu » ?

— Je te le promets.

— J'ai appris que le projet de canal n'aboutirait pas. La société n'a plus assez d'argent pour financer une pompe d'une grande puissance.

— Et tu avais investi une grosse somme ?

— Oui. Et ce n'est pas tout. J'ai appris aussi le naufrage du *Poséidon*.

— Je suis désolée, Nicolas.

— Moi aussi. Mais je peux encore gagner. J'ai fait un investissement qui devrait bientôt rapporter.

— Lequel ?

— J'ai des intérêts dans une autre société d'importation. Il s'agit également de sucre et de café en provenance des Antilles, que nous devons ensuite acheminer vers Amsterdam.

Pru fronça les sourcils.

— Mais il s'agit encore d'un investissement sur des transports maritimes !

— Oui, mais les profits sont nettement supérieurs aux autres. C'est grâce à cette entreprise que j'ai pu acheter l'entrepôt de Derby.

— Mais le navire peut lui aussi couler. Ce fut une année terrible pour la navigation.

— Oui, mais tous les naufrages ont eu lieu dans l'Atlantique. Celui-ci – le *Benjamin* – est aujourd'hui en mer du Nord. Il est presque arrivé à Amsterdam, et un autre s'approche.

— Alors, je croise les doigts.

— Merci, ma chère. Tu sais combien je suis impatient de démarrer le projet de Derby.

Pru demeura silencieuse quelques instants.

— Nicolas ? Comment en es-tu venu à te passionner pour ce projet de réformes ouvrières ?

— Tu connais mes opinions politiques, alors tu connais la réponse. Tu as édité suffisamment de mes articles, que diable !

— Oui, mais je sens qu'il y a quelque chose de plus... personnel, que je ne connais pas.

Nick eut un sourire penaud.

— Vous êtes une fine mouche, madame Parrish... Oui, en effet, il y a quelque chose de personnel, qui s'est produit il y a longtemps.

— Et qu'est-ce que c'était ?

Nicolas prit une profonde inspiration. Il s'agissait d'une histoire qui l'émouvait encore beaucoup.

— J'avais un compagnon de jeux lorsque j'étais enfant. Alfie Blanden. Il vivait dans une ferme près de notre domaine. Une ferme très modeste, qui ne rapportait guère. Ses parents avaient toujours été très pauvres. Le père décida un jour de partir pour Manchester, et de se faire embaucher dans une manufacture de textile. Alfie, sa mère et toute la famille devaient travailler aussi.

Nick eut un drôle de petit sourire au souvenir de son jeune ami.

— Le pauvre Alfie en était malade d'excitation. Il se sentait très supérieur, puisqu'il allait travailler sur une grosse machine, tandis que moi, j'allais bêtement rester assis sur les bancs de l'école. Je ne comprenais rien à l'époque, et j'étais sincèrement jaloux. Six mois après son départ, je me suis enfui de chez mon père et me suis rendu à Manchester, qui était à environ trente kilomètres de la maison.

— Quel âge avais-tu ?

— Neuf ans. Comme lui. J'ai trouvé les logements des ouvriers et j'ai attendu. Les ouvriers rentraient les uns après les autres, sales et exténués, mais je ne voyais toujours pas Alfie.

— Oh, non !

Prudence semblait réellement attristée, et impatiente d'entendre la suite de l'histoire.

— Finalement, j'ai frappé à la porte. Il n'y avait qu'une seule pièce – pour une famille de sept personnes ! – sale et malodorante. J'ai demandé où était Alfie et sa mère m'a dit calmement qu'il avait été tué, lors d'un accident mécanique. Je n'ai jamais oublié cet instant. Sa mère avait parlé comme si cet accident était inévitable, en haussant les épaules, en remerciant le Ciel de n'avoir perdu qu'un seul enfant.

Nick se passa une main sur le front et se massa les tempes.

— Elle ne m'a pas invité à entrer, reprit-il, parce qu'il n'y avait pas de nourriture à partager. « Pourquoi es-tu venu ? » m'a-t-elle demandé. « Pour travailler avec Alfie à l'usine et gagner de l'argent », ai-je répondu. Elle a éclaté de rire. « Rentre chez toi, dans ton lit douillet, m'a-t-elle dit. Il n'y a rien pour toi ici. » Et elle m'a claqué la porte au nez.

— Oh, Nicolas !

— Depuis ce jour, je n'ai cessé de rêver d'améliorer les conditions de vie des ouvriers. Petit à petit, mon rêve s'est concrétisé. J'ai d'abord œuvré pour des réformes, à ma façon, en luttant contre le Parlement, puis je me suis intéressé aux idées de Robert Owen. Avec suffisamment d'argent, un individu seul peut faire quelque chose pour améliorer cette situation. Je ne veux plus voir un enfant de neuf ans faire le travail d'un homme dans une manufacture.

— C'est un beau rêve, et il peut devenir réalité, Nicolas. Je comprends maintenant pourquoi ce projet te tient tellement à cœur. Je te promets de t'aider, autant que tu me le permettras.

Prudence aimait Nicolas d'un amour ardent et sincère, mais elle pensait que l'homme était plus entêté qu'une mule. Il avait des idées fixes... et stupides.

Par exemple, cette idée qu'il l'avait forcée à faire l'amour avec lui. Il lui avait demandé la permission et elle avait dit oui. Était-il ivre à ce point ? Certainement pas, sinon il n'aurait pu... faire tout ce qu'il avait fait. N'avait-il pas remarqué sa collaboration et ses encouragements, en dépit de son embarras ?

Pru était déterminée à surmonter sa pudeur et à lui faire savoir qu'elle désirait partager son lit. Elle ne savait pas encore comment elle allait s'y prendre, mais elle le ferait. Elle était fatiguée de ses excuses, au-delà du possible ! Elle n'en voulait plus. C'était *lui* qu'elle voulait.

Et il y avait aussi son projet d'usine modèle et son obsession de gagner de l'argent pour le mener à bien. Elle sentait que Nicolas ne pourrait s'intéresser à rien d'autre, tant qu'il serait préoccupé par ces problèmes d'argent. Elle aurait souhaité qu'il se préoccupât un peu plus d'elle. Il ne serait jamais heureux – avec ou sans elle – si ce satané projet ne voyait pas le jour.

Il était comme sa sœur Edwina – avec plus de zèle et moins de patience – et elle l'aimait pour cela. Prudence respectait ses idées, et comprenait qu'il soit allé en France soutenir la Révolution. Elle comprenait également qu'il veuille agir, et ne pas se contenter d'écrire des pamphlets. Il avait tellement d'énergie !

Mais il était borné. Il était trop impulsif, trop impatient, et cela n'était pas une bonne chose pour récolter un profit. Il avait fait des placements inconsidérés...

Pru était confiante. Lorsqu'il aurait obtenu assez d'argent pour financer son entreprise, elle saurait le conseiller pour la direction de l'affaire. Il lui avait d'ailleurs avoué, d'un air penaud, qu'il avait acheté des parts dans la compagnie des docks, ce qui prouvait qu'il tenait compte de ses avis. Prudence ne lui ressemblait pas en matière de finances. Elle était méthodique et ne prenait pas de risques. Elle adorait son travail à *La Vitrine,* mais elle l'abandonnerait sans aucun regret si Nicolas le lui demandait, pour l'aider dans son projet.

Elle décida d'aller consulter l'homme d'affaires de son père, qui l'aida à contacter le responsable des importations dans lesquelles Nick avait investi. Celui-ci lui confirma que le *Benjamin* avait été perdu de vue depuis plusieurs jours.

— J'aimerais conclure un marché avec vous, monsieur Cracken.

— Quelle sorte de marché ?

— Quelque chose de très confidentiel. Uniquement entre vous et moi.

L'homme la regarda d'un air méfiant.

— Vous m'intriguez, madame Parrish.

— Est-ce que j'ai votre parole que notre transaction restera strictement confidentielle ?

— Je vous le promets. Mais de quoi voulez-vous parler ? Vous souhaitez tromper votre mari, n'est-ce pas ?

Prudence tressaillit à ces mots. Elle allait tromper Nicolas, c'était vrai. Mais pour une bonne cause. Pour leur avenir commun.

— C'est un peu cela, en effet. Je voudrais le voir récolter du profit de ses investissements sur la cargaison du *Benjamin*.

Cracken haussa ses sourcils broussailleux.

— Et comment cela serait-il possible, puisque l'on est sans nouvelles du navire ?

— Parce que c'est moi qui vais vous donner le profit escompté.

L'homme se frotta le nez.

— Et comment comptez-vous vous y prendre ?

Prudence regarda l'homme attentivement. Il ne lui inspirait pas une entière confiance, mais elle était déterminée à lui soutirer sa collaboration. Sa timidité s'évanouissait dans les relations d'affaires. Là, elle avait confiance en elle.

— Laissez-moi vous expliquer. Je veux que vous informiez M. Parrish que la cargaison est arrivée à bon port à Amsterdam, et que, par conséquent, vous lui envoyiez une traite du montant des profits auxquels il aurait eu droit. Bien évidemment, je vous donnerai cette somme, plus un dédommagement pour votre silence.

— Tout cela n'est pas du tout régulier.

— Vos honoraires combleront ces irrégularités.

— Et à combien se monteraient ces honoraires ?

La jeune femme annonça un chiffre. Il demanda plus. Ils négocièrent, et se mirent d'accord. Pru était satisfaite.

— Avez-vous apporté la traite ?

— Oui, mais...

— Madame Parrish, je suis un homme d'affaires, pas un voleur. Donnez-moi la traite, et je m'occupe du reste.

— Non. Nous allons procéder autrement, à ma façon.

Elle accompagna Cracken à la banque et réclama un reçu de son virement. Puis elle resta à son côté tandis qu'il écrivait une lettre à Nicolas, et qu'il y joignait la somme totale de ses prétendus gains. Enfin elle exigea de l'homme une déclaration sur l'honneur, en deux exemplaires, certifiant que leur transaction demeurerait secrète.

— Eh bien, on peut dire que vous êtes une femme d'affaires avisée. M. Parrish a bien de la chance.

C'était fait. L'héritage de la tante Elizabeth allait passer aux mains de Nicolas. Et, si elle était assez habile, il n'en soupçonnerait jamais rien.

— Je t'assure, Simon, que ce n'est plus la femme que j'ai épousée !

Simon éclata de rire, ce qui irrita Nicolas.

— Elle est devenue très belle, n'est-ce pas ?

— Eh bien... oui. Bon sang, Simon, arrête de rire ! Tu te souviens bien que nous la prenions pour une petite souris terne ?

— *Tu* la voyais ainsi.

— Mais regarde ceci.

Il pointa du doigt la gravure qu'il avait posée sur la table.

— Regarde-la, Simon. Regarde-la. Est-ce que c'est la Prudence que tu as connue ? Comment diable pourrais-je me retenir de la toucher ?

— Qui te dit de te retenir ? Elle est ta femme. C'est une planche de mode pour *La Vitrine* ?

— Oui. Flora l'a convaincue de poser. Qui aurait pu imaginer cela ? Je vais la faire encadrer.

Simon souriait.

— Eh bien, j'avais raison quant au devenir de ce mariage. Tu es tombé amoureux.

Nicolas leva les yeux au ciel.

— Ne sois pas ridicule. Tu es tellement romantique ! Je suis attiré par elle, je l'avoue, parce qu'elle s'est totalement transformée. C'est une vraie déesse, maintenant.

— Alors, est-ce si difficile d'admettre que l'on est amoureux de son épouse ?

— Bon sang ! Je ne suis *pas* amoureux de Prudence !

— En ce cas, ou bien tu es aveugle, ou bien tu es stupide. Ou les deux. Écoute-toi parler, Nicolas. Tu viens de t'extasier pendant une demi-heure sur ses talents de musicienne. Tu admires son projet d'école de musique, même si tu ne veux pas l'avouer, ainsi que ses qualités d'éditrice. Tu étais prêt à tuer la brute qui a osé la toucher. Puis tu t'enflammes en parlant de ses cheveux, de ses yeux bleus et... de ses autres attributs. Peut-être suis-je un grand romantique, mais je veux bien être pendu si ce discours n'est pas celui d'un homme amoureux !

Nicolas demeura médusé.

— J'ai vraiment dit tout cela ?

— Et encore plus.

— Ah.

Les deux amis restèrent silencieux un long moment. Nick réfléchissait. Certes, il avait de plus en plus de respect et d'admiration pour Prudence. Il la désirait…

— Je… hum, je vais réfléchir à ce que tu m'as dit.

Deux jours plus tard, il pensait toujours aux paroles de Simon, au côté de Pru qu'il avait accompagnée à la garden-party de la tante Sarah. La journée était magnifique et Pru évoluait gracieusement dans une robe de mousseline vert pâle, avec un chapeau assorti. Il y avait une légère brise et, à chacun de ses mouvements, la fine étoffe moulait son corps, révélant la courbe de ses hanches et la ligne élancée de ses jambes.

Il était fier de la tenir à son bras. Leurs hôtes les avaient chaleureusement complimentés sur leur couple, et Nick avait l'impression qu'il n'y avait plus une seule personne de la famille capable de douter encore de leur amour. Son stratagème avait bien fonctionné. Il se demanda s'il jouait toujours la comédie du jeune marié comblé, tellement ce rôle lui semblait désormais naturel.

— As-tu eu une discussion intéressante avec lord Caldecott ?

— Oui. Je te remercie de m'avoir arrangé cette rencontre. Il a paru intéressé par mes opinions sur le travail en usine. Je pense qu'il sera un bon avocat à la Chambre. Il m'a paru très sensé.

— Pour un comte ?

Nicolas sourit franchement.

— Non, pour un homme. Encore une chose que tu m'as apprise, Pru : à ne jamais juger un homme en fonction de son rang.

Il s'arrêta pour la regarder.

— J'aurais voulu mieux te connaître pendant toutes ces années. Tu es une femme remarquable, tu sais.

Il l'attira derrière un gros arbre, la prit dans ses bras et l'embrassa.

L'endroit était peu propice aux baisers passionnés, et il y avait trop de membres de la famille Armitage alentour, mais Pru se sentit transportée de joie et reprit espoir.

— Je suis désolé, Pru. Je ne réussis pas à tenir ma promesse, mais tu es irrésistible dans cette tenue et…

— Par pitié, Nicolas, cesse de t'excuser.

— Ah ?

— Oui. Je déteste les excuses. Tais-toi et embrasse-moi.

Cette fois, ce fut un long baiser brûlant, et il n'eut pas le temps de forcer ses lèvres car la langue de Pru s'enroulait déjà avec fougue à la sienne. Nicolas sentit bouillir son sang et dut se retenir de ne pas relever ses jupes pour la posséder, là, contre le tronc.

Lorsqu'il détacha ses lèvres, encore tout étourdi, il crut entendre des pas sur l'herbe. Il regarda par-dessus son épaule et vit Joanna Draycott qui s'éloignait. Elle se retourna, et lui adressa un clin d'œil complice.

Dans le fiacre qui les ramenait de Richmond, Pru rayonnait. Son sourire ne l'avait pas quittée, sauf quand Nicolas l'avait embrassée. Et cela s'était produit à plusieurs reprises.

Tout en la tenant serrée contre lui, Nicolas se demandait s'il avait bien entendu ses mots, derrière l'arbre du jardin. Elle lui avait dit de se taire, et de l'embrasser! Il n'avait pas cessé de le faire, ou presque pas. Les baisers s'étaient enchaînés, chaque fois plus profonds, plus torrides. Heureusement, le trajet était long de la maison de la tante Sarah jusqu'à Golden Square.

Lorsqu'ils pénétrèrent dans le hall, Pru aperçut la grosse enveloppe posée sur la petite table. Elle sursauta. Elle avait flotté sur un nuage tout l'après-midi, elle avait savouré les baisers de Nicolas, et avait oublié tout le reste! Elle sentit l'angoisse lui nouer l'estomac.

Elle reprit ses esprits et feignit de n'avoir rien vu. Elle grimpa l'escalier et entra dans le salon, où la lumière brillait. Bartholomew lisait, assis devant la cheminée.

— Hello, Prudence.

Il se leva et vint à sa rencontre.

— Comment s'est passée la garden-party?

— C'était magnifique, sir. Nous...

— Prudence! Père!

Nicolas avait bondi dans la pièce et brandissait la grosse enveloppe, souriant de toutes ses dents.

— Vous ne devinerez jamais ce qui m'arrive!

— Alors tu vas nous le dire tout de suite.

Nicolas fixa la jeune femme dans les yeux. Il irradiait de bonheur.

— La première cargaison est arrivée à Amsterdam, et le profit est bien plus gros que je ne l'avais espéré. Regarde, la traite bancaire est là, avec la lettre. Pru, te rends-tu compte de ce que cela veut dire?

Elle s'efforça de ne pas trembler et réussit à sourire.

— Oui, oui... Oh, Nicolas!

Il la prit par la taille et la fit tourner en l'air, en poussant des cris de triomphe. Elle dut demander grâce, car la tête lui tournait. Il la posa sur le parquet et l'enlaça, la serrant fort contre lui.

— Enfin, Pru, enfin ! Je vais pouvoir commencer. Après tous ces contretemps. Je n'arrive pas à y croire.

— C'est du beau travail, mon fils, je suis heureux pour toi.

Nick lâcha Pru et prit son père dans ses bras.

— Père ! N'est-ce pas merveilleux ?

— Si. Bravo, mon fils. Mais ne me fais pas valser dans la pièce, je t'en prie. Je suis trop vieux pour cela.

— Nous devons célébrer l'événement.

Il se précipita à la porte et hurla pour appeler Lucy.

— Il nous faut du champagne, des litres de champagne ! Nous allons faire la fête toute la nuit.

— Mais, Nicolas, ce soir nous devons accompagner Margaret et Arabella au théâtre.

Son sourire s'évanouit. On aurait dit un enfant que l'on vient de priver d'un jouet.

— Ah ! Nous sommes obligés ?

Prudence ne voulait pas lui gâcher sa joie. Pas ce soir.

— Je pense que je peux envoyer un billet pour nous excuser, si tu préfères.

Il retrouva aussitôt le sourire.

— Oh oui, s'il te plaît. Je voudrais célébrer l'événement ici, en privé. Nous commanderons un souper fin à Mme Gibb et nous inviterons Simon et Eleanor.

Pru regarda Bartholomew.

— Et Flora.

— Bien sûr. Flora aussi. Il ne peut y avoir de vraie célébration sans Flora.

Il reprit Prudence dans ses bras.

— Ah, madame Parrish. Quelle magnifique journée nous avons eue !

Et il l'embrassa fougueusement, oubliant la présence de son père.

17

Ce fut une soirée très animée. Le champagne coula à flots, car Flora et Simon en avaient également apporté plusieurs bouteilles. Après le délicieux souper de Mme Gibb, ils avaient raconté de bonnes histoires, avaient beaucoup ri, puis ils s'étaient rassemblés autour du piano pour chanter de vieux airs, accompagnés par Prudence.

Celle-ci découvrait quelque chose au sujet de son mari. Il chantait faux !

Il avait pris place à son côté sur le tabouret et s'égosillait dans son oreille, mais elle n'en avait cure, parce que en même temps il frottait son genou contre le sien d'une façon très suggestive. Pru n'avait jamais été aussi heureuse, et elle n'avait plus aucun doute : ce soir, il l'inviterait à partager son lit.

De toute façon, elle était déterminée à ne plus passer une autre nuit seule à regarder la porte close. Puisqu'elle avait eu le courage de lui ordonner de se taire et de l'embrasser cet après-midi, ce soir elle trouverait celui de lui dire qu'elle voulait faire l'amour avec lui.

Elle se força à se concentrer sur la musique et entama une vieille ballade, dont ils chantèrent tous les couplets en chœur. Simon en ajouta d'autres, très romantiques, et Flora encore d'autres, plus scabreux. Ils étaient tous pliés de rire.

— Je demande grâce ! dit Eleanor. Si nous nous taisions et écoutions plutôt Prudence, maintenant ?

— Excellente idée, approuva Nicolas. C'est une véritable virtuose, vous savez.

Prudence choisit un morceau facile pour elle, une sonate de Mozart qu'elle connaissait par cœur, et elle fut très applaudie. Elle rayonnait de bonheur, tout en sachant que le public avait beaucoup trop bu de champagne – à l'exception d'Eleanor qui était enceinte – pour être critique.

— Vous jouez divinement, déclara Eleanor, mais nous vous avons assez fatiguée. Je vais prendre votre place un instant. Je suis loin d'être aussi douée, mais le public ne s'en apercevra pas.

Pendant que son épouse jouait l'un de ses airs favoris, Simon emplit deux coupes de champagne et attira Prudence dans un coin du salon.

— Je n'ai pas eu l'occasion de vous parler depuis votre mariage, et je suis ravi de vous voir aussi épanouie. Que de chemin parcouru en peu de jours, n'est-ce pas ?

— Oh oui. Je suis heureuse, Simon.

— Cela se voit. Vous êtes resplendissante, ce soir.

— Oh ! Je pense que c'est le champagne...

— Non, ma chère. C'est bien plus que cela. Vous êtes amoureuse de lui, cela ne fait aucun doute.

Prudence sourit et haussa les épaules.

— Vous êtes un incorrigible romantique.

— Je plaide coupable, et je n'insiste pas. J'espérais depuis longtemps que Nicolas trouverait le vrai bonheur, comme je l'ai trouvé avec Eleanor. Je lui avais dit dès le premier jour que ce mariage était ce qui pouvait lui arriver de mieux.

— Vraiment ?

— Oui. Et je crois qu'il a enfin compris que j'avais raison. Mais j'aurais dû tenir ma langue. Vous n'allez pas tarder à découvrir les véritables sentiments de Nicolas.

Prudence n'eut pas le temps de considérer ces paroles, car Bartholomew avait crié pour couvrir le bruit des conversations :

— Simon, apportez cette bouteille de champagne et remplissez nos verres ! J'ai quelque chose à dire.

Il arborait un grand sourire et ses yeux pétillaient de malice.

Pru lança un coup d'œil interrogateur à Nicolas, qui haussa les épaules et lui sourit. Tout le monde s'approcha et entoura M. Parrish.

— Comme vous le savez tous, je suis venu à Londres pour faire plus ample connaissance avec ma belle-fille. Je peux dire aujourd'hui que je n'aurais pu rêver mieux pour mon fils.

Il toussota pour s'éclaircir la voix, et Nicolas serra la jeune femme contre lui.

— Je vous propose donc de porter un toast à Prudence.

Tous levèrent leurs coupes.

— À Prudence !

Elle avait les yeux emplis de larmes.

— Merci. Merci, Bartholomew, murmura-t-elle.

— Je pense donc, continua le père, qu'il est temps que mon fils ait une maison bien à lui pour y vivre avec son épouse. Nicolas, à partir d'aujourd'hui, cette maison t'appartient.

Il fouilla dans sa poche et en sortit une enveloppe.

— Les papiers sont là, signés. Tout est en ordre.

— Seigneur !

Nicolas bondit et saisit l'enveloppe. Il secoua la tête, éberlué.

— Je ne sais que dire, père. Merci, dit-il d'une voix étranglée par l'émotion.

Il prit les mains de Bartholomew et les serra.

— Merci, père, merci encore...

Prudence refoula ses larmes. Ils avaient maintenant la sécurité d'une maison bien à eux. Même si le grand projet de Nicolas n'aboutissait pas... Elle s'approcha à son tour, se dressa sur la pointe des pieds et embrassa son beau-père sur la joue.

— Merci, sir. C'est extrêmement généreux de votre part.

Bartholomew fit un geste de la main.

— Ce n'est rien. Nicolas a passé beaucoup plus de temps que moi dans cette maison. Elle était déjà la sienne. Ce papier ne fait qu'officialiser la chose.

Simon leva son verre encore une fois.

— C'est un très beau geste, sir. Je suppose que cela mérite un autre toast, en votre honneur.

Tous entrechoquèrent leurs verres.

— Merci. Encore un petit mot. Maintenant que la maison t'appartient, il est temps pour moi de me retirer. Un jeune couple a besoin d'être seul, et je me suis déjà imposé trop longtemps. J'ai l'intention de partir d'ici un ou deux jours.

— Vous repartez dans le Derbyshire ?

Pru avait parlé d'une voix inquiète en regardant Flora, qui souriait.

— Non, pas encore. J'ai pris goût aux plaisirs de la grande ville. Je pense que je vais passer une partie de l'année ici. J'ai trouvé une charmante maison dans

Conduit Street. Elle est un peu plus petite que celle-ci, et elle n'a pas de jardin, mais elle me conviendra parfaitement.

— Papa ! Une autre maison en ville ? Mais...

— Nicolas, je pense qu'il désire un peu plus d'intimité, dit Prudence en souriant.

— Mais alors, vous auriez pu garder celle-ci et nous donner la plus petite.

— Non, mon fils. Les jeunes ont besoin de plus d'espace, surtout lorsque les enfants s'annoncent.

Pru sentit qu'elle rougissait.

— Ne craignez-vous pas de vous sentir un peu seul ? demanda Eleanor.

— Je suis habitué à la solitude. Et j'ai quelques espoirs de ne pas rester seul trop longtemps.

Il regarda longuement Flora, qui lui sourit. Personne n'osa dire quoi que ce soit. Pru espérait de tout cœur que Flora rendrait le vieil homme heureux. Elle pensa soudain que Flora deviendrait peut-être sa belle-mère, et ne put retenir un petit gloussement. Seigneur ! Le champagne lui était vraiment monté à la tête.

Nick et Prudence se tenaient dans le hall, après avoir souhaité une bonne nuit à leurs invités. Bartholomew avait proposé à Flora de la raccompagner, et il était probable qu'il ne revienne pas de la nuit.

— Quelle soirée !

Il avait pris Prudence par le bras et la conduisait vers l'escalier.

— J'ai la tête qui tourne, et pas seulement à cause du champagne. D'abord la cargaison du *Benjamin* arrivée à bon port, puis la maison. Tu te rends compte, Pru ? C'est *notre* maison, maintenant.

— Oui. C'est très généreux de la part de ton père. Nous ne l'avons pas assez remercié.

— Et cette affaire avec Flora ! Il est vraiment amoureux d'elle. J'ignore s'il l'a demandée en mariage…

— Je n'en serais pas étonnée. Mais Flora ne me semble pas être de l'étoffe des épouses. J'espère qu'elle ne lui brisera pas le cœur.

Nicolas était pensif.

— Pourtant, il doit bien exister un M. Gallagher quelque part.

Pru s'arrêta net.

— Mais tu as raison ! C'est drôle, je n'y avais jamais pensé.

— Je serais tenté de croire à une folie de jeunesse. Peut-être le premier protecteur qui l'a sortie de St. Giles, lorsqu'elle n'était qu'une prostituée parmi d'autres ? Oh, mon Dieu ! Si elle est toujours mariée, elle ne pourra épouser mon père !

— J'espère que ce n'est pas le cas.

— Bah ! S'ils s'aiment, ils trouveront bien une solution.

Nick entra dans le salon pour souffler les bougies. Il ne voyait plus Prudence. Seigneur ! Pourvu qu'elle n'ait pas déjà regagné sa chambre. Pas ce soir !

— Pru ?

— Je suis là.

Il l'entoura de ses bras, dans la pénombre du palier.

— J'ai eu peur que tu ne te sois enfuie.

— Je n'en avais pas l'intention.

— Ah, Pru !

Il l'embrassa fougueusement, et elle répondit à son baiser. Il la serra plus fort. Elle s'agrippa à ses épaules, s'enhardit à lui caresser le dos ; ses hanches se collèrent à lui, ondulant légèrement… Nicolas sentit une bouffée de désir lui embraser les reins. Il lâcha sa bouche, appuya son front sur sa tête et respira l'odeur de ses cheveux.

— Ce fut une soirée de célébration.

— Oui.

— Je voudrais la prolonger avec toi. Je voudrais te faire l'amour, mais seulement si tu le veux aussi.

— Je le veux.

— Vraiment ? Tu es sûre ?

— Nicolas, tais-toi et…

Il comprit et l'embrassa à nouveau, puis l'entraîna presque en courant vers sa chambre.

En entrant, il se dirigea vers la bougie, mais elle l'arrêta.

— S'il te plaît, n'allume pas.

— Tu préfères l'obscurité ?

— Oui.

— Pourquoi ? Tu es embarrassée ?

— Oui.

— Comme tu voudras. Mais je t'assure que tu n'as pas de quoi avoir honte. Tu es très belle, et très désirable.

Elle étouffa un petit rire.

— Tu ne me crois pas ? Pru, tu as suffisamment joué le rôle de la petite souris prude et effacée. J'ai dévoilé ton secret. Tu es une femme passionnée, sensuelle et désirable. Tu ne pourras plus me le cacher, même dans le noir.

Ils enlevèrent rapidement leurs vêtements et il l'enlaça, nue, et recommença à l'embrasser avec fièvre. Elle plaquait son corps contre sa peau et répondait à ses baisers ardemment. Lorsqu'elle roula sa langue dans sa bouche, il crut qu'il allait succomber et céder à son propre désir sans plus attendre.

Mais ce soir il ne brusquerait rien, il voulait lui donner du plaisir. Pru n'était pas une des filles auxquelles il était habitué. Elle méritait de connaître l'extase.

Il la souleva pour la poser doucement sur le lit, et couvrit son corps tout entier de baisers et de caresses, s'attardant voluptueusement aux endroits les plus sensibles. Il voulait utiliser toute la connaissance qu'il avait acquise du corps féminin pour l'inciter à s'ouvrir au désir. Cela semblait fonctionner. Peut-être en raison de l'obscurité, elle s'enhardit à explorer son corps d'homme du bout des doigts. Nicolas se sentit sur le point d'exploser.

Il n'y tenait plus.

— Oh, mon amour !

Il prit son petit derrière entre ses mains et, s'arcboutant, la pénétra doucement. Il la trouva chaude et accueillante.

Il la posséda par lentes poussées, l'entraînant à suivre son rythme, lui indiquant de la main comment bouger ses hanches en cadence. Pru comprit aussitôt ce qu'elle devait faire. Elle gémissait et se cambrait, tous ses muscles étaient tendus. Soudain, elle s'immobilisa et s'accrocha plus fermement à ses épaules.

Nicolas sentit qu'elle était proche de la jouissance, mais il ne pouvait deviner à quel point exactement. Au prix d'un suprême effort, il se souleva sur les coudes et se retira le plus possible, délicatement. Il resta un instant immobile, comme en équilibre au bord d'un abîme...

— S'il te plaît, Nicolas, murmura-t-elle en l'attirant vers elle.

Il s'enfonça plus profondément, et accéléra ses mouvements. Il lui passa un bras sous les reins et la pressa contre lui, alors qu'il était au plus profond de son intimité. Elle s'arc-bouta et cria :

— Oh, Nick, oh... mon Dieu ! Oooh !

Il ne desserra pas son étreinte, et attendit jusqu'à ce que le dernier spasme de son corps se soit calmé. Puis, lorsqu'elle fut apaisée, il s'autorisa lui-même à parvenir au plaisir, dans un cri de délivrance...

Ils gisaient côte à côte, pantelants et en sueur. Nick avait enfoui son visage dans les boucles fauves, au creux de son épaule. Quand il leva la tête, il devina son visage radieux dans l'obscurité.

En un éclair, il sut ! Il ne doutait plus. Il l'aimait.

Pru, quant à elle, était comblée, et n'avait jamais été aussi amoureuse qu'en cet instant. Son rêve était devenu réalité. Elle avait magnifié l'acte d'amour pendant des années, mais elle n'aurait pu imaginer les sensations exquises qu'il procurait. Elle aurait voulu pleurer de joie, mais elle ne le ferait pas. Elle avait trop peur qu'il s'excuse à nouveau, et cela, elle n'aurait pu le supporter.

Il tendit le bras pour tirer la couverture sur eux, lui donna un dernier petit baiser en la pressant contre lui, et... s'endormit aussitôt.

Comment pouvait-il s'endormir si vite ? Peut-être que tous les hommes faisaient de même ? Elle poserait la question à Flora. Elle avait encore beaucoup à apprendre.

Elle sourit de satisfaction, toutefois, car elle avait bien senti la première fois qu'il devait y avoir plus. Et elle avait obtenu ce plus. C'était... merveilleux !

Pru s'étendit confortablement et essaya de revivre toutes les sensations qu'elle venait de découvrir. Elle avait cru éclater en myriades de morceaux. Elle était réellement mariée, désormais. Elle appartenait à un homme, corps et âme.

Un homme qui lui avait dit « mon amour » !

Trois jours plus tard, Pru se demandait si elle avait bien fait d'agir par ruse avec Nicolas, car son projet d'usine l'absorbait tout le jour. Il était occupé à négocier l'achat de machines pour l'entrepôt de Derby, et elle l'avait à peine vu, sauf la nuit, lorsqu'il lui faisait – superbement – l'amour. Mais elle allait également être privée de ce plaisir, car il devait se rendre sur place.

— Je dois y aller, Pru. Je dois surveiller les installations, et aussi aller à Manchester pour choisir les bonnes machines. Je suis désolé.

— Combien de temps seras-tu parti ?

— Une quinzaine de jours au plus, cette fois. Mais j'ai peur d'être obligé de m'absenter souvent, mon amour.

Deux semaines ! Comment allait-elle pouvoir supporter cela ? Elle s'était déjà habituée à s'endormir dans ses bras et sa chaleur, après l'amour, et parfois à être réveillée par un baiser. Comment dormir seule, à présent ?

— Lorsque Edwina sera rentrée, je pourrai peut-être t'accompagner.

— Ce serait un plaisir, Pru.

Il partit le lendemain, après un long baiser. Elle attendit qu'il soit hors de vue pour se mettre à pleurer.

Les journées passèrent vite, en raison du travail à *La Vitrine*. En revanche, les soirées et les nuits lui parurent longues et solitaires. Bartholomew s'était installé à Conduit Street et la maison de Golden Square était bien vide.

Une semaine après le départ de Nicolas, un événement se produisit. Edwina était revenue !

Quelle ne fut pas la surprise de Prudence en voyant son amie passer la porte de son bureau un matin ! Elle bondit de son fauteuil, et les deux femmes s'embrassèrent.

Edwina était la femme la plus belle que Pru ait connue. Aujourd'hui, elle lui paraissait plus belle encore, dans sa robe à manches longues à la mode française.

— Pru ! Comment ceci est-il arrivé ?

Elle désignait d'un large geste les bureaux.

— Je me suis rendue directement à Golden Square ce matin, pour voir ce que l'équipe de *La Vitrine* avait fait en mon absence. Lucy m'a raconté le principal. Imagine ma surprise ! C'est fantastique, Pru. Est-ce que « ces Dames » se sont également installées ici ? Et Flora...

— Tais-toi, et suis-moi.

Prudence prit son amie par le bras et lui fit visiter le local, jusqu'à ses moindres recoins. Cela prit presque une heure. Edwina ne trouva rien à redire aux arrangements effectués par sa collaboratrice. Elle débordait d'enthousiasme devant le grand espace dont elles allaient pouvoir disposer.

— Et c'est mon père qui a eu cette idée ?

— Hum... oui. Mais je pense que Flora la lui a suggérée.

— Flora ?

Prudence eut un sourire malicieux.

— Il s'est passé beaucoup de choses en ton absence.

— Je vois. Et si tu me racontais tout en détail ?

Les deux jeunes femmes s'installèrent dans le bureau, où Madge leur apporta une théière fumante. Avant toute autre nouvelle, Edwina voulut tout savoir sur le mariage de Pru et de son frère, et celle-ci raconta tout... ou presque. La façon dont Nicolas s'était comporté durant les fêtes offertes par sa famille, et comment ils avaient donné le change en prétendant être amoureux depuis longtemps.

— Pour résumer, Nicolas s'est montré très soucieux de ma réputation et il s'est conduit à la perfection devant ma famille. Il a même commencé à en apprécier certains membres, ce qui n'était pas facile pour lui, tu peux l'imaginer !

— Mais pourquoi ne m'as-tu jamais parlé de ta haute lignée, Pru ? Crois-tu que je t'aurais moins aimée ?

Pru haussa les épaules.

— Non, mais cela ne m'a jamais semblé important en ce qui concernait notre amitié. Pour le reste...

Elle fit un grand geste en l'air et soupira.

— Avais-tu peur d'être rejetée en raison de nos sympathies républicaines ?

— Un peu, je suppose ! Mais franchement, non. C'était vraiment sans importance, là aussi.

— Tu es une personne unique, Pru, et cela n'a rien à voir avec la naissance. Si tu veux mon avis, Nick a bien de la chance de t'avoir pour épouse.

Pru rougit.

— C'est moi qui suis chanceuse.

— Vous êtes heureux, maintenant ?

— Oh oui !

Edwina soupira de soulagement.

— Je te jure que j'aurais demandé sa tête sur un plateau s'il t'avait brisé le cœur.

Elles continuèrent à bavarder. Pru lui parla des dernières innovations apportées au magazine, et bien sûr de l'affaire entre Flora et Bartholomew. Edwina fut enchantée de la nouvelle. Lorsque Flora arriva au bureau, elle fut chaleureusement accueillie, et félicitée.

Il se faisait tard. Nicolas s'était arrangé avec son père pour que celui-ci vienne la chercher au bureau tous les soirs. Edwina proposa à Prudence de la raccompagner à Golden Square dans sa voiture, et elle accepta de bonne grâce, heureuse d'éviter une corvée à son beau-père.

— À demain matin, dit Edwina, une fois à destination. J'ai hâte de me remettre au travail. Cela m'a un peu manqué, malgré toutes les joies de la lune de miel.

Pru embrassa son amie et pénétra dans le hall, enleva son chapeau et monta directement au premier étage.

Le salon était éclairé, la porte était ouverte. Elle s'immobilisa, prise d'un sombre pressentiment.

— Bon sang, Pru ! *Pourquoi* as-tu fait cela ?

18

Nick enrageait. Il ne se rappelait pas avoir été aussi furieux de toute sa vie. Il ne lui restait que quelques heures avant de signer le contrat d'achat des premières machines, quand il avait appris qu'il avait été dupé.

Il aurait voulu prendre Prudence par les épaules et la secouer. Il aurait même été capable de la gifler, aussi préféra-t-il garder ses distances. Il se tenait devant la cheminée, tremblant de colère. La jeune femme demeurait dans l'encadrement de la porte, tremblante elle aussi, mais d'inquiétude.

— Tu me pensais à ce point idiot ? Tu as vraiment cru que je ne l'apprendrais jamais ?

— De… de quoi parles-tu ?

— Oh, Pru ! Ne fais pas l'innocente, s'il te plaît. J'ai appris ce que tu avais fait. Tu m'as trompé.

Elle ne répondit pas, mais son silence parlait pour elle. Elle s'avança lentement vers lui.

— Nicolas, dis-moi… ce qui s'est passé.

— J'ai tout simplement découvert ta ruse. Tu as été stupide, car tu savais bien que je surveillais les nouvelles des cargaisons tous les jours. J'ai donc appris que le *Benjamin* avait coulé.

— Oh, mon Dieu !

— Je ne devais recevoir aucun profit. J'ai tout perdu, cette fois encore, et cependant je me retrouve avec une grosse somme d'argent ! Par quel miracle, je te le demande ?

Il se dirigea droit sur elle.

— Pourquoi as-tu fait cela, Pru ? Je t'avais bien dit que je ne voulais pas toucher à ton héritage.

Elle se mordit la lèvre, mais soutint son regard.

— Je voulais que tu utilises cet argent pour mener ton projet à bien.

— Mais tu savais que je n'en voulais pas !

— Tu en avais besoin. J'ai cru bien faire.

— Bien faire ?

Il avait hurlé.

— Seigneur ! Tu as agi derrière mon dos ! Tu as rusé. Tu appelles cela « bien faire » ?

— J'espérais que tu ne le saurais jamais. Tu étais enfin heureux, et j'étais heureuse avec toi.

Sa voix n'était qu'un murmure.

— Je suis désolée. Je croyais vraiment bien faire, reprit-elle. J'ai été très émue lorsque tu m'as raconté l'histoire d'Alfie. J'ai enfin compris pourquoi ce projet te tenait tellement à cœur, et j'ai voulu t'aider.

— Mais j'aurais bientôt eu mon propre argent à investir. Je n'avais pas besoin du tien.

Elle releva le menton et le regarda dans les yeux.

— Si, tu en avais besoin. En continuant de faire tes investissements risqués, tu allais bientôt tout perdre.

— Comment *oses-tu,* Pru ?

Elle tressaillit.

— Tu m'as manipulé ! Je ne peux supporter cela. Je ne peux pas !

Pru, incapable de retenir ses larmes, continuait cependant à le regarder dans les yeux.

— J'ai fait cela pour que tu réalises ton rêve, Nicolas, parce que je t'aime.

Il lui lança un regard de mépris.

— Comment peux-tu dire que tu m'aimes, et ne pas tenir compte de mes désirs ? Ce n'est pas de l'amour. C'est de la tromperie et de la manipulation.

Pru se sentit soudain gagnée par une grande colère. Elle en avait assez, cette fois, et elle allait trouver le courage de le lui dire.

Elle était lasse de s'excuser, lasse d'endurer sa fierté et son entêtement. Elle avait toujours trouvé des excuses à tous ses agissements qu'elle n'approuvait pas, parce qu'elle l'aimait d'un amour fou depuis plus de quatre ans.

Elle serra les poings et prit une profonde inspiration.

— Je supporte ton stupide orgueil de mâle depuis quelque temps déjà. Je ne me suis jamais plainte. Je n'ai pas voulu voir tes faiblesses. J'ai toujours pensé que tu étais merveilleux, parfait... parce que je t'aimais. J'ai tout fait pour que tu me considères à ton tour. Je suis fatiguée de te voir ignorer mes propres sentiments. Je suis juste... fatiguée.

Elle s'arrêta pour ravaler une boule dans sa gorge. Elle voulait parler fermement, pour ne rien enlever à la force de ses mots.

— Je suis fatiguée d'avoir tellement essayé de te plaire, pour t'amener à me faire l'amour, ce dont j'avais envie depuis le début, et que tu ne comprenais pas. Je suis fatiguée de toujours me plier à ton moindre désir. J'ai découvert, à mon grand regret, que tu étais très égoïste, Nicolas. Je t'ai d'abord proposé mon argent pour que nous ayons une maison à nous, et tu as refusé uniquement par crainte de te voir considérer comme un coureur de dot. Sans la générosité de ton père, nous ne l'aurions toujours pas.

— Je n'ai...

Elle l'arrêta d'un geste de la main.

— Laisse-moi terminer. J'en ai assez d'être une petite souris silencieuse. Je sais que tu ne voulais pas m'épouser, mais finalement cela t'a plu de jouer le parfait gentleman et le martyr. Ne t'en déplaise, tu ne t'es pas conduit en gentleman autant que tu le crois, parce que tu n'as jamais tenu compte de mes sentiments.

— Pru, ce n'est pas vrai.

— Si, c'est vrai. Si je t'ai proposé d'acheter une maison, c'est parce que j'étais terriblement mal à l'aise ici, avec ton père installé dans la chambre face à la mienne. C'est un homme adorable, mais chaque matin je craignais son regard...

— Eh bien, ceci n'est plus un problème. Il est parti et la maison nous appartient. Tu n'as plus à te plaindre, puisque tu as eu ce que tu voulais.

— Non, ce n'est pas ce que je voulais. Je voulais partager ta vie, et tu m'as coupée de la partie la plus importante. Si tu as vraiment des principes républicains, tu ne les mets pas en pratique, puisque tu refuses de partager. Par amour, je t'offrais de renoncer momentanément à *mon* projet pour donner la priorité au tien, et cela de bon cœur. Je souhaitais y participer. Tu n'as rien compris. Tu es trop orgueilleux pour être un véritable républicain.

— Pru ! C'est faux. Et tu le sais parfaitement.

— Vraiment ? Ce que tu désires avant tout, c'est devenir le héros des réformes sociales, bien avant de te préoccuper des gens à qui elles sont destinées.

Son visage était baigné de larmes.

— Voilà, Nicolas, ce que je voulais te dire. Ton stupide orgueil aura eu raison de ma patience. Et j'ajouterai que je ne pense pas pouvoir supporter la vie avec quelqu'un qui est incapable d'accepter un cadeau offert par amour.

Elle tourna les talons et sortit de la pièce d'un pas assuré.

Elle se précipita dans sa chambre, s'effondra sur son lit et donna libre cours à son chagrin. Tout son corps était secoué de sanglots. Il lui semblait qu'elle n'aurait jamais assez de larmes pour épancher ses regrets. Elle avait cru que son rêve d'amour était sur le point de devenir réalité. Elle avait été assez folle pour croire qu'il accepterait le don de son héritage parce qu'il était prêt à tout partager avec elle. Elle avait été folle depuis le début.

Quand elle eut pleuré tout son saoul, Prudence se releva et sécha ses larmes. Elle emplit à la hâte un petit sac de voyage et quitta la maison.

Nick était toujours dans le salon et marchait de long en large lorsqu'il entendit la porte d'entrée se refermer. Il se précipita à la fenêtre. Pru traversait la rue, un sac à la main. Il la vit grimper dans un fiacre.

Elle l'avait quitté !

Il en fut presque heureux, à cet instant, car il se demandait comment il pourrait encore affronter son regard, après tout ce qu'elle avait osé lui dire. Qu'était-il arrivé à sa gentille petite épouse... dont il était tombé amoureux ?

Il s'était mis en colère, certes, mais... si elle avait admis avoir eu tort, si elle s'était excusée, il aurait été prêt à lui pardonner. Il l'aurait prise dans ses bras, puis l'aurait entraînée au lit. Ils auraient tout oublié.

Mais, au lieu de cela, elle lui avait tenu tête. Elle avait rejeté la faute sur lui ! Le diable l'emporte !

Il donna un coup de poing sur la table, si fort que le service à thé glissa et se brisa en mille morceaux sur le parquet.

Des pas menus s'approchèrent et Lucy passa la tête par la porte entrebâillée.

— Sir ? Est-ce que tout va bien ?

— Oui, oui, Lucy. Nettoyez tout cela, s'il vous plaît.

Il se dirigea vers sa chambre, se changea rapidement et sortit en claquant la porte.

Qu'elle aille au diable ! Quant à lui, il allait boire une bonne bouteille de brandy, et même une deuxième, pour oublier tout ce gâchis.

Pru arriva au bureau la première. La maison de son père était vide quand elle y avait sonné la veille. La femme de chambre avait pris soin d'elle et lui avait préparé un petit souper, qu'elle n'avait pu avaler. Elle n'avait pas dormi non plus.

Plus tard dans la soirée, à leur retour, ses frères avaient eu le bon goût de ne pas se montrer. Seul son père était venu prendre de ses nouvelles. Il n'avait pas parlé beaucoup, avait demandé peu d'explications et l'avait serrée dans ses bras en l'appelant Prudie comme lorsqu'elle était enfant. Pru avait à nouveau laissé couler ses larmes.

— Que dois-je faire ? avait-il dit. Le tuer ? Lui casser les bras et les jambes, lui fracasser le crâne ?

Elle avait réussi à sourire.

— Non, papa. Je l'aime trop.

— Alors, qu'as-tu l'intention de faire ?
— Rien. Prier et espérer.
— Espérer quoi ?
— Qu'il revienne à la raison. Qu'il comprenne que je l'aime. Qu'il oublie son stupide orgueil de mâle et... s'aperçoive que je lui manque. J'attendrai.

Pru se demandait combien de temps il lui faudrait attendre. Elle regrettait de lui avoir parlé si durement, maintenant que sa colère s'était atténuée. Comment avait-elle pu lui parler aussi durement ? Elle ne comprenait toujours pas ce qui avait pu lui arriver. Ou plutôt, si, elle comprenait. L'amour et la souffrance pouvaient conduire quelqu'un au-delà de la raison et de la logique. Quand elle reverrait Nicolas – si elle le revoyait –, elle devrait s'excuser de lui avoir jeté ses sentiments et sa déception au visage avec autant de dureté... Toutefois, elle ne s'excuserait jamais pour les sentiments eux-mêmes, ni pour la déception, car elle la ressentait vraiment. Elle l'aimait toujours. Elle se moquait qu'il ne soit pas parfait. Elle souhaitait simplement tout partager avec lui, même ses rêves. Était-ce trop demander ?

Elle tentait de se concentrer sur son travail lorsque Edwina poussa la porte.

— Je suis là ! Où dois-je... Seigneur, Pru ! Tu as une mine terrible. Que t'arrive-t-il ?

Pru regarda son amie, qui ressemblait tellement à son frère, et éclata en sanglots.

Nick arpentait le salon, essayant d'oublier sa migraine. Il avait bu beaucoup trop de brandy la veille et cela ne lui avait rien fait oublier du tout, au contraire.

Il avait espéré garder toute sa colère, en jouir même, mais elle s'était évanouie. Il avait mal dormi, seul dans le grand lit. Il était malheureux.

Pru l'avait quitté, et il n'était pas certain de pouvoir le supporter.

Mais que diable ! Il avait eu de bonnes raisons de se mettre en colère. Elle l'avait trompé ! Pourtant les paroles de Pru lui résonnaient dans la tête, ce qui augmentait la douleur. Elle lui avait dit qu'il était égoïste, borné, stupide, orgueilleux, et surtout, qu'il n'était pas un républicain sincère.

Et surtout, surtout, elle lui avait avoué qu'elle était amoureuse de lui, qu'elle avait agi par amour, et il n'avait rien compris !

Comment aurait-il pu deviner cela ?

Il continua de marcher dans la pièce comme un lion en cage, s'efforçant de mettre de l'ordre dans ses pensées. Un instant il regardait par la fenêtre, où il l'avait vue disparaître la veille, et il était convaincu qu'il avait raison. Puis il faisait trois enjambées jusqu'à la cheminée, et il songeait qu'elle seule était dans le vrai, et qu'il n'était qu'un goujat…

Où avait-elle bien pu aller ?

Il entendit s'ouvrir la porte d'entrée et tendit l'oreille au son de la voix féminine qui parlait à Lucy. Elle était revenue ! Il se crispa et attendit, le cœur battant à tout rompre. Il devait trouver les mots justes et… la prendre dans ses bras.

— Nick !

Il ne put retenir un mouvement d'humeur, tant sa déception était grande.

— Eh bien ! Je m'attendais à un accueil plus chaleureux !

Il écarquillait les yeux, hébété. Edwina devait être encore en France !

Il reprit ses esprits, sourit franchement et écarta les bras.

— Edwina ! Je suis désolé. J'attendais... quelqu'un d'autre. Mais je suis si heureux de te revoir. Depuis quand es-tu à Londres ?

— Depuis avant-hier.

Elle se détacha de ses bras et le regarda.

— Tu as une mine épouvantable, tout comme Pru, d'ailleurs.

— Tu l'as vue ?

— Oui. Elle est à son bureau.

— Sais-tu où elle a passé la nuit ? Est-elle venue chez toi ?

— Non. Elle s'est installée chez son père.

— Oh, mon Dieu !

Il se passa les mains dans les cheveux.

— Je me suis fait du mauvais sang, Edwina.

— Calme-toi et assieds-toi, Nick. Raconte-moi tout. Hier, elle rayonnait de bonheur, et aujourd'hui je l'ai trouvée en larmes. Elle n'a rien voulu me dire. Que diable as-tu fait ?

— C'est moi qui ai tout gâché.

Et il lui raconta tout, n'omettant aucun détail sur les mots échangés.

— Dis-moi franchement, Edwina. Suis-je vraiment si imbu de ma personne, si indifférent aux autres ?

Elle soupira.

— Tu te souviens qu'Anthony m'avait fait les mêmes reproches, l'an passé ?

— Oui. Et tout était ma faute.

Elle posa une main sur son bras.

— Non, ce n'était pas ta faute. Il m'avait dit que je ne me souciais pas véritablement des pauvres, que j'étais une privilégiée qui jouait les réformatrices, parce que cela me donnait de l'importance. Que je ne me souciais pas de blesser mes proches, au nom de mes grandes idées, mais que je me gardais bien de m'exposer...

— Alors, tu penses que Pru a raison, comme Anthony ? Que nous jouons à être républicains sans nous engager réellement ? Mais je veux m'engager, je *veux* agir. Je ne suis pas un simple utopiste.

— Bien sûr que tu veux agir, et que tes idéaux sont sincères, Nick, mais tu dois néanmoins réfléchir calmement à ce que Prudence t'a dit, avant de les mettre en pratique.

Il secoua la tête.

— Je suis dans une impasse. Comment agir, maintenant ? Dès que j'ai appris la ruse de Pru, j'ai annulé les achats à Manchester. J'ai toujours son argent. Dois-je l'utiliser malgré tout ? Est-ce ce qu'elle veut ?

— La question est : est-ce ce que *toi* tu veux ?

— Je ne sais pas. Tout est arrivé si vite. Pour l'instant, je suis incapable de me concentrer sur ce projet d'usine qui me tenait tant à cœur. Je ne peux penser qu'à une seule chose : elle a fait tout cela par amour. Un amour dont je n'avais rien deviné, et que je lui ai renvoyé au visage. Un amour que je ne mérite pas !

— Tu es tombé amoureux d'elle, Nick ?

Il eut un petit rire désespéré.

— N'est-ce pas comique ? Une femme que j'avais à peine remarquée, que je considérais comme une seconde sœur, et qui appartient à une classe que je déteste... Oui, je l'aime. Et je ne peux plus vivre sans elle.

Edwina lui pressa la main.

— Alors, pourquoi ne pas te rendre au plus tôt à *La Vitrine,* ou à Mayfair, et le lui dire de vive voix ?

Il secoua la tête.

— Ce serait insuffisant. Trop facile. Elle resterait méfiante.

— Alors, prouve-le-lui.

— Comment ?

Edwina sourit, et se leva pour partir.

— Tu trouveras bien un moyen.

19

Deux jours plus tard, il n'avait toujours rien trouvé. L'un des valets de lord Henry et une femme de chambre s'étaient présentés à Golden Square pour prendre les effets de Prudence. Ils avaient rempli une grosse malle, un sac et un carton à chapeaux, et cela avait plongé Nicolas dans le désespoir.

Cependant, il avait les idées plus claires, et se disait qu'elle avait eu raison. Du moins en ce qui concernait son manque de considération pour elle et ses propres sentiments. Il avait honte de lui et essayait de se consoler en se disant que cette séparation leur serait finalement bénéfique.

En revanche, il n'avait pu se décider sur la question de l'argent. Son orgueil l'en empêchait. Il avait passé la soirée chez Simon et s'était épanché auprès de son ami, mais ce dernier avait semblé peu enclin à le plaindre, et n'avait pas caché sa désapprobation.

— C'était en effet un geste d'amour. Tu dois l'avoir profondément blessée en rejetant son cadeau. C'était cruel. Tu devrais avoir honte.

Nicolas s'apprêtait à répondre lorsqu'il avait vu Eleanor qui se tenait dans l'encadrement de la porte. Elle lui avait adressé un regard dédaigneux, avait haussé les épaules et s'était éloignée, sans même l'avoir salué. Il en avait eu assez et avait pris congé brusquement.

Tout le monde paraissait donc s'accorder à penser qu'il était égoïste et orgueilleux. Il voulait bien l'admettre, mais personne ne lui donnait de conseil sur ce qu'il fallait faire maintenant !

Il se rendit au club des Martyrs écossais, y trouva quelques connaissances et s'enivra, une fois de plus.

À son retour à Golden Square, à une heure avancée, il s'arrêta dans le hall et hésita. La maison lui semblait vide et sans âme. Allait-il se rendre chez lord Henry ? Non, il titubait. Il avait trop bu, il ne trouverait pas les mots justes pour dire à Prudence que sa présence lui manquait, ainsi que sa musique, son joli visage, son corps menu lové contre le sien et... tout le reste.

Il réussit à allumer une bougie, non sans quelques difficultés, et aperçut une grosse enveloppe posée sur le guéridon. Une enveloppe semblable à celle de Cracken... celle qu'il avait ouverte avec tellement d'excitation quelques jours plus tôt, et qui contenait l'héritage de Prudence...

Ses mains tremblaient lorsqu'il brisa le cachet de cire. Il cessa de respirer quand une traite bancaire s'échappa de l'enveloppe et tomba sur le sol. Il la ramassa fébrilement et en regarda le montant.

La somme était supérieure à celle donnée par Pru ! Il s'agissait des profits de la cargaison du deuxième navire, le *Résolution*, qui, lui, était arrivé à bon port !

Il eut un instant de doute. S'agissait-il d'une nouvelle ruse de Pru ? Mais non, la somme était trop importante. À combien son père avait-il dit que s'élevait son héritage ?

Il avait l'esprit trop embrumé par la boisson. Il

devait dormir, puis aller rendre visite à Cracken à la première heure...

Le lendemain, Nicolas apprit que ses profits étaient bien légitimes. Les cours de la cargaison de sucre avaient grimpé, en raison des pertes subies par les bateaux précédents. Pru n'avait rien fait, cette fois-ci.

Il allait pouvoir lui rendre son argent, et démarrer son projet. Il avait largement assez pour cela. Il devait immédiatement repartir pour Derby, acheter les machines et...

Il aurait dû sauter de joie, mais cette victoire inespérée lui paraissait bien amère.

Il se souvint des paroles d'Edwina.

Prouve-lui que tu l'aimes.

Non, il n'allait pas immédiatement repartir pour Derby. Il avait mieux à faire. Il venait d'entrevoir un autre plan.

— Tu as l'air épuisée, Pru. Tu devrais rentrer chez toi.

Chez elle ! Où était-ce ? Pru ne se sentait plus chez elle dans la maison de son père, où elle avait pourtant passé vingt-sept ans et trois mois. Elle n'avait vécu, jours et nuits, que deux mois à Golden Square, et c'était pourtant là *sa* maison, où elle ne pouvait pas rentrer.

— J'ai encore quelques pages à relire, puis je dois mettre la liste des souscripteurs à jour.

— Tu m'inquiètes. Tu as mauvaise mine.

Edwina regardait son amie en fronçant les sourcils.

— J'ai du mal à trouver le sommeil.

— Je m'en doute. Il va revenir, Pru, j'en suis certaine.

— Est-ce qu'il t'a dit quelque chose ?

— Non. Je crois qu'il veut rester un peu seul pour réfléchir, et attendre que sa colère se calme. Il est malheureux.

Alors, pourquoi ne venait-il pas lui parler, au moins ? Cela faisait une semaine qu'elle était partie, et il n'avait pas cherché à la contacter.

— Je ne sais pas ce qui m'a pris, Edwina. Je n'aurais jamais dû lui dire tout ce que je pensais. J'aurais dû rester la petite souris tranquille à laquelle tout le monde s'était habitué.

— Ne dis plus jamais cela ! Au contraire, tu as bien fait. Sinon, tu aurais gardé en toi tout ce ressentiment, et tu en serais venue à le mépriser. Et cela a fait du bien à Nick également, il s'en apercevra bientôt. Tu veux qu'il revienne, n'est-ce pas ?

Oh oui, elle le voulait ! Elle l'aimait. Dès le premier soir dans la maison paternelle, elle avait compris qu'elle ne pourrait plus vivre sans lui. Elle avait simplement découvert qu'aimer un être humain, avec ses qualités et ses défauts, était bien différent de l'idolâtrie dans laquelle elle s'était complu pendant quatre ans.

— Pru ?

— Oui, je veux qu'il revienne. Penses-tu que je devrais cesser de l'attendre et… faire le premier pas ?

— C'est à *toi* de le savoir, Pru.

— Je le dois. Je me conduis comme si j'étais aussi orgueilleuse que lui, que diable ! J'y vais.

Elle se leva d'un bond.

— Vraiment ?

— Oui. J'ai déjà perdu une semaine.

Edwina entendit la porte d'entrée s'ouvrir et jeta un coup d'œil dans le hall. Un grand sourire illumina son visage.

— Cela ne sera pas nécessaire, dit-elle en quittant la pièce.

Une seconde plus tard, Nicolas se tenait devant Prudence, plus beau que jamais. Son cœur se mit à battre la chamade.

— Hello, Pru.

— Nicolas !

— Est-ce que tu vas bien ?

— Oui, merci. Et... toi ?

Elle se sentait stupide. Lequel allait véritablement faire le premier pas ?

— Je vais bien. Je... hum... je me demandais si tu pouvais m'accorder un peu de ton temps. Ce ne sera pas long. Une demi-heure suffira.

— Bien sûr. Entre et assieds-toi.

— Non. Je veux que tu viennes avec moi.

Ses oreilles se mirent à bourdonner. Où voulait-il l'emmener ? À la maison ?

— Pour aller où ?

— Un fiacre attend à la porte. Je veux te montrer quelque chose. Ce ne sera pas long.

Elle hésitait, mais seulement parce qu'elle était nerveuse et agitée.

— Je t'en prie, Pru...

— Je viens. Je prends mon chapeau.

Dans le fiacre, ils parlèrent peu. Il prit soin de rester assis à quelque distance d'elle pour ne pas la toucher.

Pru n'avait pas prêté attention au trajet suivi par le fiacre, tant elle était nerveuse. Lorsque la voiture s'arrêta, elle se demanda où ils étaient.

Ils se tenaient devant le bâtiment de Clerkenwell. Son école de musique.

Elle leva les yeux sur Nicolas, fronçant les sourcils d'un air interrogateur.

— Viens.

Il garda sa main dans la sienne pour la conduire jusqu'au portail. Une plaque de cuivre brillait sur l'un des vantaux.

École de musique Prudence Armitage Parrish.

La jeune femme sursauta et porta la main à sa bouche. N'était-elle pas en train de rêver ?

— Nicolas ? Qu'est-ce que cela veut dire ?

Il lui prit les mains et les serra.

— Tu avais sacrifié ton rêve au mien, et ce n'était pas juste. Il était aussi important. Et tu es plus importante pour moi que le plus fou de mes rêves.

— Oh !

— Je t'ai blessée, Pru. J'espère que tu voudras bien me donner une autre chance. Tout ce que tu m'as dit était vrai, mais je t'aime suffisamment pour essayer de m'amender.

— Tu m'aimes ? Vraiment ?

— De tout mon cœur. Cette école est un cadeau d'amour. J'ai été assez stupide pour refuser le tien. J'espère que toi, tu accepteras celui-ci.

Elle hoqueta et se jeta à son cou. Il avait dit qu'il l'aimait !

— Oh, Nicolas !

— Est-ce que cela veut dire oui ?

— Oui, oh oui...

— Pourras-tu aussi me pardonner ? Reviendras-tu à la maison avec moi ?

— Oui, oui, oui.

Elle couvrait son visage de baisers, sans se soucier des passants qui les regardaient. Il s'empara de ses lèvres pour un long baiser passionné.

— Mais comment as-tu fait ? As-tu utilisé mon argent ?

— Bien sûr que non, cela ne serait plus un cadeau, n'est-ce pas ?

Il avait retrouvé son beau sourire et son regard pétillant de malice.

— Alors, comment ?

— Le second bateau, le *Résolution*, est arrivé à bon port. Et les profits ont dépassé mes espérances. *Nous* avons récolté une grosse somme d'argent, mon épouse.

— Et que fais-tu de ton projet de Derby ?

— Il nous reste encore un peu des bénéfices obtenus avec le *Résolution*, et, avec ton héritage, cela suffira pour un début.

Elle écarquilla les yeux et scruta son visage. Avait-elle bien entendu ?

— Tu acceptes donc mon argent ?

— Bien sûr, ma chérie. Nous allons tout partager, à partir d'aujourd'hui.

Pru était submergée par l'émotion. Elle demeura un instant silencieuse.

— Même si je ne suis pas la femme que tu aurais choisi d'épouser ?

Il ferma les yeux, et son visage s'assombrit l'espace d'une seconde.

— Tu as raison. Je ne t'aurais pas choisie pour épouse. Heureusement, le sort en a décidé autrement, car je n'en voudrais aucune autre aujourd'hui. Je suis l'homme le plus chanceux du monde.

— Oh, Nicolas !

— Nous allons effacer toutes les horribles choses qui nous ont séparés. Nous allons tout oublier.

— Non, Nicolas. Au contraire. Il ne faut rien oublier, car nous avons beaucoup appris sur nous-mêmes. Si notre mariage a survécu à cette épreuve, il est solide à jamais.

— Parce que nous nous aimons. Et, à ce propos, j'ai un autre cadeau pour toi. Un cadeau que j'aurais dû t'offrir depuis longtemps.

Il fouilla dans sa poche et en sortit un petit écrin de velours. Il contenait un saphir serti d'or, de la couleur des yeux de Pru.

Sans plus attendre, il retira son gant pour enlever la chevalière trop grande retenue par un ruban.

— Notre mariage n'a pas débuté sous de bons auspices, mais je crois que nous allons prendre un nouveau départ. Cette bague en sera le symbole.

Il lui passa solennellement le saphir au doigt.

— N'oubliez pas que je vous aime, madame Parrish.

— Et je vous aime aussi, monsieur Parrish.

Certains passants soupirèrent de désapprobation, d'autres sourirent avec indulgence en contournant le jeune couple enlacé qui s'embrassait fougueusement, insouciant de se donner ainsi en spectacle en plein jour, au beau milieu de la rue.

Découvrez les prochaines nouveautés
de la collection

Aventures et Passions

Le 3 octobre

Le dragon maudit

de Julia London (n° 7805)

À la fin d'un repas frugal du clan Lockhart, la décision est prise. Liam, le soldat, ira à Londres récupérer auprès de la branche anglaise de la famille le petit dragon en or incrusté de rubis, réputé maudit, afin de remettre à flot les finances du clan. Liam commence par louer une chambre à un vieux lord avare. Rapidement, il remarque une ravissante jeune femme accompagnée de sa petite fille, dont la présence l'intrigue. Que fait-elle dans un endroit pareil ?

Le 10 octobre

En dépit des conventions

de Virginia Henley (n° 7806)

Les Gunning, désargentés bien que d'ascendance respectable, partent pour Londres afin que leurs deux ravissantes filles, Beth et Mary, fassent leur entrée dans le monde. Lorsque leur mère décide de les faire passer pour des héritières, cela fonctionne ! Mais Beth a déjà trouvé l'homme de ses rêves, John Campbell. John est subjugué par Beth. Pourtant, lorsque la jeune fille lui avoue son imposture, il refuse de l'épouser !

Le 17 octobre

Princesse ou gitane

de Rosemary Rogers (n° 4452)

Les yeux mi-clos, la bohémienne prit la main de Célia. Qui pouvait deviner que la jeune femme élégante et aux manières raffinées qui se tenait devant elle faisait partie de leur tribu ? Pourtant, ces yeux noirs et ce corps souple sont bien habités par la flamme gitane…

« Je vois un voyage. Bientôt, tu vas retourner à Ceylan, là où tu es née. Je vois deux hommes autour de toi, dangereux, chacun à sa manière. Si l'un te menace, l'autre te sauvera… »

Le 24 octobre

En attendant la nuit

de Amanda Quick (n° 7807)

Londres XIXe. Bien décidé à en découdre, Adam Hardesty se rend chez la voyante qui cherche à faire chanter l'un de ses amis. Quelle n'est pas sa surprise lorsqu'il découvre son corps sans vie ! Décidé à retrouver le coupable, son enquête le conduit chez la célèbre Carolyn Fordyce, auteur de récits à suspense publiés dans des journaux. Tout d'abord, Adam la suspecte. Mais bien vite il tombe sous le charme de la jeune femme et poursuit avec elle ses recherches…

Ce mois-ci, retrouvez également

Amour et Destin

Des histoires d'amour riches en émotions déclinées en trois genres :

Intrigue ***Romance d'aujourd'hui*** ***Comédie***

Le 2 septembre
Un duo explosif
de Susan Andersen (n° 7791)

Chef cuisinier, Lily Morrisette économise pour ouvrir son propre restaurant. Elle loue une chambre à son amie serveuse, Glynnis, partie en voyage avec son fiancé David. Lorsque le frère de Glynnis, Zach, un marine, rentre chez lui, il est surpris par la présence de la séduisante jeune femme. Mais Zach s'inquiète surtout pour sa sœur. Ils décident de se rendre dans la famille de David, où ils apprennent que le couple a été kidnappé ! Lily et Zach feront tout pour les retrouver…

Le 9 septembre ***Suspense***
Plus fort que la vengeance
de Beverly Barton (n° 7792)

Reve Sorell vient d'hériter de la fortune de ses parents adoptifs. Aidée de sa sœur jumelle, Jazzy, elle s'engage à découvrir le secret de ses origines. Tandis que Jazzy a toujours été convaincue que sa mère était morte en couches, Reve sait qu'un drame s'est produit puisqu'elle a été retrouvée parmi les victimes d'un accident d'autocar. Plus leurs recherches progressent, plus Reve a conscience d'un danger imminent…

Le 23 septembre ***Comédie***
Ça suffit, Suzy !
de Jill Mansell (n° 7793)

Mmmm, cet officier aux yeux bleus… On a beau dire, le prestige de l'uniforme ! Tout de même, de là à lui faire croire que ce reste de milk-shake à la fraise, c'est le sperme de ton mari et que si tu as explosé le radar, c'est parce que tu filais dare-dare à l'hôpital pour une FIV… Suzy, tu exagères. Tu sais pourtant que tu as d'autres atouts. Pourquoi toujours en faire trop ? Allez, ça suffit, Suzy ! L'homme de ta vie n'a pas besoin que tu joues les fofolles pour tomber dans tes bras…

Amour et Mystère

Sous le charme d'un amour envoûtant

Le 16 septembre

La communauté du Sud - 2 : Disparition à Dallas

de Charlaine Harris (n° 7785)

Envoyés en mission à Dallas, Bill et Sookie doivent enquêter sur la disparition d'un vampire. Les soupçons se portent tout naturellement sur la secte hostile aux vampires de la ville. Sookie est donc chargée d'infiltrer l'organisation pour démasquer les coupables, mais elle ne sait pas encore que de terribles dangers la menacent.

Passion intense

Quand l'amour vous plonge dans un monde de sensualité

Le 16 septembre

Les trésors de la tentation

de Thea Devine (n° 7784)

Louisiane, 1854. Deux familles, les Rutledge et les Templeton, habitant des plantations voisines, se vouent une haine féroce. Après vingt ans d'errance, Flint Rutledge rentre chez lui et décide de rétablir l'ordre. Il est déterminé à récupérer ce qui lui revient de droit, ses terres, son titre mais surtout la femme de ses rêves et de ses fantasmes, Dayne Templeton. Lorsque celle-ci se rend un beau jour chez ses voisins pour leur faire entendre raison, elle tombe sur Flint, très très nu… Et ça lui donne des idées !

7794

Composition Chesteroc Ltd
Achevé d'imprimer en France (La Flèche)
par Brodard et Taupin
le 2 août 2005. 31085
Dépôt légal août 2005. ISBN 2-290-34553-9

Éditions J'ai lu
87, quai Panhard-et-Levassor, 75013 Paris
Diffusion France et étranger : Flammarion